Linee del tempo:

Il Regno delle due Italie

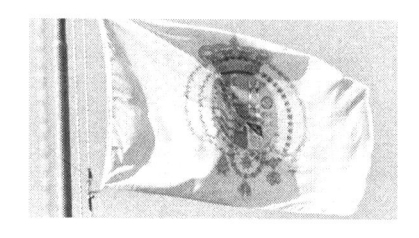

un romanzo storico
ucronico risorgimentale

Terza edizione, paperback, 10 Novembre 2023

Disponibile in formato paperback, hardback e kindle su www.amazon.it

Autore: Stefano Gelati
stefano.gelati@fastwebnet.it
348-5620381

E' gradita una recensione su www.amazon.it, o anche un semplice commento via whatsapp o e-mail.

Editori: Bruno Gelati, Maria Belén Garcia Paz, Piera Paola Gelati
Parti in dialetto napoletano: Francesco Scaramuzzino
Parti in dialetto siciliano: Simone Taormina
Parti in dialetto calabrese: Tiziana Nicotera

Authoring tool: kdp.amazon.com

Cover photos by esolla, clu and SolidMaks from Istock

Nessun Monarca Risorgimentale è stato maltrattato
nella stesura di questo libro.

Un romanzo della serie: 'Linee del tempo':
Volume 1 – 'Il Regno delle due Italie'
Volume 2 – "La Principessa di porcellana tra le Nazioni di ferro"

Nel presente testo, ogni riferimento a persone e fatti reali è romanzato, secondo un plausibile scenario, a partire dagli eventi del Dicembre 1856.

COPYRIGHT, tutti i diritti riservati all'autore.

Spero che le note che ho messo, aiutino una lettura piacevole e scorrevole, e un eventuale vostro approfondimento, del quale mi piacerebbe mi metteste al corrente.

Le cifre e i primati socioeconomici (salvo lo sviluppo della rete ferroviaria) indicati nel capitolo 15, NON sono di fantasia.

"Garibaldi è un uomo, che, facendosi cosmopolita, adotta l'umanità come patria e va ad offrire la spada ed il sangue a ogni popolo che lotta contro la tirannia, è più di un soldato: è un eroe» " (Emile Barrault, movimento Sansimoniano)

"Napule è mille culure
è 'a voce de' criature
Napule è 'na carta sporca
e nisciuno se ne importa." (Pino Daniele)

"Non puoi essere patriota di una patria che ancora non esiste." (Lorenzo Zucchi)

Napule d'e ddoje facce (F. Scaramuzzino)
Napule sempe 'mmocca 'a gente
Chella ca ce vive e chella 'e fore
Chella ca 'a pitta nera e chella ca ce da culore
Chella ca 'a vive 'e notte e ce piace
'e spara 'e botte
Chella ca 'a vive 'e juorno e ce piace quanno 'o sole da luce e calore
Chella ca 'a fa suffrì e chella ca ce da ammore
Napule d'e ddoje facce
Una 'a 'nganna e una l'abbraccia...

Ai veri amici, che mi aiutano a risorgere.

Prefazione fisica

La fisica quantistica è quella branca della fisica che ha fatto dire a Feynman, uno dei più quotati fisici dello scorso secolo, "Se pensate di aver capito la meccanica quantistica, vuol dire che non l'avete capita per niente". È pura magia: oggetti solidi possono attraversare pareti, possono comunicare tra loro istantaneamente dai due punti lontanissimi nell'universo, l'effetto viene prima della causa, una risposta del tipo sì o no è contemporaneamente vera e falsa, il famoso gatto di Schrödinger è sia vivo che morto, nella sua scatola. Ma non vi disperate, né rallegratevi per il povero gatto: la morte non esiste, in un universo che riconosce la teoria dei Many Worlds. Ah, e tutto questo non può essere accertato, con tanto di dimostrazione matematica. Sì, ma non può essere nemmeno negato, con tanto di dimostrazione matematica. Scienziati del calibro di Einstein hanno passato la vita a cercare di dimostrare che un certo fenomeno non è possibile, per essere smentito da esperimenti che richiedono nulla più che una scatola di cartone e una lampadina.
Non c'è che dire, sia che la si conosca, sia che non la si conosca, la fisica quantistica è affascinante.
Uno dei fenomeni più spettacolari è quello delle linee del tempo. Per la natura oscillatoria e probabilistica della materia che compone l'universo, ogni evento può avere delle varianti che aprono, per evitare paradossi temporali, nuove serie di eventi. Tali avvenimenti plasmano l'universo in un modo che, come le onde su una superficie liquida, allarga sempre più la propria influenza, fino a sconvolgere la storia e l'equilibrio di intere galassie. Ora, non stiamo parlando solo di grandi eventi, ma anche di quelli piccoli, concate-

nati in somme di probabilità solide, che costituiscono il nostro universo tangibile. Quest'ultimo, però, non è che la proiezione di un universo a più di 4 dimensioni, e le dimensioni extra, noi, non possiamo vederle, sentirle, disegnarle, descriverle, a causa dei nostri sensi ed esperienze limitate.
Gli oggetti dello spazio pluridimensionale occasionalmente attraversano il nostro spaziotempo, producendo delle proiezioni sul nostro, e dandoci l'illusione di poterle toccare o modificare. Ma i limiti dei nostri sensi sono invalicabili.
Non così i limiti delle nostre menti: quelli, noi possiamo superarli, con quel senso quantico straordinario, unico, che è l'immaginazione.
In questo romanzo ho immaginato una piccola variazione probabilistica, di un evento del 1856, e le sue conseguenze su una linea del tempo diversa, sulla Storia di alcuni popoli, sulla vita di molte persone, e infine il suo allargamento fino a ribaltare l'esito di una fase storica cruciale per il nostro paese, il Risorgimento (in particolare, la II guerra d'indipendenza).
Perché questo mio volo dell'immaginazione? Perché sento di dovere restituire qualcosa al Sud Italia, qualcosa in termini di valore economico e di valore morale. In effetti è letteralmente 'una vita' che mi chiedo che cosa sarebbe successo se l'esito del Risorgimento fosse stato completamente l'opposto, se il carro dei vittoriosi fosse transitato sotto il Vesuvio anziché sotto la Mole Antonelliana. E per rispondere a questa domanda, ho usato come strumenti la mia fantasia e la mia creatività.
Naturalmente, non essendo un frequentatore dello spazio a sei dimensioni, non posso che arrendermi e ammettere l'intangibile, il virtuale, il teorico. Però cre-

do che ogni persona, specialmente nel Norditalia, dovrebbe leggere questo romanzo e riflettere, sulla possibilità che le cose vadano in modo diverso, su come ci facciamo influenzare dai preconcetti legati ai meccanismi del tempo, e alle fasi storiche che fin qui ci hanno portato. Riflettere sulle caratteristiche di persone e popoli che sarebbero potuti essere vincitori e invece sono usciti sconfitti dalla Storia; e viceversa, naturalmente. E infine riflettere anche sui personaggi della Storia stessa, sulla loro unicità, e sulla loro aura probabilistica, dalla quale noi conosciamo la nostra verità.

Ma sarebbe bastato poco, pochissimo, un quanto infinitesimo, perché tale verità fosse un'altra, anche completamente diversa.

Buona lettura,

L'autore.

Prologo

8 Dicembre 1856 – 17, 'a disgrazia

Hanno ragione, i napoletani, quando dicono che, nella loro città, c'è sempre il sole.
Anche in piena stagione fredda, l'8 Dicembre 1856, il cielo è limpido, con qualche cumulo bianco che si sdraia pigramente sulle pendici del Vesuvio; il sole riscalda l'aria fresca e asciutta, profumata di mare, che accarezza la collina di Capodichino, uno dei 12 colli su cui sorge la città più bella del mondo, una delle capitali europee della cultura, dell'economia e dell'industria.
Una bella giornata, che sta per essere oscurata dalla tragedia.
Su quella collina, oggi, i raggi solari riscaldano giacche rosse dai bottoni dorati, i pantaloni blu a sbuffo, gli alti copricapi di pelliccia nera, concedendo un gradevole tepore ai Cacciatori disposti ordinatamente sull'attenti, sullo sterrato del pianoro di Campo di Marte, in rassegna di fronte al Re.
Capodichino deriva dall'antico modo di dire "a capo chino", per l'impegno della salita fino in cima alla collina; infatti anche in questa tiepida giornata invernale, i soldati sono affaticati dal dislivello affrontato a piedi, con gli zaini pieni di equipaggiamento. Ma tutti fanno del loro meglio per nascondere la stanchezza, e regalare al monarca una parata piena di orgoglio nazionale.
Ferdinando Secondo passa lentamente, cavalcando il suo splendido pezzato bianco e grigio, davanti al battaglione dei Cacciatori, e guarda il viso e l'uniforme di ognuno di essi, controllando i menti ben rasati, i capelli pettinati, le mostrine lucide, le giacche e i panta-

loni puliti e stirati. Com'è importante, pensa, mantenere la disciplina, l'ordine, l'obbedienza, di questi giovani che sono addestrati e preparati alla battaglia, pronti ad imbracciare i loro fucili per difendere il Regno delle Due Sicilie, pronti a morire, qualcuno di loro nemmeno ventenne, per la gloria imperitura della famiglia reale dei Borbone di Napoli.

Il Re indossa un mantello rosso, scostato di lato per poter tenere saldamente le briglie, e una uniforme blu a doppiopetto che ne esalta la figura ancora robusta e atletica nonostante i 46 anni di età. I suoi occhi castani e profondi sono incorniciati da una capigliatura altrettanto castana e appena spruzzata di griglio, completata da una barba ben curata, che scende fino al pomo d'Adamo. Volge quegli occhi ad ogni Cacciatore sulle tre file, come a cercare il contatto visivo, che però non avviene

Ferdinando II di Borbone

mai, perché i militari, ben addestrati, si curano di tenere lo sguardo basso, sotto la mano destra nella posizione dell'attenti, proprio per non incontrare con arroganza le pupille del saggio e magnifico monarca.
Quasi mai.
Perché stamattina, stranamente, con uno dei soldati, il contatto visivo avviene.
Uno dei militari non tiene lo sguardo abbassato, e incrocia il suo. Un giovane dai capelli nerissimi e dai baffi sottili, lo guarda con occhi altrettanto scuri. Ferdinando Secondo è inizialmente stupito, poi rimpro-

vera, silenziosamente, con lo sguardo, il cacciatore indisciplinato. Quindi, con un leggero movimento delle braccia, trasmette al cavallo l'ordine di proseguire, mentre si annota mentalmente di parlare con il comandante del battaglione, a proposito di quell'esempio di supponenza che non deve spargersi tra le truppe, e dunque ci starà una punizione, non pesante, non cattiva, ma evidente e pubblica, per mantenere l'ordine, importantissimo in quei mesi, così caotici in tutto il Regno.
Il cavallo muove qualche passo, e il Re viene investito da una sensazione di freddo e di paura, stranissima, inspiegabile, fuori posto in quel luogo così ordinato e protetto, una ventata gelida di cui impiega qualche istante a capire l'origine. Ma quei pochi istanti gli costano la vita.
Gli occhi del soldato.
Ora che ci pensa, c'era un odio profondo, infinito, un disprezzo interminabile, in quegli occhi. Odio per lui, per la sua figura istituzionale, per la sua corona, simbolo di un potere che invece alla maggior parte dei cittadini dà sicurezza. Ma a qualcuno va stretto quel potere, qualcuno sta soffocando in questa forma di governo, che negli ultimi decenni si è vista preferire le forme repubblicane sperimentate nelle colonie inglesi sul continente americano, e in Francia. Qualcuno vive una costrizione sociale, che porta la rabbia a esplodere, a diventare violenza.
Succede tutto in pochi secondi.
Il Re sente gridare "Viva l'Italia!" e dei passi concitati di corsa di fianco a sé, insieme a un coro di mormorii sorpresi e spaventati.
Si volta, e quello stesso sole caldo e luminoso, così amorevole verso la gente che abita nel Golfo di Napoli, scintilla crudelmente, riflesso su una acuminata ba-

ionetta, che si muove velocemente verso di lui, troppo rapidamente per essere evitata, troppo sorprendentemente perché qualcuno dei fedeli soldati e ufficiali attorno possa impedirlo, quindi si fa largo sopra la custodia delle pistole sulla sella, sotto il mantello rosso, entrando con violenza, precisione, senza rumore, tra le costole del Monarca Illuminato.
Per un gioco di probabilità infinitesimali, non conoscibili dall'uomo[1], la baionetta, in questa linea del tempo, non viene rallentata dai tessuti e dalle custodie in pelle, in modo da fermarsi dopo qualche centimetro, causando una ferita non seria, che non coinvolgerà organi interni, tuttavia provocando con il passare del tempo una setticemia che porterà il Re alla tomba, tre anni più tardi, nel 1859.
In questa linea del tempo, la lama entra profondamente nel torace, tagliando l'arteria aorta e causando al Re una fatale emorragia, che lo porta alla morte nel giro di pochi minuti, su quello sterrato, su quella collina, sotto quel cielo limpido…

…dove quella linea del tempo si stacca definitivamente dalla nostra, per diventare la Storia del Regno delle Due Italie.

---

[1] Principio di indeterminazione di Heisenberg, e teoria dei 'Many Worlds' di Feynman.

Capitolo 1

8 Dicembre 1856 – 15, 'o guaglione

Agata Moncada si affretta verso la porta d'ingresso, tenendosi con una mano la vaporosa gonna bianca orlata di pizzo, e dicendo, a voce alta: "Carlo, vado io!". Dalla finestra ha visto un militare, dunque sarà il solito dispaccio di blablabla a lei incomprensibili, tanto vale che lo ritiri lei, anzi meglio, visto che come sempre il marito rischia di farla arrivare in ritardo a messa, un po' per la cura maniacale con cui si fa la barba, un po' per il disagio che prova nell'indossare abiti civili, che lo porta spesso a cambiamenti di idea dell'ultimo momento su vestiti o accessori. Lui si sente a suo agio solo con una barba magistralmente rasata, e con una uniforme perfetta, sorride dentro di sé Agata, conscia di aver sposato un ufficiale dell'esercito, un uomo che si sente prima di tutto un militare, e che tale si sentirà sempre.
Gli eventi di quella mattina, e le situazioni che ne scaturiranno, non faranno altro che confermarlo.
Agata infatti intuisce subito la serietà della situazione, vedendo l'espressione del viso dell'alfiere degli ussari della Guardia Reale che le si para davanti quando apre la porta.
Incuriosito dalla conversazione sussurrata dei due, il Tenente Generale Carlo Filangieri scende le scale, e si avvicina alla porta, dove la moglie sta mormorando "Oh Dio Dio Dio..." e ha un'espressione tanto angosciata, sul suo bel viso ovale dal naso sottile, come lui non ha mai visto, da quando la conosce.
L'ussaro anticipa tutti. È un giovanotto che Carlo conosce di vista, e ha un tono funereo: "Tenente Genera-

le Filangieri, prego, mi segua e salga sul calesse, la porto a Palazzo."
"Buon Dio, che succede, ragazzo?"
"Stamattina il Re è stato vittima di un grave attentato."

* * *

"È… è spirato nella carrozza, me-mentre…"
Si contorce le mani, in preda a un dolore indescrivibile, il capitano Salvatore Cola della Guardia d'Onore. Balbetta, rivolgendosi a tutti e nessuno, con le mani perse nei giovanili capelli ricci castani, inginocchiato nella sala che pian piano si affolla di uomini e donne, militari e dame, tutti con passi incerti e visi costernati. Cola ha perso, chissà dove, il cappello con la piuma rossa, la sciabola, una delle spalline del suo giacchetto blu; deve essere stato quando si è gettato contro l'attentatore, scaraventandolo a terra. Dopo di che, tutto il suo mondo è diventato rosso: il colore dei pantaloni della sua uniforme, su cui aveva appoggiato la schiena del Re, dopo averlo fatto scendere da cavallo, per dargli un inutile sollievo; rosso il colore del sangue caldo, pulsante, che si allargava sulle sue braccia, sulla sua uniforme, sul terreno assetato; rosse la maledetta tappezzeria e le maledette piastrelle della Prima Anticamera del Palazzo Reale di Napoli dove ora giace, disteso immobile su una portantina, il corpo di colui che lui aveva giurato di difendere a costo della propria vita, anni fa. Le parole del giuramento lo inseguono, lo torturano: '*Io pro-*

Carlo Filangieri

metto e giuro innanzi a Dio fedeltà ed obbedienza a Ferdinando II Re del Regno delle due Sicilie, ed esatta osservanza ai suoi ordini. Prometto e giuro di non volere appartenere né ora né mai a qualsivoglia setta, o associazione segreta sotto qualunque titolo o denominazione. Prometto e giuro di difendere anche coll'effusione di tutto il mio sangue la Bandiera e gli Stendardi che S.M. si è degnata di affidarmi, così Dio mi aiuti'.
Dio mi aiuti.
Il Comandante si chiude gli occhi con la mano destra, e comincia a singhiozzare disperatamente.

* * *

Accanto a Cola, in piedi davanti al feretro, Francesco d'Assisi Maria Leopoldo di Borbone ancora non è cosciente di essere appena diventato Francesco II delle Due Sicilie. Per ora è solo un ragazzo a mala pena maggiorenne, che ha ancora indosso i pantaloni neri che stringono con una fascia la camicia bianca, gli abiti che ha indossato per la messa di quella funerea domenica mattina, destinata a cambiare le vite di infinite persone nel Regno delle meravigliose, infinite coste bagnate dai Tre Mari. Un ragazzo di vent'anni, sotto choc, spaventato a morte, che si è dimenticato persino del sangue che chiazza le sue mani e il cotone bianco, acquistato e fatto cucire abilmente da una delle tante cami-

Francesco II di Borbone

cerie del Golfo, che si stanno creando una rinomanza unica in tutta Europa.
I suoi capelli castani, normalmente ordinati e pettinati con la riga in mezzo, sono scarmigliati; i suoi baffi sottili tremano sulle labbra imperlate di sudore; gli occhi ora sono fissi sul viso del padre, Ferdinando II, la cui pelle assume una tonalità sempre più lugubre e bluastra, man mano che passano i minuti. Quel viso che con tanta tempra e severità gli ha imposto di studiare, di imparare a cavalcare e a comportarsi secondo il Galateo, nell'alta società del Regno, di sposare la donna giusta per le alleanze utili alla politica internazionale; quegli occhi vivi e intensi che gli hanno sempre ordinato, con il lampo di uno sguardo, di farsi rispettare, di superare la sua naturale timidezza, di fidarsi solo di se stesso, di mostrare coraggio anche di fronte agli eventi più orribili.
E Francesco d'improvviso si rende conto che invece quella sicurezza è evaporata, come il fluido vitale dal sangue ormai secco sul pavimento piastrellato a scacchi bianchi e rossi, e vorrebbe urlare, abbracciare disperatamente il padre, chiedergli in ginocchio che cosa deve fare, dove deve andare, cosa deve dire, di chi si può fidare.
Ma le labbra del saggio e colto Re e genitore, non si schiuderanno mai più, né risuonerà mai più la sua voce calma e decisa, in quelle stanze dai grandi finestroni rettangolari, dai mobili di legno scuro pregiato, sotto gli ampi candelabri, di fronte alle grandi tele rappresentanti il Re Sole, Filippo V, Carlo III e tutti gli altri illustrissimi, leggendari antenati della casata di Borbone, tutti quei conquistatori di nazioni, dal ferreo carattere, dalla volontà granitica, dalla personalità immensa.

Tutti che guardano severi il povero, disperato Francesco, e gli rimproverano di non essere un loro degno successore.
Il terrore sta per fargli cedere le ginocchia, quando una robusta mano lo prende e lo sorregge per l'avambraccio.

* * *

Un generale è entrato poco prima nella stanza, i suoi passi ritmati a tempo di marcia, unico suono a rompere lo sgomento silenzio; si è tolto con gesto collaudato il soprabito blu scuro con le mostrine dorate, che ha lasciato ad un valletto spuntato dal nulla, rimanendo nell'uniforme blu oltremare con i pantaloni grigi-azzurri, che cade con eleganza sul suo fisico ancora prestante, nonostante i 75 anni di età. Ha fatto un cenno discreto alla schiera dei ministri del governo, precipitatisi al capezzale del monarca. Si è quindi affiancato a Francesco, al momento giusto, come se avesse ricevuto l'ordine tempestivo che cambia le sorti di una battaglia:
"Venite con me, vostra maestà. Andiamo a prendere un po' d'aria sul balcone."

Carlo Filangieri non è uomo che tentenna di fronte al dramma, alla tragedia, alla morte. Quelle emozioni le ha vissute pienamente, respirando l'odore acre della polvere da sparo, del sudore dei cavalli terrorizzati, dei soldati obbedienti a comandi che li lanciavano contro gli stridori, gli scoppi e le urla d'agonia, con il colore del sangue in larghe chiazze, sull'erba dei prati disseminati di corpi straziati dalle battaglie dell'esercito Napoleonico contro le forze di tutta Europa. Non ha certo difficoltà a domare il terrore del giovane Re,

che si lascia portare in silenzio, con lo sguardo abbassato, verso il balcone che dà su piazza Fernandea.
Ma l'aria fresca e il sole sembrano fare bene a Francesco, insieme al paesaggio della città, viva, colorata, chiassosa come sempre, ignara della tragedia che si è appena consumata a Capodichino, ai danni del loro Ferdinando, il loro faro, la loro guida. E Filangieri, che ha passato tanto tempo nelle stanze del potere e della diplomazia, quanto in sella al suo arabo morello corvino in battaglia, sa quali tasti toccare:
"Guardate, vostra maestà. Napoli: la città più bella del mondo. Un bouquet di colori e di sapori, di vita, di sole, di mare. Un mosaico di genti, di storia, di cultura. Un sogno a occhi aperti. Voi non eravate ancora nato, ai tempi del grande sogno..."
Francesco si ravviva, la sua pelle perde la tonalità grigia, e il suo sangue ricomincia a pulsare. Lo sguardo recupera fierezza, al sentir iniziare il racconto con cui il tenente generale napoleonico lo ha affascinato per tutta l'adolescenza. Filangieri lo guarda e si complimenta per l'ennesima volta nella sua vita, con se stesso, per il tatto, la diplomazia e già che c'è, anche l'autostima che non gli manca certo. Soddisfatto il proprio ego, riprende: "Quante volte ve l'ho raccontato, eppure non mi stancherò mai di farlo." Fa un ampio gesto verso la città, e continua: "Il sogno di colui che aveva esportato il pensiero illuministico e repubblicano, creato nella sconvolgente forgia politica e sociale della Rivoluzione Francese, e seminandolo nelle Due Sicilie. Un Sogno, un nome: Gioacchino Murat."

* * *

Carlo Filangieri non prova nessun senso di inferiorità, nelle stanze di quel palazzo, nei confronti dei Borbone passati e presenti, ritratti o in carne e ossa.
I capelli ancora folti, le basette e i baffi che davano un tono eroico ai suoi dipinti di quand'era un importante generale napoleonico, son tutti bianchi ormai, e ci mancherebbe, avendo superato i settant'anni, molti dei quali passati in sella, letteralmente e figurativamente, al comando della cavalleria di Napoleone, portando i suoi reggimenti a cariche vittoriose come quella lanciata in un luminoso giorno di gloria, nei pressi del borgo Ceco di Slavkov di Brno, allora conosciuto con un nome che i posteri assoceranno sempre alla Battaglia dei Tre Imperatori. Una cittadina in quegli anni chiamata con un nome mitteleuropeo, che aveva assunto nei decenni un suono leggendario: Austerlitz. Un respiro profondo scuote d'orgoglio i vecchi polmoni affaticati del generale, al pensiero dello sguardo dell'Imperatore, pieno di gratitudine e fierezza, dopo la vittoria. E a distanza di decenni, ora, questo evento drammatico lo pone nuovamente di fronte a una battaglia decisiva, da combattere non con i moschetti, ma con l'umanità e la sensibilità, non con i cannoni, ma con gentilezza e accortezza, domando le caotiche emozioni di un figlio che ha perso il padre, prima che di un Re scaraventato su un trono ancora troppo grande per lui. Proprio come, in quei giorni lontani, aveva comandato a migliaia di ragazzi imberbi, altrettanto tesi e incerti, di lanciarsi all'attacco contro fucili e cannoni con insensato, immenso coraggio. E loro, sapendo che molti non sarebbero tornati da quelle cariche di cavalleria a rompicollo, avevano comunque obbedito al suo carisma, senza esitazione, senza paura.

Prende sotto braccio ancora più saldamente il Re, e prosegue in quello che sarà riconosciuto come il capolavoro politico e umano della sua vita.

* * *

"Gioacchino Murat", sospira in modo teatrale, "aveva braccia possenti, temprate dalla presa sulle briglie nelle infinite, vittoriose cariche di cavalleria. Quanta decisione, quanta mascolinità! Aveva sedotto con uno sguardo, e posseduto con ardore, questa città così femmina, così capricciosa, così rovente di passione. Eravamo sul palco davanti a Palazzo Reale, a braccetto, io e lui, mentre il popolo in visibilio gridava all'unisono 'Viva Murat!! Viva Re Gioacchino!!', dopo che lui, l'uomo più bello del mondo, aveva ammaliato la folla, presentando il suo programma di riforme repubblicane: la ristrutturazione dell'esercito napoletano, quella delle finanze statali, del debito pubblico e del catasto, la fondazione delle facoltà di ingegneria e di agraria, delle Accademie di Scienze e Belle Arti, e un'infinità di altre opere pubbliche civili e sociali."

* * *

Filangieri ha bisogno solo della sua visione periferica, per accorgersi che l'atteggiamento di Francesco è cambiato completamente. Non più chino e tremante, ma diritto, con il mento alto, lo sguardo che si allarga sulla sua città. Non è il momento di mollare la presa:
"Che uomo, Murat. Che vincitore. Un Alessandro Magno redivivo. Pendevano tutti dalle sue sensuali labbra, il sole scintillava sui suoi lunghi capelli ricci, la sua voce faceva tremare il cielo, la gente lo acclamava e le donne di ogni classe se lo mangiavano con gli oc-

chi. Tutto il popolo partenopeo era davvero perdutamente innamorato."
Anche Filangieri, naturalmente, è innamorato del sogno di Murat, ed è un amore vero, imperituro. Al punto di giurare a se stesso che, nonostante siano passati gli anni, nonostante ci sia stata la vergognosa restaurazione del Congresso di Vienna, e nonostante la sua età, seppure non ancora tanto pesante sulla sua salute, gli sussurri che la morte è vicina, e qualunque giorno possa essere quello da scrivere sulla sua lapide, Carlo Filangieri non vuole rinunciare a quel grande progetto politico. Progetto che apparentemente si è sbriciolato con i colpi di fucile del plotone di esecuzione che ha terminato la vita di Gioacchino, quarant'anni fa, dopo le sue ultime parole, entrate nella storia: "Mirate al petto, e risparmiate il mio viso… fuoco!". Emozionando a tal punto i soldati del plotone, che la prima salva lo aveva mancato del tutto.
Non la seconda, purtroppo.

Gioacchino Murat

* * *

Ma quel sogno non è morto con lo splendido e fiero Re della Napoli moderna e liberale. Dentro il cuore tuttora forte e determinato di Carlo Filangieri, Principe di Satriano, Duca di Cardinale e di Taormina, Barone di Davoli e di Sansoste, il Sogno è ancora vivo e pulsante.

Forse è arrivato proprio il momento, la circostanza per farlo risorgere. Ma bisogna fare presto, i tempi stringono, gli anni passano, e i nemici di quel sogno si fanno sempre più arroganti, come dimostrato dai fatti di oggi.

Carlo non lo sa, ma lavorando in quel modo sull'atteggiamento e sulla personalità del nuovo monarca, sta spianando la strada a quella che sarà una grande conquista, a una manovra politica che cambierà il volto della Storia di quella fertile e meravigliosa landa di inventori, poeti, navigatori e generali, che presto prenderà il nome di Italia.

"Maestà, voi siete un degno erede del grande Sogno, della memoria immortale di Murat e di Napoleone. E naturalmente, anche vostro padre," fa un cenno verso la stanza, "vi guarda da lassù, aspettandosi grandi gesti e grandi parole. Il Popolo attende da voi polso fermo e decisione, a cominciare dalla giusta punizione per i responsabili."

L'avambraccio di Francesco si irrigidisce sotto le dita di Carlo. Sì, è vero, sopraffatto dalla tragedia, aveva dimenticato come si comporta un Re, tutti i consigli e le indicazioni che il padre, non sempre con la giusta pazienza ma con la giusta persistenza e dedizione, gli aveva dato. Il suo tono diventa rabbioso, e Filangieri ascolta con piacere il cambiamento: "Chi è stato? Ditemi chi è stato!"

Filangieri lo riporta nella stanza, e chiama: "Capitano?"

L'ufficiale della Guardia d'Onore si sta asciugando le lacrime con la manica dell'uniforme, cercando di defilarsi, ma al sentirsi chiamare recupera istantaneamente la lucidità. Si ricompone, estrae un biglietto dal taschino del giacchetto, e legge: "Agesilao Milano, recluta dei Cacciatori." Quindi sembra ricordarsi

dell'importanza del contegno, raddrizza la schiena e il suo sguardo recupera la fierezza del militare: "è a Castel Capuano, nelle segrete sotterranee. Mi sono permesso di ordinare un trattamento speciale." Il volto del Capitano Cola assume una smorfia lugubre. "Sono certo che in questo momento starà cantando come un usignolo."
"Visto?" La mano di Filangieri diventa una morsa sul braccio di Re Francesco, e tutto il mondo sembra più sicuro. "Vado io. Sarò di ritorno prima del tramonto, con dettagliate informazioni su chi è responsabile di questo efferato gesto. L'intero Regno, tutti i vostri fedeli sudditi, sono con voi nella furiosa indignazione che si scatenerà su tutti i colpevoli e i complici di ogni grado. Ma ora, *te affido a 'na creatura ca te vole bene*". Carlo si guarda in giro, incontrando, in prima fila nella folla stupita e angosciata che si è allargata attorno al feretro, due occhi azzurro cupo, meravigliosi, fieri, intelligenti, maturi nonostante appartengano a una ragazza di soli quindici anni. Gli occhi di Marie Sophie Amalie von Wittelsbach, Herzogin in Bayern. Colei che nel giro di due anni sarebbe diventata per il popolo napoletano e del Regno delle Due Sicilie, e poi per tutto il popolo italiano, l'adorata Regina Maria Sofia, la *'tedesca'*, la perla del Golfo.

Maria Sofia

* * *

La ragazza si avvicina, con passo elegante, facendo frusciare la lunga gonna del suo abito verde acqua, e prende Francesco per l'altro braccio, sorridendo in modo delicato, e, in virtù del suo metro e settantacinque di altezza, appoggiando la sua fronte a quella del Re, che appare immediatamente rasserenato.
Sono passati solo due mesi da quando quella ragazza alta, slanciata, dal volto candido e dai lineamenti sottili ma gentili, incorniciati da una splendida capigliatura castana, è sbarcata a Napoli su invito di Francesco, dopo un breve ma intenso scambio di missive progressivamente più eleganti nella carta da lettera e nella busta, più profumate e dai contenuti più conturbanti.
Maria Sofia aveva visto l'immagine di Francesco in una miniatura, ma naturalmente era rimasta più che altro stregata dall'idea di diventare la principessa consorte di quella città dove, le avevano raccontato, *'c'è sempre il sole.'* Era stata poi incoraggiata, con le parole e con i fatti, dalla sorella maggiore che a sua volta si era sposata due anni prima, con una cerimonia da sogno, in una Vienna abbracciata dai petali della primavera. In fondo, le diceva la sorella, quando la aiutava a riempire di petali di rosa le lettere destinate al suo principe napoletano, anche lei si meritava un Re, un uomo elegante, raffinato, gentile con cui ballare il valzer, o la tarantella, o qualunque altro ballo andasse di moda in quella città lontana. E farlo in riva al mare, un pensiero esotico e romantico. Aveva diritto, le diceva, di inseguire il suo sogno, in carrozza, in nave, anche sullo strano aggeggio dei fratelli Montgolfier, insomma con qualunque mezzo.
La incoraggiava perché lei, la sorella maggiore, il suo sogno lo aveva coronato, ed era diventata imperatrice

d'Austria, in quella profumata e dolce primavera. Il suo nome è Elisabetta Amalia Eugenia di Wittelsbach. Ma presto tutti hanno cominciato a chiamarla con il soprannome che le aveva dato proprio Maria Sofia: Sissi.

* * *

Poco più tardi, una carrozza parte in direzione di Castel Capuano. Al suo interno, un tenente generale, un orgoglioso rappresentante del vento di cambiamento di quell'epoca di eroi e rivoluzioni, di nome Carlo Filangieri, riflette silenziosamente sulle differenti personalità del monarca scomparso e del suo successore. Ferdinando Secondo, dopo un avvio promettente, si era chiuso in se stesso, adottando una politica reazionaria, assolutista, con continui contrasti specialmente verso i dirigenti periferici del regno. Per questo le campagne del '48 erano state interrotte, per correre a rimediare ai moti in Sicilia. E poi i contrasti con i possibili alleati europei, il rifiuto di partecipare alla guerra in Crimea, le querelles economiche… Purtroppo c'erano stati sempre dei limiti oltre i quali Ferdinando non ascoltava niente e nessuno, se non se stesso. Francesco, per età, per inesperienza, e per carattere, è più plasmabile, suggestionabile, più prono ad ascoltare. Paradossalmente, le sue carenze di preparazione, possono farne un Re molto migliore di suo padre.
Intanto Filangieri percorre le strade di Napoli, e la sua mente studia e percorre i passi necessari per indirizzare la Storia del Regno, da uno schema di sopravvivenza, alla prosperità, quindi verso la gloria del popolo di quelle terre, di quella città, della gente che dai negozietti e dalle finestre solleva gli occhi e guarda il cales-

sino che passa leggero e veloce, trainato da uno splendido Lusitano bianco, verso un turbolento destino.

Capitolo 2

8 Dicembre 1856 – 61, 'o cacciatore

Filangieri scende dal calessino, che si è appena fermato davanti a Castel Capuano. Il misto di eccitazione, di incertezza sul futuro, simile all'alba di una battaglia decisiva, creato dai pensieri che lo hanno accompagnato durante il solitario viaggio, dà al suo passo un non so che di giovanile, che viene notato anche dalle guardie che gli aprono il portone:
"Buon pomeriggio, signor Tenente Generale. La trovo bene!"
"Sono di corsa, caporale. Non ho tempo per le chiacchiere..." La voce si spegne all'interno dell'androne.
Le guardie sussurrano tra di loro, sorprese. Già stamattina è arrivata, inaspettata, un'intera compagnia, che trascinava in catene un Cacciatore, con l'uniforme sporca di sangue non suo, e, senza una mezza parola di spiegazioni, lo avevano portato giù da basso, nelle segrete profonde, isolate, quelle da cui non si sente niente. Quelle per il trattamento speciale. Poi sono arrivati i personaggi che appaiono quando c'è qualcosa di losco: Gennaro, il fabbro ferraio del paese, con la cassetta degli attrezzi, comprese tutte le sue pinze e i seghetti; quindi il Falsario, il calligrafo, quello che crea ad arte i documenti.
"se 'a veré brutta, chillo guaglione![2]"
Il caporale e gli altri soldati di guardia, verranno a sapere che cosa è accaduto solo tra qualche ora, quando si spargerà la terribile notizia della morte del monarca. Solo l'intervento energico del primo sergente di Castel Capuano, eviterà che un linciaggio impedisca la pubblica esecuzione del prigioniero, consentendo

---
[2] Se la vedrà brutta, quel ragazzo!

così un altro dei passi, seppur uno macabro, ma necessario per ciò che Filangieri ha in mente, per raccogliere il popolo attorno alla corona, in un momento che sarà critico per i decenni a venire.

* * *

"Chisto curnuto..." e il soldato più robusto centra il volto con un destro preciso sul naso, che manda schizzi di sangue dappertutto. Il rumore del setto che si rompe per l'ennesima volta gli dà giusto un briciolo di soddisfazione. Troppo poco, però, non basta a calmare la sua ira.
Il prigioniero è una maschera di sangue, il volto tumefatto, gli occhi gonfi fino al punto di impedirgli di vedere i colpi, che arrivano da ogni direzione. I pochi denti rimastigli sono chiusi in un morso di paura e dolore, che farebbe intenerire chiunque. Ma i soldati di guardia di Castel Capuano sono stati avvisati in anticipo da un messaggero, degli eventi di Capodichino. La loro furia è tale da far loro esercitare un innaturale controllo dei colpi e dei tagli inferti, per mantenere il traditore vivo e sveglio, perché soffra in maniera indescrivibile.
Ormai Agesilao Milano è al di là di ogni possibilità di produrre una confessione sensata, a malapena può parlare. Ma non occorre più la sua cooperazione. Filangieri e il Falsario si sono messi subito all'opera, nella stanza accanto, e sarebbe difficile dire se è il documento steso ora sul tavolo a far asciugare bene l'inchiostro, o la serie di colpi e grida di agonia provenienti dal corridoio accanto, sempre più soffocate, a dar loro più soddisfazione.

* * *

Salvatore Ruggiero, due anni prima, era un giovane studente dell'Accademia di Storia e Belle Lettere, dal mediocre profitto, ma dalla splendida calligrafia.
Quello era l'elemento caratteristico che Filangieri stava cercando, e aveva chiesto informazioni ai professori della facoltà. Uno di loro aveva notato questa caratteristica in Salvatore. Non era stato difficile, con la prospettiva di un lavoro ben remunerato, assoldarlo come falsificatore di documenti. L'unica condizione, estremamente importante, era l'assoluta segretezza del suo lavoro. Ma anche in questo non c'erano state molte difficoltà: era bastato chiarire al Ruggiero che, in caso di infrazione, sarebbe stata la corte marziale a decidere del suo destino. Un bluff bello e buono, ma a giudicare dal pallore assunto dalla carnagione del giovane a quella potenziale minaccia, un inganno riuscito molto efficacemente.
Da quel giorno il rapporto tra Filangieri e il ragazzo era diventato di totale coordinazione, efficacia e fiducia, tanto che molto spesso il Generale lasciava a quest'ultimo decidere cosa scrivere nelle finte missive che sostituivano quelle vere. Ad esempio, si fidava delle correzioni retoriche e poetiche fatte alle lettere di Francesco a Maria Sofia. Correzioni doverose perché, al perfetto stile della principessa austriaca, si contrapponeva quello un po' più grezzo del principe napoletano. Salvatore, giovane di bell'aspetto, con capelli e occhi neri, e fare da gentleman, invece, sapeva bene come adulare e conquistare giovani fanciulle, e il suo nome era noto in certi ambienti dei quartieri di San Giuseppe e San Giovanni Maggiore come *"sciupafemmene"*.
Perciò, il suo aiuto era stato forse decisivo per la costruzione della coppia che avrebbe regnato per più di

quarant'anni a Napoli, e in tutto il meridione d'Italia, dando stabilità, carisma, e certezze a quel regno delle Due Sicilie che sarebbe diventato un modello per tutto il mondo.

* * *

Il Falsario, che risorsa! Pensa Filangieri mentre legge ad alta voce, con l'enfasi che merita un documento così ben fatto, la finta confessione di Milano:

Io, Agesilao Milano, nel pieno delle mie facoltà mentali, mi assumo la responsabilità materiale dell'efferata uccisione di Sua Maestà Ferdinando Secondo, con vile atto perpetruto in Capodichino, lì 8 Dicembre anno 1856. Altresì dichiaro che l'attentato mi è stato commissionato da un mandante, Carlo Bonesso, da me incontrato varie volte nei mesi precedenti, al fine di stabilire modalità e data del tradimento regicida. Detto Bonesso mi ha confidato, a sua volta, di essere mandato da un congresso segreto di mazziniani che agiscono per gettare nel disordine e nello sconforto il popolo del Regno delle Due Sicilie, ai fini di guadagnare vantaggi economici e militari al governo Sabaudo di Camillo Benso Conte di Cavour. Con questa lettera, chiedo a Vostra Maestà Francesco Secondo, di garantire l'intercessione di Papa Pio IX al fine di avere salva la mia vita. Con garbo e umiltà, sopraddetto Agesilao Milano.

Il tocco di classe è una firma del 'reo confesso', ricopiata da una firma autentica messa dallo stesso Milano su una lettera che non verrà mai spedita. Una firma falsificata, ma assolutamente perfetta, a prova di calligrafo storico. Non che il documento in questione si presti a dubbi, vista la situazione emotiva di chi lo leggerà, ovvero l'intero consiglio dei ministri e il Re,

situazione che porta a credere a quanto il testo suggerisce. Però Filangieri apprezza il perfezionismo, ben speso in un documento così importante.
Già, pensa mentre lo arrotola con cura e lo mette in una custodia, un documento che cambierà i rapporti di forza in Europa.

* * *

Alla fine l'occasione migliore per leggere pubblicamente la finta confessione è il funerale di Ferdinando Secondo, due giorni dopo. Un palco con le insegne reali e teli neri, viene allestito in una Piazza Ferdinandea che si acquieta in modo impressionante, nonostante la folla oceanica, quando Francesco, con il passo più sicuro che riesce a darsi in quella tragica circostanza, sale e si mette di fronte al leggio, con la sua uniforme blu dai pantaloni rossi, così ben pulita e stirata da nascondere il leggero tremore, l'incertezza rimasta nel cuore di un ragazzo proiettato improvvisamente, violentemente, nel centro dell'attenzione, e della fiducia di quei napoletani che ancora stenta a chiamare, come sarebbe giusto, il suo popolo.
Ben pettinato, con i baffi sottili e il viso teso nel cercare di nascondere ogni emozione, Francesco si volta un istante a incrociare lo sguardo di Maria Sofia, come ad attingere le ultime due gocce di sicurezza e autostima che gli servono per affrontare quelle migliaia di sguardi costernati, furiosi, indignati. E attinge al sorriso di Maria Sofia, la quale, seppur condividendo i problemi alle arcate dentali della sorella Sissi, come lei ha imparato a sorridere senza aprire le labbra. E tanto esercizio ha dato frutto: è bella, Maria Sofia, bella come un tramonto su Capri, fresca come una mattina presto al mercato, rassicurante come una madre napo-

letana. Allora, soddisfatto, più sicuro di sé, lui si volta di nuovo verso la folla, e tuona: "Ferdinando Carlo Maria di Borbone, Re del regno delle Due Sicilie, non è stato solo un monarca illuminato, un carismatico condottiero, uno statista inventivo e dalla ferrea determinazione. È stato un padre amorevole e protettivo, è stato una mano ferma e sicura che mi ha guidato per tutta la nostra vita insieme. Vita insieme, che purtroppo è stata troppo breve, ma ha lasciato la sua vela appesa al mio albero maestro per prendere il vento del futuro, mantenere l'abbrivio, crescere. Sì, crescere, e noi cresceremo, perché MIO PADRE è stato, è e sarà sempre il PADRE DI QUESTA CITTÀ!!" La folla alza la voce, si sente commozione, entusiasmo, persino una nota di felicità. Francesco è emozionato, ma mantiene un contegno ammirevole: "Mio padre... mio padre è anche il vostro padre. E da lassù, continuerà a guardarci e a proteggerci benevolo. È il padre della PATRIA!" Stavolta l'urlo della folla trabocca, e Francesco deve aspettare un minuto buono, prima di riprendere il discorso.

* * *

Ma il suo tono cambia: "Popolo delle Due Sicilie, noi dobbiamo proteggere e far crescere questa terra generosa e meravigliosa. Dobbiamo fare del nostro meglio, dobbiamo fare il possibile e l'impossibile, con la vanga e l'aratro nei floridi campi coltivati, con il martello e l'incudine nelle gloriose industrie. Ma anche," e a questo punto il suo tono si fa decisamente cupo e rabbioso, "con il moschetto e la sciabola ai confini del regno. Noi dobbiamo, in nome di mio padre, difendere ciò che Dio ci ha dato, questa terra paradisiaca su cui potenze straniere, lugubri e vili personaggi che si na-

scondono dietro una falsa e ipocrita maschera di correttezza e democrazia, vogliono mettere gli artigli, e conficcarli nelle carni dei nostri figli, rubare il loro frumento e il loro pane, le loro certezze e il loro futuro!!"
Francesco chiama Filangieri con un gesto sorprendentemente fermo e determinato, che non lascia dubbio alcuno: vuole leggere la 'confessione'. Carlo gliela distende davanti, sul leggìo in legno e ferro battuto, e la tiene distesa, guardando, con la coda dell'occhio, con grande soddisfazione, quel giovane Re che lui sta pian piano costruendo. Francesco legge, con rabbia controllata, con indignazione ferina, lentamente, in modo che i concetti penetrino nella coscienza collettiva della città. Quindi la riarrotola, la consegna al generale, e riprende: "Io da questo palco grido la mia indignazione. Maledire è cosa che appartiene all'Inferno, dove sono destinati questi personaggi, e io non voglio portarla in questo mondo. Ma io affermo, e nessuno mi può contraddire: NOI CI DIFENDEREMO dall'aggressione dei Mazziniani, dei Sabaudi, di tutti i loro lacchè, nessuno di loro metterà piede sulla NOSTRA TERRA!!"
Si volta verso Carlo Filangieri, che sente un giovanile orgoglio gonfiargli il petto sotto la classica uniforme blu, e prosegue: "Il qui presente Tenente Generale Filangieri assume in questo momento l'incarico di commissario straordinario delle forze armate del regno delle Due Sicilie, con il compito di ristrutturare l'esercito e la marina, irrobustire i confini, e perseguire i colpevoli dei vili atti che hanno macchiato di sangue la nostra terra. Non vi è nessun dubbio, come ai tempi gloriosi di Napoleone e Murat, faremo tremare l'intera Europa alla vista della nostra bandiera. Pretenderemo e otterremo GIUSTIZIA E RISPETTO!!"

***

Mentre il popolo napoletano si sgola, e le bandiere bianche con lo stemma borbonico si agitano, Francesco Secondo si esibisce in una mossa che sorprende Filangieri, i ministri, il mondo intero. Il monarca, con un gesto ampio ed elegante, chiama una persona accanto a se sul palco, e riprende, con un tono maturo e responsabile che terrà per il resto dei discorsi pronunciati nella sua vita: "Vi presento Maria Sofia, mia fidanzata e futura vostra regina. Maria Sofia, ti presento il tuo Popolo."
Le lascia spazio, e Maria Sofia, sorridente e con gli occhi chiari che abbracciano il mare, la ragazzina maturata di colpo e per forza, ma responsabilmente, si affianca al futuro marito, con un elegante vestito nero che ne esalta la corporatura snella e mitteleuropea; si scuote di dosso le ultime tracce di una fulminea adolescenza, e con voce da donna, con un tono caldo come l'eterno sole di Napoli, appena spruzzato di un velo di cadenza teutonica, che però si mescola in modo perfetto con l'emozione partenopea, pronuncia le parole che ogni persona presente quel giorno, ricorderà per tutta la vita:
"Io sono la vostra Maria Sofia!! Voi siete i miei figli!! *VE VOGLIO BBENE ASSAJE!!*"
La folla riunita in Piazza Ferdinandea va letteralmente in delirio.

Capitolo 3

14 Dicembre 1856 – 71, l'omme 'e mmerda

Antonio Stefano Martini, ambasciatore austriaco a Napoli, appoggia la tuba sul treppiede accanto alla poltrona di raso rosso ricamato, si aggiusta le code dell'elegante giacca marrone scuro, e si accomoda a gambe incrociate, cominciando come suo solito ad arricciarsi il baffo destro. Il gesto è un tic nervoso che gli è rimasto per il trauma causato dall'imprigionamento durante le rivolte dell'Arsenale di Venezia, qualche anno prima, ma lui non lo sa, e certamente non ha modo di scoprirlo per via dell'attuale arretratezza dello scienza psicologica, i cui maggiori studiosi e specialisti non sono ancora nati. Ma per sua fortuna anche le tecniche di manipolazione degli individui che dimostrano fragilità, non sono ancora state sviluppate. In caso contrario, Carlo Filangieri, che sta seduto di fronte a lui nella sua elegante uniforme blu, e lo osserva attentamente studiando la strategia per ottenere il massimo da questo colloquio, gli farebbe passare una delle peggiori giornate della sua vita.
Comunque la decennale esperienza del Generale non è un'arma leggera, e lui comincia subito con uno spietato cannoneggiamento verbale: "Gentilissimo ambasciatore, innanzi tutto la ringrazio per essere venuto a incontrarmi. In effetti c'è un argomento molto importante e molto urgente da discutere, ed è quello relativo ai vostri atteggiamenti nei confronti di paesi con i quali abbiamo un rapporto 'difficile' ". Carlo lascia che lo stupore e la sorpresa sedimentino un istante nell'avversario, poi riparte alla carica: "Mi riferisco alle manovre diplomatiche del Visconte Henry Palmerston, primo ministro inglese, e all'avvistamento di na-

vi inglesi al largo delle coste della Sicilia. Saremmo molto contrariati dal sapere che tra tali navi vi sono i nuovi modelli della marina inglese, come le chiamano, 'corazzate' ". L'umore di Martini ora è proprio quello che ci vuole per l'efficacia dell'ultima salva di parole: "sarebbe molto spiacevole scoprire, come sospettiamo, che si sta preparando un duplice attacco alla nostra sovranità, dal mare, e via terra da nord." Non lasciando alcun dubbio che il finto sospetto attacco sarebbe portato dall'esercito austriaco attraverso le porte, 'improvvisamente spalancate', del Papato. "Anzi triplice, visto che un subdolo attacco è già stato portato al nostro cuore, alla figura del nostro amato Re, ucciso da un complotto Sabaudo. Lei capisce le implicazioni della nostra consapevolezza di essere al centro di tali 'attenzioni', vero?"
La tecnica dell'arringa di Filangieri si rifà alla sopraffina dialettica del grande Cicerone, coniata nei secoli come 'ex abrupto', ossia partire improvvisamente dal nucleo del discorso, senza tanti complimenti e senza avvicinamenti progressivi, in modo da far sentire spiazzato l'avversario. Il famoso discorso che iniziava con la frase: "Quousque tandem, Catilina, abutere patientia nostram?", rivolto al senatore truffaldino e traditore, era passato alla storia, per aver messo, anzi scaraventato, contemporaneamente, il reo sul banco degli imputati, e gli altri senatori, senza lasciare nemmeno a loro il tempo di pensare, nella giuria, con un effetto dirompente che aveva contribuito, insieme ad altri episodi, a farlo passare alla Storia come il principe del foro.
Ad ogni modo, l'effetto c'è. L'ambasciatore cerca affannosamente tra le carte del suo mazzo, di pescare quella che gli consenta di uscire da una situazione imprevista e scomoda. E alla fine sceglie proprio quella

più utile a Filangieri: le rivendicazioni territoriali.
"Generale Filangieri, l'Austria non ha nessuna intenzione bellicosa nei confronti della penisola italiana. Il nostro interesse è tutelare la presenza dell'impero in una regione che ha una notevole popolazione austriaca."
"Il fatto che sia stato colonizzato da voi, non toglie l'italianità geografica alla Pianura Padana. Sorvoliamo su questioni di principio che non sussistono. Quello che vi interessa è il ritorno economico di una regione che, per la sua arretratezza, avrà con tutta probabilità uno sviluppo rapido nei prossimi decenni. Inoltre, vi interessa lo sbocco agevole sul mare. Qualsiasi costa sarebbe meglio della Dalmazia, ed è certo che un Arsenale come quello di Venezia è un boccone appetitoso. Un tantino indigesto, a volte…"
Filangieri si rende conto di aver colpito ancora una volta nel segno, rammentando a Martini il crudele periodo di prigionia nelle mani dei rivoltosi veneziani del 1848. Quell'anno, che sarebbe rimasto per sempre nella memoria popolare con il detto 'è successo un 48', aveva visto fiamme di ribellione incendiare tutte le principali città del norditalia. Difatti, il ricordo è ancora così vivo, che l'ambasciatore austriaco sembra aver perso definitivamente la tracotanza così caratteristica di quel popolo e quel regno in declino. Pertanto, è facile per Filangieri approfittare dell'esitazione per formulare una proposta determinata e decisa. Sarà sicuramente discussa da Francesco Giuseppe e dai suoi generali, ma la mancanza di una argomentazione iniziale da parte Austriaca si farà sentire, e come: "La proposta del Re Francesco Secondo, di cui io mi faccio umilmente portavoce, è questa:" Carlo tira fuori, da una borsa a tracolla, una mappa arrotolata e la dispone davanti all'ambasciatore. "Un obiettivo di compro-

messo. Il confine tra il territorio italiano e quello austriaco, sarà segnato dal fiume Brenta, e dalla città di Trento. Inoltre garantiremo la salvaguardia dei residenti di cittadinanza e origine austriaca, e consentiremo la presenza di modeste vostre guarnigioni al Quadrilatero[3]."

Martini guarda la mappa con interesse, e un pizzico di stupore, e Carlo Filangieri si rende conto di aver vinto la sua battaglia. L'ha vinta con armi molto diverse da quelle che usava ad Austerlitz, a Espinosa de Los Monteros, a La Coruña. L'ha vinta con la personalità, l'astuzia, la diplomazia.

È chiaro che l'intera corte di Schönbrunn, oltraggiata e aggressiva, pretenderà una trattativa. Ma la vera vittoria è che quella trattativa ci sarà, che ormai è iniziata, e che a nessuno ormai conviene dire di no, cercare di impedire che inizi. Sia da una parte che dall'altra.

Perciò Francesco Giuseppe, nel suo salone del consiglio, davanti ai suoi generali, ai ministri, agli imprenditori e commercianti del regno percorso dal bel Danubio blu, mostrerà il suo volto aggressivo e indignato; ma poi ci sarà un momento in cui, mentre Sissi è alla specchiera che si fa spazzolare e profumare i capelli da lui, avranno un colloquio in cui la Regina userà tutto il suo immenso charme per calmarlo, e tranquillizzarlo sul fatto che da un Regno dove la futura regina è la adorata sorella Maria Sofia, non ci sono da aspettarsi brutte sorprese.

Nè la coppia di monarchi di Vienna, né la Perla del Golfo, sanno, né mai sapranno, che Filangieri sta già preparando una versione del futuro assetto europeo,

---

[3] Area tra il Veneto e la Lombardia, circondata e protetta da quattro città fortificate: Mantova, Verona, Peschiera e Legnago, che geograficamente formavano appunto un quadrilatero che consentiva il trasferimento protetto di truppe da e per la valle dell'Adige, il Brennero, e dunque l'Austria.

molto differente, altrettanto sorprendente e manipolata, e decisamente machiavellica. Ma stavolta per i cugini d'oltralpe.

***

L'imperatore è decisamente informale, mentre nel suo studio rilegge per la terza volta, stavolta con la massima attenzione, la strana lettera inviatagli da Francesco Secondo di Borbone-Due Sicilie. Indossa ancora i pantaloni eleganti della giornata, ma le bretelle sono scese dalle spalle, e ricadono sulla camicia bianca anch'essa slacciata e lasciata cadere fuori dai pantaloni. Il fatto è che dopo l'ennesima giornata piena di incontri formali, vincolanti, apparenti, e del tutto inutili, con varie personalità di cui lui già non si ricorda più, ha deciso di regalarsi un momento di calma; ha preso dallo stipo nell'angolo un bicchiere di cognac, e si è messo vicino al caminetto a leggere la lettera.
Perché questa lettera, *mon Dieu*, è davvero interessante.
Carlo Luigi Napoleone Bonaparte, incoronato con il nome di Napoleone III, ha in comune, con il celeberrimo zio, l'attenzione agli affari che coinvolgono l'Italia. Ci mancherebbe altro, viste le origini corse della famiglia. Inoltre, saltati i saluti e gli omaggi di rito, il testo della lettera entra subito nel vivo, con una determinazione e una lucidità che lui presume non appartenere al giovane principe che ha conosciuto in un precedente viaggio a Napoli. Qui c'è uno stile e una

Napoleone III

personalità diversa, e allora, o il giovanotto incerto e timido è improvvisamente e miracolosamente diventato un leone della politica e della dialettica, oppure c'è qualche altro personaggio ben più scafato dietro queste parole, evidentemente dettate. Ma da chi? Si chiede l'imperatore di Francia, pettinandosi con le dita gli splendidi baffi a punta, e proseguendo nella lettura:
"Come voi sicuramente sapete, la nostra marina mercantile ha una notevole presenza nel mediterraneo. Non è sfuggito pertanto alla nostra attenzione un certo movimento di cannoniere ad alto potenziale, le cosiddette 'corazzate', nei nostri mari. Corazzate battenti bandiera inglese. Sulla terraferma, inoltre, ci sono tensioni commerciali, legate al tentativo di incrementare la propria influenza, da parte degli investitori inglesi che hanno collaborato alla creazione di poli industriali, quali le acciaierie calabresi, le filande casertane, eccetera. Infine c'è l'elemento sconvolgente, per la struttura delle linee commerciali della regione, del progetto del vostro Monsieur De Lesseps, di aprire un canale navigabile tra il Mediterraneo e il Mar Rosso, in Egitto, nei pressi di Suez."
Non è difficile fare due più due. L'Inghilterra, evidentemente, vuole approfittare del momento caotico per stabilire una roccaforte commerciale nel Mediterraneo.
"Inoltre, abbiamo in mano dei documenti che indicano una partecipazione attiva di elementi radicali del Regno di Sardegna, appartenenti alla corrente politica mazziniana, in un complotto internazionale il cui scopo è trasformare il Regno delle Due Sicilie in una vera e propria colonia inglese. Non occorre che le spieghi che cosa questo significherebbe per la Francia, per le sue linee commerciali, e per la sua autorità negli affari

europei. Mi permetto di suggerire un incontro, a Napoli o a Parigi, tra i nostri strateghi dell'esercito e della marina, per elaborare un piano di contromisure preventive. Si potranno fare scambi di appunti tattici o di tecnologie, e sarà sicuramente un modo di suggellare l'amicizia e la collaborazione tra i nostri due paesi. Il Regno delle due Sicilie, con il vostro prezioso e determinante aiuto, costituirà la roccaforte che impedirà un'espansione sconsiderata dell'influenza commerciale inglese nel mediterraneo, e nel contempo agirà da cuscinetto nella pianura Padana, nei confronti dell'Impero Austro-Ungarico."
"Mi permetto di avanzare già una proposta, che naturalmente potrebbe essere oggetto di discussione in quella sede, per la compensazione del vostro aiuto in questo difficile frangente. Sappiamo che desiderate il ricongiungimento dei territori d'oltralpe che geograficamente vi appartengono da sempre, ovvero Costa Nizzarda e Savoia. A questa doverosa restituzione mi sento di poter discutere sull'aggiunta di Riviera Ligure di Ponente fino a Genova esclusa, e Corsica, naturalmente. In cambio desidererei un aiuto militare e politico per stabilire una collaborazione dei popoli abitanti i dintorni del Golfo della Sirte e della Tunisia, al fine di sviluppare, grazie alla manodopera disponibile in quelle regioni, l'industria del Regno delle Due Sicilie.
Spero di aver fatto cosa gradita e di aver rispettato e salvaguardato i rapporti esistenti bla bla bla...."
L'Imperatore ormai ha incamerato tutte le informazioni necessarie, smette di leggere, e va a chiudere la lettera, ripiegata, in un cassetto chiuso a chiave del suo studiolo-scrivania; poi torna a guardare il fuoco, sorseggiando il suo cognac.

Fuoco nel caminetto, fuoco nelle vene. Pensieri. Strategie. Successi politici ed economici.
Domani convocherà una riunione straordinaria del consiglio dei ministri, e una riunione con i generali di corpo d'armata e della marina. Avranno argomenti tosti da discutere.
Ma più che le affascinanti prospettive di ostacolare i piani dei cugini d'oltremanica, e l'infido governo sabaudo, una curiosità lo tormenta:
Chi è quel volpone che ha escogitato e pianificato tutto ciò?

* * *

Carlo Filangieri e Vincent Benedetti si stringono calorosamente la mano, nella Terza Anticamera del Palazzo. Benedetti è un bell'uomo, alto, elegante nel suo abito con giacca a tre bottoni, color canna di fucile. La sua calvizie è precoce e notevole, ma lui è uno di quelli che porta la stempiatura ampia con charme, perché ogni sguardo, specialmente quello delle donne napoletane, si posa sui suoi occhi penetranti e sulle sue labbra sensuali. Ma

Vincent Benedetti

non è per l'aspetto fisico attraente che è diventato un prezioso punto di riferimento per la diplomazia del Regno; è perché, sia per le sue origini italiane, sia per la sua sincera passione per Napoli e per tutto ciò che riguarda la penisola italiana, negli ultimi anni si è preso cura, pur senza incarico ufficiale, dei rapporti e de-

gli affari tra Francia e Regno delle Due Sicilie. Molta cura, tant'è vero che viene considerato un ambasciatore a tutti gli effetti, e tutti, da una parte e dall'altra, si rivolgono a lui con fiducia. Come in questa occasione. Non appena Benedetti esce dalla stanza, con passo allegro e aria soddisfatta, da una porta celata in una parete laterale, entra Re Francesco.
"Siete soddisfatto, vostra maestà?"
"Sì, pienamente. Ma c'è qualcosa che non mi è del tutto chiaro. La figura, il ruolo di Carlo Bonesso."
Filangieri si siede nuovamente sulla seggiola foderata di raso verde, e invita il Re a fare altrettanto sulla poltrona di fronte. "Carlo Bonesso, ufficialmente, è un commerciante di tessuti, che ha usato il suo livello di inserimento nella società napoletana, per aiutare Agesilao Milano a compiere l'efferato delitto. Ha fatto tutto questo in quanto membro della massoneria sabauda "Ausonia" e del movimento mazziniano "Giovine Italia"[4]. I suoi scopi sono sempre stati quelli di nascondere e alimentare, sotto la sua impresa commerciale, un'attività sovversiva tesa a destabilizzare il Regno, gettare nel caos le autorità, l'imprenditoria e la popolazione, e preparare la strada al grande piano di Mazzini e Cavour, quello dell'unificazione italiana sotto la bandiera Sabauda. Il Bonesso ora si trova agli arresti, nel carcere di Castel Capuano, e ha già dettato e firmato una compendiosa confessione. Attendiamo solo il termine del processo, e poi avrete, e il popolo avrà, la soddisfazione di vedere i due criminali appesi uno accanto all'altro sulla forca."

---

[4] Chiaramente i due movimenti erano in contrasto per origine e scopi (monarchica l'Ausonia, repubblicana la 'Giovine Italia'), dunque difficilmente Carlo Bonesso avrebbe potuto aderire a entrambi. L'ipotesi è che, senza una solida rete spionistica (che invece il Cavour aveva), persino Filangieri non avesse le idee ben chiare sulla struttura organizzativa del nemico.

"Grazie, generale, ma tutto questo già lo so. E come da voi premesso, è la versione ufficiale. Vorrei quella dei fatti."
Filangieri sembra soffermarsi qualche secondo sui pro e i contro, mentre si accarezza i capelli sulla tempia. Poi sospira, e risponde deciso: "Restando fermi i punti relativi all'attività commerciale del Bonesso, e quelli relativi al suo arresto e prossima esecuzione, tutto quel che c'è, tra questi due elementi, è stato costruito ad arte e verosimiglianza, usando alcune risorse a mia, o meglio nostra, disposizione."
Francesco si alza e fa qualche passo attorno a Filangieri, come un'aquila che volteggia attorno alla preda. Il suo tono è duro: "Io ho sulla mia scrivania, nel mio studio della stanza accanto, la richiesta di grazia che un disperato commerciante torinese mi ha mandato, scrivendo di essere totalmente innocente e di non sapere nulla dei fatti in questione, di essere padre di due figli, uomo onesto e amante della città di Napoli, del nostro popolo e del regno. E io, presumo, non accetterò questa supplica, anzi mi dimostrerò indignato e spietato, e con fermezza ribadirò che gli assassini di mio padre, diretti esecutori e favoreggiatori, dovranno scontare nel cappio le loro terribili colpe." Il re fissa Carlo Filangieri diritto negli occhi: "Dunque rifiuterò la richiesta grazia di Bonesso, pur sapendo perfettamente che è innocente del crimine contestato?"
Maria Sofia sta facendo un egregio lavoro su questo ragazzo, pensa il generale; sta collaborando con gli eventi a farne un adulto conscio delle sue immense responsabilità: "Sì, è così, maestà. La ragion di stato vuole che il terribile gesto non sia stato quello di un traditore della patria, squilibrato e meschino, ma che anzi esista un'organizzazione capace di pianificare

con freddezza tempi e risorse, atti a compiere detti crimini."
"Non sono sicuro di essere felice di prendermi questa responsabilità, non tanto di fronte al mio popolo che in fondo non ne saprà, presumo, mai più nulla. Ma nei confronti di Dio e della mia coscienza, sì."
Lo sguardo del giovane monarca è arcigno, in questo momento. Carlo lo rassicura: "La ragione di stato di cui ho parlato, è quella di difenderci contro un piano che esiste veramente, e da tempo: il piano dell'unificazione dell'Italia. Vostra maestà, tale piano potrebbe sancire la fine della vostra monarchia, e la distruzione di tutto ciò che il vostro bisnonno Carlo, Gioacchino Murat, e vostro padre, per citare solo i più illustri, hanno costruito per voi. E certi fatti, come la presenza massiccia di truppe francesi in Piemonte, i recenti disordini, probabilmente pilotati, nella Romagna Pontificia, nei Ducati di Modena e Parma, e nel Granducato di Toscana, sono chiaro segno che nel norditalia questi personaggi, quell'organizzazione, è pronta all'azione."
Francesco è ammutolito, e guarda un punto imprecisato nella sala. Forse è la prima volta che qualcuno gli parla ben chiaro di questa terribile prospettiva. È il momento di insistere e di sfondare certe barriere, pensa Carlo, che si gira a prendere il suo borsello da terra, e intanto prosegue nel discorso: "Maestà, non stiamo parlando di quattro gatti idealisti, come Cavour stesso vorrebbe far credere, per calmare le acque e prenderci di sorpresa. Si tratta di un movimento politico connesso alla Massoneria, dunque dotato di risorse finanziarie importanti, di appoggi politici robusti, del supporto di ricchi e famosi imprenditori. E soprattutto, di un alleato internazionale, l'Inghilterra, eccezionalmente dotato economicamente e militarmente, e av-

vezzo da secoli alla colonizzazione, diretta o indiretta, di qualunque popolo abbia bisogno, giustificandola con la presunta 'civilizzazione' ".
Filangieri tira fuori un foglietto dal borsello, e fa un respiro profondo per calmarsi. Non è lui che deve emozionarsi, lui deve mantenere freddezza e controllo, e ispirare indignazione e ira nel suo monarca, perché a sua volta il Re trasmetta tali sentimenti, coinvolga e raccolga il popolo sotto la bandiera del Regno. Con quel meccanismo che, verso la fine del secolo sarà studiato da Jung e Freud con il nome di 'manipolazione', Filangieri usa uno strumento potentissimo, quello monarchico, dotato di un millenario e arcano potere quasi-divino, capace nel corso di tutta la Storia di rovesciare esiti di guerre e rapporti socio-politici, in modo assolutamente imprevedibile, realizzando imprese spesso considerate, anche a posteriori, impossibili.
"Vostra maestà, sentite cosa scrive William Ewart Gladstone, deputato inglese." Carlo legge una frase dal foglio:

"Il governo borbonico rappresenta l'incessante, deliberata violazione di ogni diritto; l'assoluta persecuzione delle virtù congiunta all'intelligenza, fatta in guisa da colpire intere classi di cittadini, la perfetta prostituzione della magistratura, come udii spessissimo volte ripetere; la negazione di Dio, la sovversione d'ogni idea morale e sociale eretta a sistema di governo."

Seguono alcuni secondi di pesante silenzio, in cui il viso del Re assume una colorazione rossastra, e il suo respiro diventa affannoso. Poi esplode:
"*Sfaccimme!!* Come si permettono!! Chi sono loro per spargere queste ignobili, vergognose menzogne!"

Francesco non aspetta una risposta, e sotto lo sguardo soddisfatto e orgoglioso di Filangieri, scatta verso la finestra, poi si mette a camminare per la stanza con l'atteggiamento di una tigre affamata in gabbia: "Domani voglio parlare al mio popolo. Voglio che sappiano che io sono il loro Re, che loro sono i miei figli, e che Dio è con noi. Questo mi ha insegnato mio padre, e questo sarà, per Dio e per la Patria!"
"Molto bene, vostra maestà, se…"
"Non ho ancora finito." Francesco punta l'indice verso Filangieri. "Carlo, voglio che tu organizzi una riunione del consiglio dei ministri. Voglio sapere quali sono queste fonti, da cui lo *strunzo* inglese ha sentito 'ripetere spessissimo' quelle vergognose bugie."
"Farò di più, Vostra maestà."
"Che cosa?" Lo sguardo di Francesco è iniettato di sangue, e perfora Filangieri.
"Se mi è permesso, elaborerò, con l'aiuto dei ministri di governo, una serie di misure che siano tese a eliminare le debolezze che, percepite, amplificate e distorte dai nostri nemici, hanno portato a questa ignobile visione. Le debolezze relative a giustizia, lealtà dei rapporti economici, integrità dei funzionari statali, gestione delle industrie, dei trasporti e del personale, rapporti con i cittadini, stato delle campagne coltivate, cultura e istruzione. Dobbiamo dimostrare, punto per punto, che il Regno delle Due Sicilie è una realtà che, lungi dall'essere simile a quella vile descrizione, è moderna ed evoluta, e negli ambiti in cui, per qualunque motivo storico, è rimasta leggermente indietro, è pronta a lavorare per portarsi a pari delle società che sono così leste a criticarci e a farsi beffe di noi. Laveremo l'onta, e scintilleremo nel mondo."

"Sì, Generale Filangieri, deve essere così, e così sia."
Francesco guarda fisso fuori dalla finestra, tremando ancora leggermente. "Scintilleremo nel mondo."
"Vostra maestà, se mi è permesso, mi accomiato e inizio subito a lavorare."
"Filangieri, una cosa ancora." Il Re continua a guardare dalla finestra, e ha un'ombra sul viso e nella voce. "Che quella faccenda di Carlo Bonesso vada avanti sul percorso stabilito, ma speriamo sia l'ultima ingiustizia che viene perpetrata nel mio Regno."
"Ne 'Il Principe', Machiavelli afferma che il fine di salvaguardare l'ordine e il potere dello Stato, giustifica i mezzi adottati, qualunque essi siano. E l'ordine e il potere del nostro Regno sono in ottime mani. Le vostre, Maestà."
Francesco ritrova un debole sorriso nei suoi lineamenti alterati. Poi, sempre guardando dalla finestra, mormora: "ora mi lasci solo, Filangieri. Vorrei parlare un momento con…" e punta l'indice verso l'alto.
Mentre esce, Carlo lo sente mormorare una preghiera.

Capitolo 4

3 Marzo 1857 – 34, 'a capa.

"Onorevole Murena, a lei la parola."
I ministri del secondo governo Troya sono seduti intorno a un tavolo ovale di legno pregiato, nella Sala del Trono di Palazzo Reale. Le finestre sono aperte, e una gradevole giornata marzolina del 1857 preannuncia quella che sembra destinata ad essere una primavera magnifica.
Come già accade dal giorno della discussione privata tra lui e Filangieri, il re ha deciso di assistere sempre alla riunione, insieme al Generale stesso, che da parte sua si occupa di dettare i tempi, e di assegnare la parola ai ministri. In pratica, è una situazione eccezionale, ma il primo ministro Troya si è adeguato volentieri: in fondo queste misure gli tolgono parecchi pensieri, e lui ha i suoi anni, la sua posizione è consolidata da una lunga esperienza, che gli permette un atteggiamento indifferente, teso al sopravvivere fino alla fine della legislatura.
Salvatore Murena, ministro dei lavori pubblici e delle finanze, si sistema la giacca e si alza dalla poltrona con il consueto fare solenne. I capelli bianchi e gli occhi scuri e profondi gli danno un carisma eccezionale, ben accompagnati dalla voce maschia e leggermente rauca:
"Onorevoli colleghi, per meglio presentarvi la situazione attuale della rete dei trasporti nel Regno, ho invitato alla riunione l'Ing. Emmanuele Melisurgo, che, dopo la mia breve esposizione, potrà rispondere a vostre domande di carattere tecnico e finanziario. Desidero prima di tutto rispondere, senza cercare patetiche giustificazioni, al Tenente Generale Filangieri, e a

chiunque avesse dubbi in proposito, sulla presunta mancanza di efficienza nella costruzione della rete ferroviaria del nostro Regno. Vi rammento perciò che il nostro territorio è montuoso, tormentato in altezza e avente coste frastagliate, e che pertanto è difficile garantire la copertura nelle condizioni in cui dovrebbe trovarsi nell'epoca attuale, ovvero a doppio binario, veloce e sicura. Ci occorrono investimenti più cospicui, e ora il Melisurgo vi spiegherà come contiamo di ottenerli."

Accanto al Murena, siede un signore distinto, con un completo grigio, folta barba grigio scuro con pizzetto chiaro, baffi arricciati e basette che sottolineano il volto allungato e serio. Dà un paio di colpi di tosse, e con tono calmo comincia: "Onorevoli, siete sicuramente al corrente dell'incomprensione sorta tra me e il fu Re Ferdinando Secondo. La mia iniziativa di fondare il giornale 'L'Arlecchino', dopo il caos del '48, è stata interpretata come sovversivismo. Io non intendevo dare uno spazio alle voci di opposizione e costituzionaliste, ma solo fare dell'ironia. Ho sopportato pesanti conseguenze per il mio gesto, ed è stato un danno anche per il Regno delle Due Sicilie, in quanto, scusate l'immodestia, credo di essere sempre stato l'uomo giusto per il compito in questione."

Mentre i ministri del consiglio mormorano tra loro, prende la parola Filangieri: 'il compito, nel frattempo, è diventato più complesso. Alle direttrici Napoli-Brindisi e Napoli-Abbruzzi, deve essere aggiunta la Napoli-Reggio Calabria. Sfruttando, dove esistente, la predisposizione per il doppio binario, ed eventualmente ricorrendo al singolo sulle tratte montane della Calabria."

Melisurgo si blocca e poi si gira verso la finestra, come se i conti di bilancio e di investimento fossero scritti

nel cielo azzurro. La sua riflessione è lunga, e mette alla prova i ministri più impazienti, ma alla fine la sua espressione è soddisfatta: "Se il mio stato fiduciario viene ripulito, io posso creare una società per azioni. Così, non ci saranno esborsi per il Regno. A questo punto non resta che trovare i finanziatori. In Inghilterra, ho contatti con banche d'affari..."
Filangieri lo interrompe: "Sarebbe meglio non dipendere da investitori di quel paese."
"Ma dove possiamo trovare altra gente disponibile a rischiare su un'impresa del genere, senza che siano stati stabiliti dei rapporti fiduciari? Ho impiegato mesi, solo per convincere Rotschild a 'tentare la sorte' sul nostro regno, pur puntando sul fatto che da qui vengono gli immigrati che là negli Stati Uniti lavorano nei porti."
"Non serve cercare lontano ciò che abbiamo in casa."
"Le banche? Ma le banche non investono, spostano solo capitali."
"Certo, perché non sono mai state vincolate a un progetto comune, sotto l'egida di un ordine diretto da parte di..." e si volta verso Francesco, che sta guardando la scena con una certa perplessità. E con simile perplessità i ministri, specialmente Murena, guardano lui. Filangieri sente ancora una volta quel brivido speciale, quella scintilla che provarono l'uomo che accese per la prima volta un fuoco, quello che lanciò la prima imbarcazione in un oceano sconosciuto, quello che mosse per la prima volta l'albero di un motore a vapore. Il brivido di essere veramente protagonista della Storia. E decide di mettere il suo suggello: "Le otto principali banche del paese, e quelle di secondo livello, finanzieranno il progetto di sviluppo delle ferrovie Abbruzzi, Brindisi, e Reggio Calabria, comprese le varianti, con i loro depositi, alle condizioni e ai tassi

d'interesse definiti dal Re Francesco Secondo. Saranno tassi d'interesse moderati ma fruttuosi, e tra pochi anni il capitale sarà restituito, con gli interessi, tramite le tariffe ferroviarie, senza alcun rischio. Naturalmente, i tassi saranno anche equi, per tutte le banche del Regno. Nessuna ingiustizia." E Filangieri fa l'occhiolino, rapidamente e non visto, al suo monarca.
Il quale gli fa un rapido cenno di risposta dal significato inequivocabile: 'dopo mi spieghi cos'è quella roba.'

* * *

"Maria Sofia ha un sorriso più grande e splendente ogni volta che rientra da quel balcone." Ma anche tu non scherzi, verrebbe voglia a Filangieri di dire a Re Francesco. Infatti, dopo il discorso alla città riunita in Piazza Ferdinandea, Maria Sofia, oggi in uno splendido vestito rosa con una mantellina leggera nera, che le fa risaltare i capelli e gli occhi chiari, abbraccia con passione il suo Francesco, trionfale in una splendida uniforme bianca, rossa e blu, di una fierezza che farebbe ingelosire Napoleone Bonaparte.
Questi due ragazzi, in pochi mesi, ne hanno fatta di strada. Insieme non arrivano nemmeno vicini ai 40 anni, eppure hanno un perfetto livello di fiducia reciproca, sincronia, unità d'intenti. Francesco e Filangieri hanno assistito, per soccorrere in caso di difficoltà e imbarazzo, solamente ai primi due discorsi. Poi, dal terzo, hanno lasciato completa libertà di espressione alla ragazzina più matura e in gamba che abbia mai salito i gradini di un trono, da... da Giovanna d'Arco, viene in mente a Carlo. Il quale si rabbuia subito al pensiero che un giorno la gioiosa principessa austria-

ca possa essere costretta a condurre delle truppe in battaglia.
Maria Sofia si avvicina e dice a Carlo: "*Was ist das?*[5] Ho detto qualcosa che non va, là sul balcone?"
"No, Vostra Maestà, ero semplicemente a cavallo di un pensiero mio. Siete stata magnifica, come sempre."
"*Vielen dank*[6], Generale Filangieri." Maria Sofia appoggia la testa sulla spalla del futuro conserte. Spalla che, anch'essa, ogni giorno, sembra più robusta e stabile.
Nel discorso di oggi, la futura regina ha esaltato la folla raccontando che cosa ci si deve aspettare da un viaggio in treno, lei che probabilmente, in tutta la piazza Ferdinandea piena, era la sola ad averne fatto uno. E il popolo napoletano, naturalmente, pendeva dalle sue labbra che parlavano di rumori ritmati e attutiti, di paesaggi che si muovono rapidamente attraverso i finestrini, di sedili morbidi e confortevoli, e, per i pochi ascoltatori sufficientemente borghesi da aver sperimentato per lo meno un viaggio in carrozza trainata da cavalli, l'assenza di buche, vibrazioni, scossoni laterali, e del permanente odore di cuoio ed escrementi equini, che caratterizzano le carrozze. Insomma un modo tutto nuovo, moderno e lussuoso di viaggiare, che molti dei plebei raccolti in piazza, probabilmente, mai avranno occasione di provare. Ma non importa, l'essenziale è che sognino, che siano partecipi di un sogno, che lo raccontino per i vicoli dei Quartieri Spagnoli, sotto il bucato steso tra le finestre ad asciugare, nelle piazze e nei cortili di Fuorigrotta e Posillipo, felici di compartire con piccole folle di parenti e amici l'entusiasmo della 'Tedesca', la ragazzina

---

[5] Che cosa succede?
[6] Grazie molte

che sta prestando il suo bel volto al domani della città dove splende sempre il sole.

* * *

La primavera combina però qualche scherzo, e una pioggia insistente accompagna Filangieri, Troya e Bianchini nella loro visita all'Opificio Meccanico di Pietrarsa, la fabbrica di componenti meccanici per la costruzione di linee ferroviarie, locomotive, binari, e componenti per navi passeggeri e militari, voluta da Ferdinando Secondo nel 1840. La carrozza che li porta entra nel cancello in un viavai di operai turnisti a piedi e in bicicletta, e attira sguardi curiosi.

Lodovico Bianchini

"Un autentico alveare." commenta Filangieri. "non ho visto una simile folla muoversi così ordinatamente, dai tempi delle campagne napoleoniche."
"Sono 1150 dipendenti tra artigiani, operai e ingegneri" replica Bianchini, pettinandosi i capelli grigi e radi, che fanno contrasto con la barbetta castana.
Troya mormora, senza entusiasmo, tenendo come sempre la testa inclinata di lato: "Sono bravi *guaglioni*, obbedienti e disciplinati. Una vera fortuna per il Re, poter contare su quest'azienda. Secondo me, perdiamo una giornata, a visitarla."
Bianchini, come sempre di fronte al più esperto collega, e diretto superiore, frena l'istinto di rispondere, e guarda Filangieri speranzoso.

Il Generale si preoccupa di mantenere l'equilibrio tra caratteri contrapposti: "In un certo senso l'onorevole Troya ha ragione, l'azienda è in notevole utile, le maestranze hanno espresso parere favorevole sul nuovo piano previdenziale," Filangieri annota mentalmente la breve espressione di disgusto di Troya, "e il ritiro di alcuni finanziamenti, dirottati sulle ferrovie dal Banco di Napoli, non ha causato squilibri particolari. Però il motivo per cui Bianchini ha organizzato questa visita è legata a un particolare prodotto in cui Pietrarsa si sta specializzando. Ecco, siamo arrivati."
Troya alza le spalle con la solita aria annoiata, e i tre, con gilet, pantaloni e soprabiti eleganti e intonati che attirano l'attenzione degli operai e degli impiegati che vanno e vengono, entrano nella Fabbrica, accompagnati da tre robuste guardie del corpo armate. Infatti se è vero che i capiturno hanno trasmesso ai direttori di reparto segnali positivi, il popolo può essere volubile, come ha insegnato il '48. Meglio essere prudenti.
Il direttore di produzione li attende nell'ufficio sopraelevato sopra il reparto, una balconata dotata di ampie finestre da cui impiegati guardano gli operai e gli orologi dal grande quadrante in loro possesso, controllando i tempi delle lavorazioni; ogni tanto qualcuno di loro fa un'espressione, soddisfatta o delusa, e segna qualcosa su un foglio davanti a sé. Accostati alle pareti non dotate di vetri, ci sono massicci schedari pieni zeppi di registrazioni di produzione e di tempi e metodi, e sovrastati da pile di cartelline.
I quattro oltrepassano una porta e arrivano in un reparto più piccolo, sempre sopraelevato, con dei rudimentali tavoli da disegno, attorno ai quali una piccola folla di ragazzi in salopette si è diviso in gruppetti che esaminano, ciascuno, un componente, un prodotto finito, un accoppiamento, un movimento. In un ango-

lo, un crocchio di persone sta guardando qualcosa al centro, e il direttore di produzione punta diritto verso il gruppetto, facendo cenno a Bianchini verso quella direzione, come a dire che quel che cercano è lì. Al vederli avvicinare, il cerchio si apre ossequiosamente, rivelando un uomo alto, dai folti capelli bianchi e dallo sguardo gentile, con pantaloni, gilet, una camicia bianca con le maniche arrotolate ai gomiti, e braccia e mani tutte sporche d'olio e di limaia. Accanto a lui, su un tavolaccio, un apparecchio con rotelle e aghi, e cavi elettrici attorcigliati un po' ovunque, parzialmente smontato, e circondato di parti meccaniche di vari materiali e forme, appoggiate su disegni chiazzati di inchiostro e caffè.
L'uomo sorride affabilmente, si pulisce la mano destra, senza troppo successo, con uno straccio unto e bisunto, e poi la tende verso i nuovi arrivati, dicendo, con un leggero accento anglosassone: "Buon giorno, io sono Samuel Morse."

* * *

L'invenzione di Morse non è concettualmente complicata: basta una mezz'ora per capire il funzionamento fondamentale. Gli ingegneri e operai specializzati intorno a quel tavolo, ormai, probabilmente sarebbero in grado di smontarla e rimontarla, e di costruirne altre identiche a occhi chiusi, ma Morse si è rivelato un perfezionista, che si occupa anche di migliorare i tempi e la qualità delle linee produttive, e ogni minimo aspetto

Samuel Morse

del macchinario originale. Ne approfitta per spiegare anche ai nuovi arrivati, in un italiano più che ammirevole, considerando che è in Italia da pochi anni:
"Questo è un apparecchio per telegrafo ad alta intensità d'uso. Il meccanismo di ritorno, con molla, del pulsante, vedere qui, ha comfort per continuo uso per ore, giorni. Le leve sono migliorate, con migliore affidabilità. Il nastro in uscita è guidato ai lati per evitare marmellata." Il termine, evidentemente tradotto in modo maccheronico, sorprende per un attimo gli ascoltatori, ma poi, a gesti, Morse chiarisce che si tratta banalmente di evitare l'incastro della carta. Peraltro questa sua attenzione ai particolari risulta piacevole alle orecchie interessate di Filangieri e Bianchini, mentre ormai Troya si è definitivamente distratto e guarda placidamente dalle finestre, con la testa perennemente inclinata, il reparto che brulica di attività, al piano terra.
Bianchini si passa la mano tra i capelli, e prende la parola, orgoglioso: "Grazie alla manodopera specializzata del Corpo Militare Strade e Ponti, e alla predisposizione delle strade ferrate sul territorio, siamo a buon punto della costruzione di una rete che colleghi ogni città del Regno."
"Più oltre," prosegue Morse con la sua voce profonda e pulita, "con gli amplificatori brevettati da me, uno può coprire grandi distanze, senza rumore e senza perdita di potenza."
"Magnifico." mormora Filangieri. Il suo pensiero si allontana da quella industriosa fabbrica napoletana, e viaggia fino a una anonima collina verdeggiante in Belgio. Ricorda due eserciti che si fronteggiarono, due condottieri, Napoleone e Wellington, impegnati in una sanguinosa partita a scacchi. Le narrazioni di quella battaglia si facevano confuse come il fumo dei

colpi di cannone, tra le urla di incoraggiamento e quelle di morte. E mentre Wellington, nel momento decisivo, potè contare sul supporto coordinato e disciplinato delle truppe di Von Blücher, a Napoleone mancò l'ardimento dei soldati fedeli a Gioacchino Murat, tra cui c'era lui, che in un momento storico ed emozionale assolutamente paradossale, sentì solo frammentarie notizie, da lontano, della battaglia che cambiò le sorti della Storia, della politica, della cultura e delle genti di un intero continente. La battaglia il cui nome, a distanza di quarant'anni, ancora metteva a Filangieri la morte nel cuore.
Waterloo.
Per questo il sistema telegrafico è così importante per il generale Carlo Filangieri. Perché nulla gli toglie dalla testa che quella battaglia avrebbe potuto avere un esito molto diverso, se fosse stato disponibile un sistema di comunicazione rapida, come quello di Morse. Un metodo che avrebbe consentito a Napoleone di chiamare al suo fianco il fidato e coraggioso Murat, il Leone di Napoli, che sarebbe arrivato a passo di carica, avrebbe incusso terrore nei nemici, avrebbe cambiato le sorti della battaglia, della campagna, della vita di tutti loro, della Storia...

"Filangieri!" Bianchini lo sta scuotendo come un ragazzino discolo e distratto, sorridendo divertito, "dove sei con la testa?"
"Ah, scusa..."
"Dai, andiamo a vedere la vasca all'esterno, nel cortile. Morse è già andato ad accendere il motore della pompa."
"Quale vasca?"
"Ti sei perso proprio!" Bianchini ride, con la sua scanzonatura napoletana. Sia benedetta, davvero ci vuole,

per sdrammatizzare certe situazioni. "Vieni, dai, ti spiego mentre andiamo."
Morse è in piedi, davanti a una grossa vasca d'acciaio chiusa ermeticamente, con tubi, valvole, manometri, pompe che rombano sommessamente. Indica strumento per strumento, curva dopo raccordo dopo flangia, il funzionamento tecnico della grossa apparecchiatura. Quindi tira giù un sezionatore, e indica un manometro: "la vasca è ermeticamente chiusa e con la pompa mantengo 20 atmosfere. Al interiore ci è una soluzione con sale al 5%, e passa un cavo protetto con guaina. Così simula invecchiamento in mare di i cavi telegrafici. Il esperimento va avanti da due settimane, e con misuratore di potenza elettrica misuriamo la variazione di perdita causata da corrosione e clima."
Bianchini è raggiante: "Eccellente, dottor Morse. Questo che cosa significa, dal punto di vista degli aspetti tecnici?"
"Egli significa che i materiali forniti, il cauccíù importato da Indonesia, e vostra eccellente ceramica di Capodimonte," prende da un tavolo antistante la vasca, alcuni pezzi di gomma nera sformata, e un paio di anelli lucidi e bianchi, e li mostra agli ospiti, "consentono a noi prestazioni di affidabilità molto alta, e di coprire lunghe distanze."
"Quanto lunghe?" Filangieri sente che la risposta lo esalterà.
Infatti fa quasi un salto quando sente dire da Morse: "Agevolmente, un cavo sottomarino tra Napoli e Palermo."
Persino Troya si volta, questa notizia ha stimolato persino la sua normalmente scarsa attenzione.

Capitolo 5

17 Marzo 1857 – 75, Pullecenella

"Grazie per essere venuti." Non trascura mai l'etichetta, Carlo Filangieri, e non dimentica di esprimere gratitudine per la disponibilità alla riunione informale con il primo ministro, Ferdinando Troya, e con il ministro dell'interno, Lodovico Bianchini. Tale riunione è diventata abituale, dal giorno dell'attentato al Re, e precede di poche ore la riunione ufficiale del consiglio dei ministri, dando però così l'opportunità, a Filangieri, di tenere sotto controllo gli argomenti di discussione, prevenire conflitti, intervenire in qualche modo pur non dando l'idea di partecipare attivamente.
La riunione si tiene nella Seconda Anticamera di Palazzo Reale, senza nessun clamore, in modo da non dare l'idea di un controllo, da parte del Generale, sulle attività della nazione. Idea che sarebbe comunque falsa, in quanto l'intervento dell'astuto combattente napoleonico è sempre misurato. In genere la riunione dura una mezz'ora, attorno a un tavolino con una brocca di profumato caffè e un piattino di cannoli freschi, che di solito resta intatto.
"Samuel Morse ha accettato di supervisionare la costruzione di tutto quanto, linee, amplificatori, cavi sottomarini, come capo ingegnere. E indovinate quale unica clausola ha messo come premio, una volta ottenuto il risultato finale?"
"Dica, Bianchini." Re Francesco aspetta il solito ricatto economico, è abituato ad essere considerato una mucca da mungere spietatamente, e la sorpresa nel sentire la risposta, è tanto più piacevole:

"Chiede una abitazione, anche modesta, a Sorrento, dove vuole ritirarsi all'attività che è sempre stata la sua vera, unica e autentica passione: la pittura."
"Questa poi." Si ridesta Troya, che stava pacificamente ammirando le volute di fumo sollevarsi dalla sua pipa.
"Affascinante" replica Filangieri, "e dipinge bene?"
"Non è il Canaletto, ma ha indubbiamente talento. Peraltro, considerando la sua preparazione e il suo genio elettromeccanico, non ho dubbi che la rete nazionale del telegrafo sarà pronta molto presto. In cambio di una impresa così importante, penso che ci convenga garantire fin d'ora la soddisfazione della sua richiesta."
"Accordato." sentenzia Re Francesco.
Bianchini continua: "Per di più, ci ha anche fatto una segnalazione interessante." Tira fuori dalla tasca del gilet viola un biglietto, che apre mentre continua: "Mi ha dato due nominativi, due imprenditori, suoi amici, statunitensi del Connetc... Contec... Conneti... Connecticut," A Bianchini, che pure ha studiato inglese, tocca ripetere tre volte, con calma, l'allucinante nome dello stato degli USA, prima di riuscire a farlo senza errori. "Sono imprenditori del settore armiero, che sarebbero interessati, oltre che a scambi commerciali, anche a una collaborazione tecnica. Morse ha promesso che intercederà, per farceli conoscere. Dice che sono molto inventivi, e stanno lavorando a innovazioni tecnologiche sulle armi da fuoco, perciò si potrebbe metterli a confronto con i nostri tecnici progettisti di Mongiana, Torre del Greco e..."
"Interessante," interrompe Carlo, "come si chiamano questi armaioli del Conn... insomma di quel posto là?"

"Ecco," risponde Bianchini leggendo il biglietto, "Horace Smith e Daniel Wesson."

* * *

Un mese dopo, il piroscafo "Ercole" entra nel porto di Providence. Ad attenderlo, due diligenze che portano gli italiani a Norwich. Lungo il viaggio, un immigrato napoletano, assunto come traduttore dagli impresari americani, spiega il programma della settimana, e naturalmente non manca di tempestare di domande gli ospiti, a proposito di Napoli, sua città di origine, che non ha visto in tanti anni, e per la quale prova, come tutti i napoletani costretti dal destino ad andarsene, un'intensa nostalgia.
Il team italiano è formato dall'ingegner Domenico Fortunato Savino, fondatore della Fabbrica d'armi di Mongiana, e da tre tecnici ingegneri metallurgici, scelti tra i più giovani, vispi e curiosi, oltre che preparati, nel Polo Metallurgico calabrese. Tra i tre, spicca per vivacità un ingegnere ventottenne di nome Onorato Tanfoglio.
Il mattino dopo, i quattro fanno conoscenza, allo stabilimento della Volcanic Repeating Arms, con Smith e Wesson, che, avendo molti immigrati italiani alle loro dipendenze, e avendo avuto modo di apprezzarne la grinta, la serietà e la creatività, riservano agli ospiti un trattamento di estremo riguardo. Le cassettiere con i disegni sono tutte aperte e consultabili, i macchinari accesi in piena produzione, il traduttore simultaneo che, pazzo di gioia, saltella da un crocchio all'altro, facendo di tutto per far sentire la gente a proprio agio. Così si instaura un dialogo aperto, sia per i lavoratori di quella azienda che passerà alla storia per la costruzione dei migliori revolver del mondo, sia per i tecnici

italiani che non possono che ammirare le procedure, la disciplina, la cura nella produzione e nel controllo qualità, quegli elementi che costituiscono già ora il metodo per il futuro stradominio industriale statunitense.
I tecnici italiani, per mettere maggiormente a loro agio i colleghi di Norwich, indossano abiti di lavoro comodi, tra cui le salopette di tela blu grezza, da tempo adottate nel vecchio continente per i lavori più pesanti[7]. Prendono nota mentalmente e su quaderni di strumenti, macchinari e modalità, e ammirano la linea di montaggio, mossa da un motore a vapore di ultima generazione, proveniente dal Regno Unito, allacciato ad un albero sopraelevato da cui un'infinità di nastri di cuoio portano il moto a torni, frese, trapani, lappatrici, mole, su banchi attrezzati con moderni utensili e strumenti di misura.   Un paradiso della meccanica e della produttività.
Per restituire il favore, gli italiani portano la generosità della loro terra e il calore della loro cultura: a sera, saltano fuori dalle sacche salami e bottiglie di vino, portati dall'Italia, e alla fine l'immancabile armonica a bocca, per costruire un legame di fratellanza che non sarebbe più stato dimenticato.
Dopo quattro giorni di scambi ed esperienze, il giovedì, a cena, si presenta un giovane imprenditore: "Buonasera, signori. Mi chiamo Oliver Winchester. Spero che sia tutto di vostro gradimento, la cena, l'alloggio, e l'illustrazione delle nostre linee produttive."
Risponde l'Ing. Savino, tramite l'onnipresente traduttore: "La ringrazio infinitamente per la possibilità dataci, come pure ringrazio gli ingegneri Smith e Wes-

---

[7] Difatti, il termine 'Jeans' deriva dal francese Gênes, Genova, in quanto i robustissimi pantaloni e salopette erano gli abiti da lavoro dei camalli del porto ligure.

son. È tutto fantastico, e si sta creando un legame di sincera amicizia, con i vostri tecnici."
"Sì, mi hanno parlato in modo lusinghiero di voi, e della vostra preparazione tecnica. Non che io sia molto esperto, in proposito: l'azienda di mia proprietà produce tutt'altro, ovvero abbigliamento in cotone, e io sono qui solo per dare un piccolo aiuto finanziario ai miei amici Smith e Wesson, in un momento di leggera difficoltà economica. A tal proposito, mi hanno parlato con entusiasmo dei vostri abiti di lavoro, così robusti e comodi,

Oliver Winchester

sebbene fabbricati con tela di modesto valore economico. Vi chiedo una cortesia, mi potreste lasciare un campione? Ho un amico imprenditore di nome Levi Strauss, che ha di recente assunto un contratto per gli abiti da lavoro per il porto di New York, e deve assolutamente conoscere questi modelli."
"Senz'altro, Mr. Winchester, è il minimo che possiamo fare per ringraziarvi."
"Bene. *Thank you so much*. Che cosa mi dite a proposito delle armi?"
"Credo di poter dire con certezza, per conto del ministro dell'industria, che i programmi di fornitura franco Porto di Napoli si possono realizzare, per quanto riguarda prodotti finiti, quali revolver e fucili, e componenti, in accordo con i progetti comuni…"
Winchester lo interrompe con un gesto la cui determinazione fa piombare tutti nel silenzio. Dopo qualche secondo dice, con un tono molto più serio: "Mi inte-

ressa sì che voi compriate le nostre armi, ma anche che le paghiate. È tutto apparentemente chiaro, dalle lettere che mi sono arrivate dai vostri ministri Troya e Bianchini, si desume che avete la liquidità necessaria e i beni immobili in garanzia. Ma questo vale finché siete integri come sovranità nazionale."
Il silenzio è totale. L'Ingegnere americano riprende: "Abbiamo avuto notizia del disgraziato attentato al vostro Re. Siamo costernati. Da parte nostra, sapete, la sola idea, che un attentatore possa uccidere il nostro presidente eletto, fa raggelare il sangue a ogni buon americano che si rispetti."[8]
Savino cerca di rasserenare l'atmosfera: "La prego di credermi, la situazione nel Regno è tranquilla, la popolazione è fiduciosa nel nuovo monarca Francesco Secondo, l'attentatore è stato condannato, e i mandanti sono stati svelati. Non c'è alcun…"
"Non c'è pericolo? *Don't sell me that bullshit!*[9] Quando ci sono di mezzo gli inglesi, c'è sempre pericolo! E non ditemi che gli inglesi non c'entrano, perché non ci credo!"
Gli ingegneri italiani si guardano sgomenti. Ci vorrebbe qualcuno con esperienza politica e diplomatica, per contrastare il ragionamento dell'imprenditore. Ci vorrebbe Filangieri.
Winchester percepisce lo sgomento, non certo inaspettato, e decide di scoprire le carte: "Domani è il vostro ultimo giorno alla Volcanic. Venite a trovarmi al reparto in fondo al capannone."

* * *

---

[8] Nei 110 anni successivi ben tre presidenti degli U.S.A. verranno uccisi in attentati.
[9] Non diciamo cazzate!

Il reparto è minuscolo, una stanzetta con tetto spiovente, probabilmente un vecchio ripostiglio riadattato; al suo interno, ci sono alcune macchine meccaniche manuali, cassette di attrezzi, ceste piene di particolari metallici alla apparente rinfusa. Appoggiato ad un tavolo al centro della stanza, Winchester illustra ai tecnici italiani un nuovo prototipo a cui sta facendo lavorare i suoi migliori ingegneri: "è un fucile con carica automatica a leva. Ecco, qui vedete dei campioni fatti a mano. La leva si abbassa così, espelle il bossolo usato, e fa entrare una nuova cartuccia nella camera di scoppio. Ecco… così." Illustra i movimenti facendo muovere i componenti… ma si intuisce che nell'insieme, qualcosa non funziona correttamente.
Onorato Tanfoglio si avvicina alla maquette, e accarezza pensieroso i piccoli componenti meccanici, la molla, la leva. Winchester lo guarda con interesse, e poi dice a tutti: "Purtroppo fatichiamo a raggiungere la necessaria affidabilità. E finché un'arma da fuoco non è più che affidabile, gli eserciti non la adottano, e per i soldati il fucile diventa una stupida prolunga per la baionetta." Si guarda attorno. "So bene cosa siete in grado di fare, conosco bene la fantasia e la capacità di aggirare problemi, apparentemente irresolubili, di voi italiani. Qui abbiamo un potenziale gioiello industriale ed economico, un'arma innovativa, che può cambiare il mercato. So che avete fior di ingegneri: dateci una mano."
Nel frattempo Onorato ha preso in mano alcuni pezzi, li sta guardando con un occhio allenato e preciso come un calibro a nonio, e infine chiede: "Posso avere alcuni di questi componenti? Come souvenir.". Winchester gli sorride: "Souvenir. Certo. Voi italiani siete veramente furbi."

* * *

Durante il viaggio di ritorno, Onorato parla animatamente con Savino, appoggiato al parapetto del piroscafo: "Ho bisogno di una trentina di operai almeno, per poter produrre esemplari funzionanti. Poi faremo una esibizione, e sarà un salto in avanti epocale!"
"Si, sono impressionato anch'io, Onorato. Sappi però che Bianchini, con me, è stato chiaro sulle priorità, e di conseguenza faremo un passo ulteriore: apriremo una società che farà capo a te. E non a Mongiana, ma a Torre del Greco. Io non ho problemi, ho più di mille dipendenti a libro paga, posso permettermi di cederti un gruppetto di bravi operai e ingegneri; in sostanza farò un piccolo sacrificio per te." Gli fa l'occhiolino. "Ma non ti preoccupare, non dovrai affannarti a rendermi il favore, perché, a me, in cambio, Bianchini ha promesso una serie di esclusive commerciali che mi rimborseranno ampiamente."
Onorato è raggiante. Guarda la distesa blu dell'oceano che riflette i suoi sogni più sfrenati. Mormora: "Winchester ha ragione, noi italiani *siamo* i più astuti."

* * *

Due mesi dopo, a Capodichino, un intero prato è stato circondato di cartelli di legno con su scritto 'divieto di accesso'. Gli unici che sono autorizzati a entrare sono Filangieri, Troya, Tanfoglio, due generali dei fucilieri, e un tenente dello stesso corpo, alto e robusto, fiero nella sua uniforme verde con cordini dorati, e un cappello grigio e bianco.
La giornata è serena, si sentono in lontananza passi di marcia e rumori di altre esercitazioni, e c'è un vago odore di polvere da sparo.

Il tenente fuciliere ha in mano uno stranissimo moschetto, come non ne ha mai visti, e infatti lo guarda e lo accarezza con curiosità, mentre Onorato gli dà le ultime, bizzarre istruzioni: "Ecco, lei tira la leva, la camera si apre, e lascia cadere il bossolo..." Il tenente è esperto, ed è un tiratore eccellente, ma stenta a credere che quel moschetto possa contenere addirittura cinque proiettili pronti per lo sparo e che... "Ecco, basta che lei abbassi la leva, e poi la riporti su, e si carica la cartuccia successiva."
Ancora qualche istruzione su come appoggiare alla spalla il calcio del fucile, il tenente si dice soddisfatto, e arriva il momento della prova pratica. Un paio di bottiglie di vetro vuote sono state posizionate su degli sgabelli a venticinque canne[10] di distanza. Un cenno di Filangieri, e l'esibizione ha inizio.
L'ufficiale, rimasto solo in mezzo al prato, solleva il fucile con le sue braccia forti e ferme, chiude un occhio, prende la mira, ed esplode un colpo. Manca la bottiglia. Impreca sottovoce, quindi abbassa e solleva la leva, si guarda alle spalle per ottenere un cenno di approvazione, e spara di nuovo. Questa volta, il potente proiettile, accelerato dalla lunga canna del fucile, stabilizzato dalla rotazione imposta dalla rigatura della parete interna, sbriciola la bottiglia.
Anche il terzo colpo è preciso.
Onorato passa dalla soddisfazione alla sorpresa, quando il fuciliere si avvicina e gli dice: "Mi dia altre tre cartucce, e faccia mettere cinque bottiglie. A *settantacinque* canne."
Un mormorio tra i generali presenti. Lo sguardo del fuciliere che fissa l'orizzonte lontano, come se stesse soppesando la qualità e combattività di un esercito nemico in avvicinamento, che vede solo lui. Il timore di

---

[10] Unità di misura del Regno delle Due Sicilie, pari a 2,64 metri

Tanfoglio, a cui le bottiglie, poste a quella distanza, sembrano infinitamente piccole. La curiosità di Filangieri, che con la sua esperienza percepisce un messaggio non verbale trasmesso dal fuciliere. Un messaggio di autorità, di nemici in fuga, di vittoria. Di morte.
Un cenno del Generale Filangieri, e la storia d'Italia cambia.
Succede tutto in pochi secondi:

BLAM   ka-klax   BLAM   ka-klax   BLAM   ka-klax BLAM   ka-klax   BLAM   ka-klax

Le cinque bottiglie, tutte disintegrate. Il fuciliere restituisce l'arma a uno sbalordito Tanfoglio, poi si rivolge ai Generali, che mormorano tra di loro, a loro volta stupefatti, quasi intimoriti dell'incredibile esibizione di potenza e precisione di fuoco: "Signori, Iddio mi è testimone: quest'arma straordinaria renderà il nostro esercito invincibile. Io ho appena 'ucciso cinque nemici' in pochi istanti: questo moschetto automatico è in grado di cambiare completamente gli scenari di guerra. Per sempre. In nostro favore."
"Ca-carabina." dice con voce fioca Onorato Tanfoglio; il fuciliere e tutti gli spettatori si voltano verso di lui. Filangieri gli sorride raggiante.
"Si-si chiama Carabina Winchester."

* * *

A sera, tornando in città, Filangieri pensa alle parole di Winchester, riportategli da Tanfoglio. *"Non ditemi che gli inglesi non c'entrano, perché non ci credo..."*. Pensa ai corsi e ricorsi storici, al coraggio di nazioni che hanno perseguito e difeso l'indipendenza e la libertà contro eserciti stranieri forti e preparati. A fratelli che

d'improvviso sono diventati nemici. A eserciti, marine, nazioni che da secoli sono abituate a imporre l'obbedienza senza discussione.
Come l'Inghilterra, ad esempio.
è tempo di consolidare alleanze, di verificare quanti semi della discordia sono già stati seminati e di quanti si può ancora prevenire la semina, e forse, di esibire una forza militare che molti non si aspettano. Anche grazie alla tecnologia.
Anche grazie a quell'oggetto che ha accanto a sé, appoggiato sul sedile della carrozza: il Fucile Tanfoglio, o Carabina Winchester, un souvenir di questa incredibile giornata. Un oggetto destinato fisicamente a essere appeso sopra un caminetto a Palazzo Reale, ed emotivamente, strategicamente, idealmente, a cambiare l'esito politico/militare di un intero secolo.

Capitolo 6

25 Giugno 1857 – 53, 'o viecchio

I valletti di Palazzo Reale chiudono accuratamente le porte dello Studio, e si crea subito un innaturale silenzio, dato che le finestre danno sul cortile interno e non sull'affollata Piazza.
Carlo Filangieri e Re Francesco sono seduti uno di fronte all'altro, tra loro un tavolino con un bricco di caffè, che ha molto più successo, due tazze per ciascuno, rispetto alle sfogliatelle e alle fette di pastiera che restano malinconicamente intatte. Ma la discussione è importante, e richiede concentrazione e brillantezza, specialmente a un ragazzo di vent'anni che non conosce la politica internazionale se non superficialmente.
Filangieri mette la tazza sul piattino. Per controllare l'ora, tira fuori l'orologio dal taschino del gilet grigio che indossa sopra una magnifica camicia Saint Gregory. Insieme alla giacca, il completo rappresenta il meglio dell'arte sartoriale napoletana, ispirata ai modelli inglesi, ma replicati con una leggerezza adatta al clima mite del Golfo, e studiata nel comfort dei movimenti per favorire il modo di accompagnare la discussione con gesti delle mani, tipicamente napoletano.
Difatti, Filangieri oggi è molto enfatico: "Come vi avevo promesso, maestà, oggi vi ragguaglio sulla triste situazione dei nostri rapporti con i *curnuti* Inglesi."
Francesco Secondo indossa pantaloni eleganti e un'altrettanto splendida camicia bianca con il colletto largo, ma slacciata e con le maniche arrotolate, per il caldo che soffre indubbiamente di più rispetto all'anziano Generale. "Mi ricordo bene la lettera di quel ammasso di sterco inglese, come si chiamava?"

"Gladstone. Sì certo, c'è da infuriarsi. È propaganda, ed è quello che gli inglesi sono maestri nel fare. Ma tutto questo ha una spiegazione, perciò cominciamo dagli elementi storici. Vostro padre, prima di tutto, ha fatto un lavoro eccezionale per mantenere il Regno in linea con lo sviluppo europeo. Ma fatalmente, proprio per quella bravura, si è fatto dei nemici. E l'Inghilterra non è solo nostra nemica, è anche un punto importantissimo per i traffici europei. Cominciamo da questi: avrà sentito dell'idea del Canale tra il Mar Rosso e il Mediterraneo?"
"Sì, ma più che un progetto sembra un delirio. Ma davvero si può fare una cosa del genere?"
"Non solo. Pare che i lavori siano già iniziati. Ora, che cosa significa questo? Vuol dire che il Mediterraneo diventa la via di transito navale di tutti i prodotti da e per l'Asia e regioni circostanti. E l'Inghilterra, per ragioni legate alla tradizione, all'orgoglio nazionale, e alle necessità economiche, non vuole perdere la sua posizione predominante."
"Ma immagino che siano in corso accordi, vero?"
"Sono saltati tutti, praticamente, quando il governo inglese ha ritirato gli ambasciatori da Napoli e da Palermo. I rapporti si sono progressivamente incancreniti fino a una, a mio parere, inevitabile rottura."
"Mi parli di mio padre, Generale."
Filangieri guarda il giovane, così orgoglioso e al tempo stesso così fragile, e riprende: "Vostro Padre è stato un grande Re, un Padre della Patria, un ottimo politico, diplomatico e condottiero, a cui si può forse imputare il difetto di non aver tenuto duro su alcune decisioni, ma che sulla maggior parte degli argomenti ha deciso per il meglio del suo popolo, lasciandovi in eredità un Regno dove c'è indubbiamente molto da

fare, e tante cose da cambiare, ma con la possibilità concreta di... "
"Scintillare nel mondo." Lo sguardo fiero del Re, rivolto al mondo fuori dalla piccola finestra, emoziona anche l'anziano diplomatico e militare, che, se ce ne fosse ancora bisogno, sente il desiderio di dare tutto se stesso perché quel semplice e indescrivibilmente difficile compito sia portato a termine. Re Francesco continua: "Caro Filangieri, ora cominci con pazienza a elencarmi ciò che c'è da fare, e da cambiare, in relazione al rapporto con gli Inglesi e alla sostanza della nostra nazione; quali sono le decisioni su cui mio padre non ha tenuto duro, e che si possono cambiare, e quelle su cui ha deciso il meglio per il suo popolo. Per quanto sembri impossibile anche a me, io voglio essere un Re migliore di mio padre. E sono disposto a fare tutto il possibile e l'impossibile, per farcela. Per il mio popolo, per Maria Sofia, e per me. E... mi fido di voi, e vi ascolto."
Filangieri si scusa e finge di soffiarsi il naso con un fazzoletto ricamato, per non cedere all'emozione. In realtà, per un attimo, prima di riprendere il discorso, con una lacrima birichina che trattiene a stento, pensa a Re Ferdinando, e a quanto sarebbe stato orgoglioso di *chistu bravo guaglione*.

"Il primo fatto veramente importante, che ha cominciato ad allontanare i nostri governi, è stata la decisione di vostro padre, nell'anno, 1834, di rifiutare di schierarsi a favore di Isabella II contro Carlo Maria Isidro di Borbone-Spagna nel conflitto per la successione a Ferdinando VII sul trono iberico. Dalla parte di Isabella, figlia di Ferdinando VII, e contro don Carlos, fratello del re scomparso, erano scese in campo Francia e Inghilterra. Credo che considerarono quello alla stregua di un vero e proprio atto di insubordinazione."

L'indignazione comincia a farsi largo nello sguardo del Re. Carlo continua: "Poi s'intermise la questione siciliana. l'Inghilterra importa dalla Trinacria vino, soprattutto il Marsala che considerano un buon sostituto del Porto, olio d'oliva, agrumi, mandorle, nocciole, sommacco, barilla. Ma l'importazione più importante, economicamente e strategicamente, è quella dello zolfo. Viene usato per la preparazione della soda artificiale e dell'acido solforico, ma soprattutto della polvere da sparo. La Sicilia ne estrae quattro quinti della produzione mondiale."

"Mi ricordo mio padre, un giorno, qualche anno fa, mi ha parlato di un viaggio che aveva fatto in Sicilia."

"E vi aveva raccontato, maestà, delle condizioni di lavoro e di vita nelle miniere, vero? Dei bambini costretti a lavorare in quell'atmosfera infernale, in tenera età, con la concreta certezza di rovinarsi la salute per sempre? Il tutto per una cifra misera, che scese fino a due carlini[11] al giorno. Le misere condizioni economiche erano dovute all'ingordigia degli inglesi, che avevano preteso un aumento spropositato dell'estrazione. Questo aveva reso l'isola una sola, immensa solfatara, e aveva determinato, per via dell'eccesso di materiale posto sul mercato, una drammatica diminuzione dei prezzi. Dopo quel viaggio, vostro padre aveva deciso di prendere sotto controllo statale la situazione, e aveva contrattato, con la società francese Taix-Aycard di Marsiglia, condizioni molto più favorevoli. Apriti cielo. Gli Inglesi passarono a minacce così aperte, che vostro padre fu costretto a commettere l'errore, qualche anno dopo, di invalidare i nuovi contratti in favore dei vecchi."

---

[11] Equivalenti a 3,2 Euro di oggi

"Bene, noi non ripeteremo l'errore di mio padre. Stabilisca, con Troya, Murena e Bianchini, un afflusso ideale del materiale, salari minimi decenti, e la suddivisione tassativa sui tre poli militari, Inghilterra, Francia, Austria."
"Molto bene, vedo che ha già approvato quanto avevo in mente. Ottimo. Così, supereremo anche questo piccolo errore di vostro padre. Mi permetto di aggiungere una suddivisione della produzione in quattro anziché tre, includendo anche l'Impero Russo, di cui adesso parleremo in relazione alla questione Crimea."
Il Re è veramente attento, pensa Filangieri, c'è molto del padre, e anche qualcosa in più, in quei giovani occhi. Magnifico, pensa, mentre prosegue: "La guerra di Crimea ha rappresentato un banco di prova per le alleanze inglesi e francesi. Vostro padre, con la sua decisione di non aderire alla campagna, ha ribadito la sua indipendenza, e non ha perso il rispetto di chi conosce il carattere del nostro Regno, ovvero i francesi. Inoltre siamo riusciti a creare un dialogo con il misterioso Impero Russo, una nazione arretrata, dall'economia farraginosa, ma geograficamente enorme e dalle prospettive interessanti. Ma per gli inglesi quella è stata una offesa inalienabile. La nostra ribellione, a Downing Street, è stata vista come una insanabile piaga nella gestione del Mediterraneo. A questo punto hanno cominciato con manovre propagandistiche e militari importanti. L'occupazione dell'isoletta Fernandea è stato un gesto dimostrativo. Molto più concreti sono i discorsi che Palmerston fa, una settimana sì e una settimana no, nei quali denuncia un presunto stato di arretratezza del Regno."
"Su che cosa si basano queste critiche *'e mmerda*?"

Bene, impara a ringhiare, così va bene, giovane leone del Golfo, pensa con soddisfazione Filangieri. "Principalmente: il trattamento dei prigionieri politici, come Poerio, nelle nostre carceri; la presunta violenza brutale delle operazioni militari di restaurazione in Sicilia; l'assenza di una costituzione del Regno. Questi sono gli unici elementi concreti che appaiono, mescolati a propaganda falsa e becera, basata su fatti inesistenti. Noi dobbiamo pensare a sbattere in faccia qualcosa a Palmerston e alla Regina."
"Bene. Carlo, " forse è la prima volta che lo chiama per nome, e il Generale sente un calore antico nel petto, "Prepariamo un piano, io e lei. Mi fido solo di lei, per discutere di questi fatti."

* * *

"Cominciamo con Poerio." L'espressione interrogativa di Re Francesco, infatti, richiede un po' più d'informazione. "È un avvocato napoletano, di una certa fama e con connessioni estere. Durante i moti del '48 ha preso decisamente le parti dei costituzionalisti. È stato arrestato e condannato a 24 anni di reclusione per tradimento e incitazione alla rivolta. Da quel momento, è sulla bocca di tutti, a Buckingham Palace e a Downing Street."
"È effettivamente colpevole, o è un altro 'caso Bonesso'?"
"Qui ho da farle una raccomandazione importante, Vostra Maestà. Quando casi e situazioni del genere sono davanti a un giudice, la soluzione deve essere giudiziaria, e deve essere stabilita la colpevolezza o l'innocenza secondo il diritto, con esattezza. Quando arrivano davanti a voi, non si tratta più di trovare una soluzione giudiziaria, ma una soluzione politica; il ca-

so va utilizzato secondo le opportunità, per il bene della nazione, indipendentemente dal corretto giudizio. È molto, molto importante capire la differenza, e anche uomini come vostro padre hanno impiegato decenni per imparare queste lezioni."
"Dunque devo valutare qual è l'utilità di questo Poerio in carcere, e qual è la sua utilità da libero."
"Anche una via di mezzo, quale l'esilio. La via di mezzo è utile per non rompere gli equilibri da una parte e dall'altra."
L'espressione riflessiva del Re rassicura Filangieri sulla buona riuscita della sua vera missione: far crescere questo ragazzo, in fretta.
Nemmeno Filangieri sa ancora quanto quella rapidità sarà importante.

* * *

"La situazione Siciliana la conosce bene, vero Filangieri?", riprende Francesco.
Il Generale si ricorda bene, le misure che era stato costretto ad adottare per silenziare la rivolta nell'isola. Ricorda bene le volute di acre fumo nero salire dagli edifici di Messina cannoneggiati dal mare. Ricorda l'ira negli occhi dei cittadini di Palermo quando era stato ripristinato il governo dell'isola, strettamente dipendente da quello centrale di Napoli. Quell'operazione di riconquista, di castigo, che gli era stata commissionata direttamente da Ferdinando, con una robusta stretta di mano che aveva tutta l'aria di un 'mi fido di lei', era una macchia sulla coscienza di Filangieri, una macchia come quelle che si formano a lato del cristallino, tali che, anche se passano tanti anni, sono sempre discernibili con la visione laterale: "Certa-

mente, non è tra i miei ricordi più belli, ma tra i più vivi sì."

"Io ho un ricordo altrettanto vivo, quello dei bambini costretti a lavorare nelle miniere di zolfo, per rimediare qualche carlino per la famiglia rovinata dal crollo dei salari; la loro pelle coperta di polvere gialla appiccicaticcia e puzzolente, la loro tosse secca provenire da bronchi ormai rovinati per tutta la vita; il loro occhi tristi, senza speranza, pieni di rimprovero; la loro voce flebile, la loro accusa a malapena udibile... 'perché ci avete lasciati in balia del Mister?' "

"Eh già, il Mister... il proprietario terriero inglese, a cui non frega nulla di lasciare che l'intera Sicilia diventi letteralmente un inferno, ricoperta di zolfo, un orrore che nemmeno Caronte riuscirebbe a sopportare."

"Che cosa facciamo, Filangieri? Noi abbiamo bisogno dei soldi degli inglesi, ma abbiamo bisogno anche di rappacificare le due Sicilie."

"Certamente, maestà…"

"Quando siamo in riunione privata, chiamami Francesco, per favore."

"Oh. Ma certo. Solo in privato, però."

"Sì, Carlo. Sai, ti devo già molto, mi stai aiutando tanto. Il giorno… senza mio padre, mi sentivo perso, non sapevo più dov'ero, non riconoscevo le persone. Tu mi hai sostenuto, mi hai fatto vivere il sogno che ho sempre avuto, qui" si punta il dito sul cuore, "di essere degno di mio padre, un degno successore."

"Lo sei, Francesco. Tuo padre da lassù ti guarda, e sono sicuro che è felice dell'uomo e del Re che sei già diventato. Sei destinato a fare grandi cose, non c'è dubbio."

Filangieri lascia un momento di silenzio perché le sue parole si incidano, come bassorilievi raffiguranti una

battaglia eterna tra generazioni, nell'anima del ragazzo, e intanto si versa un'altra tazza di caffè. È ormai freddino, ma a Carlo piace lo stesso, quella sensazione energetica, quell'accelerazione di sangue e pensieri, dovuta a una molecola organica di cui l'umanità non conosce ancora l'esistenza, la serotonina. Quindi riprende il discorso: "Dato che abbiamo un sogno in comune, faremo quello che avrebbe fatto Gioacchino Murat. Lui era un conquistatore, con la personalità e il carisma prima che con l'esercito e la marina. Andremo in Sicilia, e riconquisteremo il popolo."
"Che cosa hai in mente?"
"Prima di tutto, prendiamo contatti con chi sta facendo grandi cose per la Sicilia, e ci assicuriamo che sia dalla nostra parte. Sto pensando alla famiglia Florio. Vincenzo Florio è un uomo lungimirante, e ha costruito, prima con il commercio delle spezie e del chinino[12], poi con il vino marsala e lo zolfo, apprezzati tanto dagli inglesi, infine con il tabacco e il cotone, che trasporta attraverso l'Atlantico con la sua propria flotta, un autentico impero. Si è tenuto in disparte dalla politica, ma se ci presentiamo, tu, Maria Sofia, e Vincenzo Florio, su un palco, e offriamo al popolo siciliano un grande regalo di rappacificazione e ricongiungimento, sono certo che lo riconquisteremo."
"Un grande regalo... che cosa?"
"La Costituzione."

Vincenzo Florio

---
[12] Medicinale importantissimo all'epoca, in quanto difendeva da una delle malattie più temute, la malaria.

***

Filangieri, come d'abitudine, si butta un po' d'acqua in viso, dal suo catino bianco, prima di mettersi a letto, dove sua moglie Agata già dorme da un po'. Si asciuga con uno straccetto, e pensa a Re Francesco, alla sua sorpresa al sentir parlare di un documento così rivoluzionario come la Costituzione, agli esperimenti storici falliti in tal senso, alla presunzione di essere colui che riuscirà a trasformare la monarchia assoluta[13] in monarchia costituzionale, a dare al Regno delle Due Sicilie una svolta così moderna. Mentre si infila sotto le coperte, pensa agli appunti che ha scritto in serata, alle prime parole con cui se l'immagina:
'Articolo uno: il Regno delle Due Sicilie è una monarchia costituzionale. Il Sovrano regna, con poteri subordinati al presente Statuto Costituzionale. …'
Filangieri si addormenta in una danza di parole e concetti proiettati nel futuro, sorridendo.
Non sa, che la mattina dopo, eventi drammatici e imprevedibili costringeranno ad una accelerazione decisa del processo costituzionale del Regno.

---

[13] Monarchia assoluta: presenti parlamento e consiglio ministri, ma le decisioni (es. dazi doganali) venivano prese secondo la logica feudale (polizia, legislativo ed esecutivo in mano al Re)

Capitolo 7

26 Giugno 1857 – 87, 'e perucchie

"La stazione del telegrafo ha ricevuto un messaggio da Ponza. Il carcere è stato assaltato, e sono stati liberati centinaia di prigionieri."
Uno dei primi cavi telegrafici sottomarini, prodotti con la tecnologia studiata da Morse e dagli ingegneri di Pietrarsa, è stato quello di Ponza. Mai decisione è stata più opportuna, pensa il generale Filangieri mentre il suo terzogenito, Gaetano, gli legge il messaggio che ha appena portato un messaggero della stazione centrale dei telegrafi. Ci vuole tutta la sua freddezza, per finire di rasarsi con il coltellino, e non gettare spazzolino, sapone e andare di corsa in Piazza Ferdinandea con la barba mezza fatta.
Neanche mezz'ora dopo, scende di corsa dal calesse che in un lampo gli è stato mandato dalle Guardie del Palazzo Reale. L'atmosfera è elettrica già fuori, ci sono militari dappertutto e molti, specialmente i più giovani, sono nel panico, anche per la diffusione disordinata e imprecisa delle notizie. Senz'altro dovrà essere fatto un comunicato, per tutta la popolazione, quando sarà stato accertato che cosa è successo e quali sono le misure da adottare. Napoli non può permettersi di avere paura, in nessun caso deve mancarle il coraggio.
Non si accorge nemmeno di aver fatto le scale di corsa, accanto a un capitano delle guardie di Palazzo che gli chiede con insistenza qualcosa che lui non ascolta nemmeno. La sua forma fisica non è più quella di una volta, e deve rifiatare mentre Troya, venutogli incontro, lo riempie di domande che restano senza risposta. Ma dopo qualche secondo, sancisce:

"Convocate i generali del Reale Esercito e dell'Armata Marina, e tutti i ministri di governo. Intanto noi andiamo dal Re. Mi raccomando, presidio costante ai telegrafi."

* * *

Francesco è livido in volto. Si gira di scatto quando Filangieri e Troya entrano nella Seconda Anticamera, e fa cenno alle poltrone. I due si siedono, e il Re comincia a camminare nervosamente, avanti e indietro, facendo insistenti domande:
"Chi sono questi banditi?"
"Non lo sappiamo ancora. Sappiamo solo che hanno sventolato una bandiera a strisce verticali, verde bianca e rossa, nell'ordine partendo dall'asta, e con la scritta 'Unione, Forza e Libertà' nel campo bianco. In pratica, è la bandiera adottata dai mazziniani, e rappresenta la presunta Italia unita con un governo repubblicano," risponde con calma Filangieri.
"Che cosa vogliono fare?"
"Data la natura dell'azione, penso che vogliano fomentare dei disordini, approfittando dell'ignoranza di alcune frange della popolazione. Comuni delinquenti possono essere scambiati per irredentisti e rivoltosi, se adeguatamente manipolati, guidati e istruiti."
"*'Sti sicchie 'e lota!*[14] E dove sono diretti, non si sa?"
"Se presumiamo che sia corretta la mia idea, probabilmente sono diretti con la loro imbarcazione verso una regione dove possano contare su un basso livello culturale della popolazione. Le coste sono lunghe e i luoghi del genere sono tanti, ma se non volessi andare troppo lontano, personalmente sceglierei uno dei distretti a sud di Salerno: Vallo, Sala o Lagonegro.

---
[14] Insulto napoletano.

"Winspeare, dove sono gli ufficiali generali??"
Un uomo in uniforme completa blu oltremare, con lacci bianchi e un cappello blu a due punte, scatta in piedi, abituato da decenni alla disciplina militare. Ha baffi folti e profonde basette che gli scendono dalle guance, appena chiazzate di grigio. Il suo scatto sull'attenti contribuisce al senso di allarme generale, ma in modo positivo, dando la sicurezza di un militare di carriera che sa il fatto suo, e il tono di voce lo conferma:

Francesco Antonio Winspeare

"Signorsì vostra maestà, lo stato maggiore è stato convocato. In mattinata contiamo che arrivino i generali di stanza negli insediamenti di Napoli, Sant'Elmo e Castel Nuovo. Stanotte o domattina arriveranno i colonnelli da Gaeta e Capua a prendere gli ordini. Le fregate Ettore Fieramosca, Archimede e Tancredi sono all'attracco, e tra poco avremo qui gli ufficiali generali responsabili. Nei prossimi 2 o 3 giorni saremo pienamente attivi all'inseguimento di quei miserabili delinquenti. Non c'è luogo sulla Terra dove possano nascondersi."
"Grazie Francesco Antonio, ottimo. Mi raccomando il presidio del telegrafo, ventiquattro ore su ventiquattro." Francesco fa l'occhiolino a Filangieri, che gli mostra il pollice alto. Il Re sta dando sicurezza ai ministri e all'esercito, con tono secco e preciso. Quello che ci vuole per una nazione in un momento di crisi o pericolo, un re su cui aleggi il 'potere divino' e l'autorità dei predecessori.

Ora manca solo la chiave di volta perché la costruzione del Regno regga all'urto degli invasori:
"Vostra maestà," dice solennemente Filangieri indicando il balcone, "rassicurate anche il popolo."

* * *

Il Capitano Salvatore Cola ha escogitato un sistema rapido e piramidale per riempire la Piazza Ferdinandea di gente, nel più breve tempo possibile. Un gruppo di due o tre guardie semplici del corpo della Guardia d'Onore viene mandato in ogni quartiere di Napoli, che almeno uno di loro conosca bene; questo al fine di contattare gli Imbonitori, i facilitatori della folla, che a loro volta si rivolgono ai Lazzaroni del loro quartiere, i cittadini senza lavoro che, perso o mai conquistato uno standard economico decente, cazzeggiano in piccoli gruppi ai lati delle strade, e si arrabattano con attività più illegali che legali, lavoretti semplici, rapine, truffe, contrabbando, da soli o formando qualche piccola e indisciplinata gang.
Lasciata loro una bolla che comprovi che, per una volta, non stanno fregando nessuno, gli Imbonitori e i Lazzaroni si dividono il premio, che consiste, a seconda della dimensione e della popolazione del quartiere, in 25, 50 o 75 grana[15].
In breve tempo imbonitori e lazzaroni corrono come il vento per i vicoli dei quartieri più densamente popolati, andando di negozio in negozio, di casa in casa, a gridare: "*'O Rre!! 'O Rre tiene 'nu discorso!!*".
Nel giro di un paio d'ore, l'immensa piazza si riempie di una folla di cittadini di ogni ceto e levatura cultura-

---

[15] Moneta del Regno delle due Sicilie, equivalente a 1/100 di Ducato, il quale a sua volta vale circa 25 Euro di oggi.

le, che chiacchierano, si interrogano, gesticolano pieni di curiosità, e con una certa tensione.

*　*　*

Re Francesco Secondo beve la terza tazza di caffè e morde avidamente una *sfugliatella*, mentre una domestica gli aggiusta la giacchetta azzurra con le spalline argentate, i pantaloni rossi, e la fascia blu con l'elaboratissimo stemma dei Borbone di Napoli, uno stemma che contiene riferimenti a tutti gli illustri avi del monarca, alla provenienza multinazionale, quasi planetaria, suggestivamente divina, del suo sangue: le bandiere d'Aragona, di Castiglia, di León, degli Asburgo, degli Aragona di Sicilia, di Borgogna Antica e Moderna, di Granata, dei Farnese, del Portogallo, di Borbone-Anjou, di Fiandra, dei Medici, dei Brabante, del Tirolo, degli Angiò di Napoli, oltre agli omaggi a Gerusalemme, e agli ordini cavallereschi di appartenenza della famiglia reale, il Supremo dello Spirito Santo, quello di S. Ferdinando, quello del Toson d'oro, quello Costantiniano di San Giorgio, quello di Carlo III, e infine il più importante per il popolo napoletano, quello di San Gennaro.
Francesco si infila in bocca l'ultimo pezzetto di dolce, poi mentre lo mastica si frega le mani facendo così finire lo zucchero a velo sulla fascia blu, per la costernazione della domestica. Ma il Re non ci bada minimamente, è in trance da palcoscenico, mentre esce sul balcone e si immerge in apnea nell'urlo entusiasta della folla.
Filangieri ha un momento di gelo nel cuore, pensando che basterebbe un fuciliere scelto in mezzo alla folla, con una delle carabine Winchester, che a Torre del Greco l'ingegner Tanfoglio sta costruendo in serie, e

sarebbe tutto finito. Passato quell'attimo, si asciuga il sudore che gli ha imperlato la fronte d'improvviso, e pensa che il rischio è minimo, visto che l'arma, che si sappia, viene costruita solo per l'esercito del Regno, che ci sono fedeli soldati della Guardia d'Onore, a controllare la situazione, mescolati tra la massa di gente, insieme agli imbonitori che conquistano al Re il favore della folla, distribuendo pacchi di pasta Gragnano[16] avvolti in carta da zucchero blu, e che alla fin fine chi non risica non rosica. Fa un passo in avanti anche lui, uscendo sul balcone proprio nel momento in cui, con un gesto deciso, Francesco zittisce il popolo e comincia a parlare.

* * *

"Popolo del Regno delle Due Sicilie. Miei fedeli sudditi, fratelli, figli miei. Mio padre, che ci guarda da lassù, mi ha sempre chiesto di essere, nel mio ruolo di Re, prima di ogni altra cosa un baluardo difensivo per voi, una muraglia contro la malvagità, la prepotenza, la menzogna, da qualunque direzione esse vengano. Di essere sempre all'erta e pronto ad agire per difendere i nostri confini, per proteggere la vostra terra e la vostra casa. Oggi è arrivato il momento di agire. Uno sparuto gruppo di vigliacchi assassini nemici della libertà, ha assaltato una delle nostre prigioni, a Ponza, e ha liberato alcuni prigionieri, rappresentanti indegni della specie umana, feccia della feccia. Sappiamo per certo che questi *strunzi curnuti*," La gente va in visibilio al sentire il monarca rivolgersi con simile grinta verso i propri nemici, "verranno presto intercettati

---

[16] Ai tempi, l'officina Gragnano possedeva 120 macchine produttrici di maccheroni e sfarinava il grano che le occorreva in 32 mulini.

dalle nostre forze di terra e di mare, catturati e puniti severamente per le loro malefatte, e non avranno il tempo di cagionare altro danno alla nostra bella nazione. L'esercito e la marina sono in partenza, e io sarò alla loro testa, per difendervi, miei sudditi, miei fratelli, miei figli! DIO È CON NOI!!!"
Stavolta non c'è bisogno dei regali degli Imbonitori, per comandare l'entusiasmo della folla. Stavolta è tutto molto spontaneo. Il ruggito della popolazione sotto il balcone cresce e cresce, e raggiunge il vertice quando Maria Sofia, in un magnifico abito azzurro cielo con bordi bianchi di pizzo, ben pettinata e truccata come sempre, sorridente (a suo modo) e radiosa, si fa accanto al marito, che le prende la mano e saluta la folla con le braccia aperte: "Ora lascio parlare la mia, anzi vostra, deliziosa, Maria Sofia."
La ragazza si schiarisce la voce e poi scandisce, con una inflessione austriaca praticamente inesistente, e con un accento napoletano che diventa ogni giorno più importante: "Popolo del Regno di Napoli e delle Due Sicilie, gente della terra dove splende sempre il sole. Questo è il mio fidanzato Francesco, e vi assicuro che prima di essere un grande Re, è un meraviglioso compagno e un uomo protettivo e fiero. Così come difende me, e la sua famiglia, così difende voi che siete i suoi fedeli sudditi. Vi difenderà sempre, nelle corti europee e sui campi di battaglia, dalla lugubre e vile propaganda politica e dalla ferocia dei soldati nemici. Inoltre, voi sapete della mia famiglia, e vi assicuro che tramite mia sorella, tutte le risorse dell'impero di mio cognato Francesco Giuseppe sono a disposizione per proteggervi. Francesco, insieme ai ministri di governo e ai generali, stanno stendendo una rete di alleanze al fine di reagire in modo più forte contro le ingerenze straniere. E i miei particolari ringraziamenti, vanno al

Tenente Generale Carlo Filangieri," il quale è un po' sorpreso al sentirsi chiamato in causa direttamente, "per il suo prezioso lavoro diplomatico, di raccordo tra i ministeri, e di consigliere esperto in tutte le faccende del Regno. Egli, inoltre, sta preparando un regalo per voi," Maria Sofia nota un cenno di acquietarsi da parte di Filangieri, e intuisce subito, "un regalo che sarà tanto più gradito proprio perché a sorpresa. Vi voglio bene, voglio bene a tutti quanti voi!" La futura regina apre le braccia verso la folla, mentre Filangieri si china verso il Re e gli sussurra: "Meglio non accennare della costituzione, potrebbero cambiare tante cose, prima che venga presentata al popolo."
Come spesso gli succede, nel campo della politica, Filangieri ha ragione. La cose cambieranno da come le ha impostate nella sua mente.
Il fattore Sicilia infatti, non è stato previsto. E le cose cambieranno molto, con un imprevisto picco durante il prossimo suo viaggio colà.

* * *

Mentre i generali e i marescialli dell'esercito e della marina si preparano, e preparano i propri soldati e marinai, attraverso ordini precisi che percorrono tutta la gerarchia e tutti i corpi, un altro imprevisto fenomeno a valanga produce la diffusione incontrollata della notizia, che assume un volume e un tono ancora più accesi di quanto era nelle intenzioni del Re e del governo. Quando questa arriva nelle campagne del salernitano, i rivoltosi sono diventati praticamente delle creature demoniache che sputano fuoco e mangiano bambini.
La popolazione delle fattorie e delle cittadine della regione si prepara ad accoglierli in modo consono.

Capitolo 8

30 Giugno 1857 – 37, 'o monaco

Il Maggiore Cosimo Pilo, responsabile della sede centrale dei Telegrafi Reali a Napoli, cammina nella stanza, tra i tavolini di legno, e guarda i telegrafisti sulle loro seggiole davanti alle macchine dell'Ingegner Morse, appoggiate sui ripiani, in attesa di segnali dalla stazione ricevente e trasmittente dall'altra parte del cavo steso per decine e decine di chilometri, una efficiente rete di informazione, che sta per giocare un ruolo cruciale negli eventi del Regno.
Ogni tanto, arriva un messaggio, e il ticchettio della macchina corrispondente che si risveglia, desta l'attenzione di tutti. Il Maggiore, con una mano nella tasca dei pantaloni grigi che accompagnano la sua giacca azzurra, e l'altra mano ad arricciarsi il baffo destro, si avvicina a quel tavolo, e guarda in silenzio il telegrafista che controlla il nastro nella guida, fa disegnare ai pennini il tracciato, poi estrae il tratto, lo strappa, e legge altrettanto silenziosamente. Solitamente, il sergente riceve solamente un cenno di diniego, in quanto si tratta di un messaggio di test, un *'tutto bene, la linea funziona. Stop.'*, assolutamente indifferente. In alcuni casi, arrivano messaggi più articolati, tipo relazioni sulla produzione agricola, artigianale o industriale, avvisi, editti, proclami, insomma cose un po' più interessanti, ma solo per il ministero o il reparto politico corrispondente. Quei messaggi vengono ritirati dalle segretarie che lavorano nell'ufficio accanto, e che li trascrivono e li smistano a seconda del destinatario.
Nulla invece, da quattro giorni, per quanto riguarda la faccenda dell'attacco e dell'evasione della prigione

di Ponza. Il colonnello del Corpo Telegrafisti, superiore di Pilo, ha sottolineato l'importanza di tenere sotto controllo le comunicazioni e avvisare immediatamente all'arrivo di un segnale dell'attracco della nave dei rivoltosi, o del loro passaggio. Cosimo è un ufficiale esperto, attento e disciplinato ma sensibile, e non aveva avuto bisogno di farsi spiegare due volte l'importanza del suo compito, l'aveva capita al volo.
Però, in quattro giorni, con sua crescente frustrazione, non è venuto fuori niente di niente. Nessuna notizia utile. Il territorio della Campania è vasto, lui lo aveva percorso a cavallo, in passato, e i nascondigli non mancano, ma un corpo di oltre trecento uomini non può essere sparito così.
Sembra di routine anche il messaggio che arriva alle cinque del pomeriggio al tavolo 14, dove lavora Ezechiele Sarno, un ragazzo che arrotonda, con quel lavoro, la magra paga di imbianchino a Posillipo. Ezechiele gestisce la linea per Vallo, e inizialmente fa il consueto cenno per indicare a Pilo che il messaggio non è importante. Il Maggiore fa per girare i tacchi, e proseguire il suo giro, ma poi nota che il ragazzo guarda e riguarda il nastro con i tratti e i punti tracciati dal pennino della macchina, a formare il messaggio nel semplice ma geniale codice di punti e linee ideato da Samuel Morse. Ezechiele continua a tornare indietro sul nastro, ed è sempre più perplesso, attirando così l'attenzione di Pilo: "Che cosa succede? Perché fai quelle facce strane?"
"Signor Maggiore, qui c'è davvero qualcosa di strano. Il messaggio dice 'Attracco, presso Ascea, di due navi battenti bandiera Siciliana. Carigano sacchi di frumento. Nullaltro da segnalare. Stopp.' "
"Embè?"

"Signore, io conosco Mario, il telegrafista di Vallo. Andava a scuola con me a Posillipo. Lui era bravo, a scuola, mica come me che ho rimasto ignorante e tinteggio muri per vivere. Poi lui si è sposato con una salernitana bella come la mela del peccato origginale, è andato a vivere a Vallo, e arrotonda facendo il telegrafista, e..."
"Senti, Ezechiele, non mi interessa la biografia di Mario, va bene? C'è qualcosa di interessante che devi dirmi, o mi stai facendo perdere tempo?"
"Signorsì signor Maggiore, c'è una cosa molto strana. Signore, io conosco Mario, *chillo è 'nu guaglione 'mparato*[17], non li fa questi errori di ottografia. Specialmente errori così grossi che me ne accorgo persino io!"
Improvvisamente il Pilo si fa pensoso. Dopo qualche momento usa un tono molto diverso: "Ma sei sicuro?"
"Sicuro, signor Maggiore, come che 'o sangue di San Gennaro si sciogliesse."
L'ufficiale prende il nastro e lo guarda a sua volta. Conosce anche lui il misterioso codice Morse. Dopo una rilettura e una riflessione silenziosa, si rivolge a tutti: 'Tenete sotto controllo le linee della provincia di Salerno, in particolar modo. Fatemi sapere, quando torno, se c'è stato qualcos'altro di strano o di sospetto. Grazie, Ezechiele."
Mentre il ragazzo mormora un 'prego signor Maggiore' sorridendo soddisfatto, Cosimo Pilo esce di corsa dalla stanza, con il nastro in mano, e va nell'ufficio delle segretarie.

* * *

Mezz'ora dopo, il Maggiore Pilo e il colonnello dei servizi telegrafici entrano a Palazzo Reale. Chiedono

---
[17] Quello è un ragazzo che ha studiato.

di Bianchini e di Winspeare, che sono impegnati in riunione, ma, avendo lasciato detto agli uscieri che una eventuale comunicazione riguardante i rivoltosi avrebbe avuto la priorità su tutto, vengono bruscamente interrotti.
Un'ora dopo Filangieri entra a palazzo, dopo essere stato avvisato da un messo. Entra in una stanza in cui gli altri quattro stanno già discutendo. Winspeare gli si rivolge subito in tono indignato: "I due ufficiali qui presenti hanno interrotto una mia importante riunione con i generali, per farmi vedere un messaggio che parla di una nave che carica sacchi di frumento."
Il Maggiore Pilo si intromette, sotto lo sguardo inceneritore del ministro dell'esercito: "Mi perdoni, onorevole, ma come spiegavo poco fa, c'è qualcosa di strano, nel messaggio."
"Degli errori di ortografia? Che cosa c'è di strano se un illetterato lavora al telegrafo…."
"Le assicuro, non si tratta di un illetterato."
Filangieri si intromette a sua volta, alzando le mani a chiedere calma: "dunque c'è qualcosa di strano nel messaggio?"
"Indubbiamente"
Con un'intuizione delle sue, Filangieri decide: "Io vado ai telegrafi con il maggiore e il colonnello. Winspeare, Bianchini, riunite lo stato maggiore, se le cose stanno come penso io, dovremo passare all'azione immediatamente."
Winspeare scatta: "Filangieri, esigo una spiegazione…"
"Onorevole, discuteremo di questo davanti al Re, ma prima devo pensare all'emergenza del Regno." Senza lasciare spazio a repliche, Carlo prende per il braccio il maggiore e il colonnello, che si scambino uno sguar-

do perplesso e con la stessa perplessità guardano il ministro, e li spinge fuori dalla stanza.

* * *

Quando Filangieri torna, un'ora e mezza dopo, tutte le candele dei preziosi lampadari di boemia della Terza Anticamera sono accese, e illuminano la folla che si è formata intorno a una poltrona alta, su cui siede Re Francesco che, con aria paziente, ascolta un'accesa discussione tra Bianchini e Winspeare. Quest'ultimo sta dicendo "... quell'arrogante soldato napoleonico in disarmo, che diritto ha di dare ordini a ME?"
"Calma, adesso chiariremo... oh, eccolo, è arrivato."
Bianchini indica in direzione del gruppo che sta entrando, poi si aggiusta i capelli con fare nervoso.
Accanto al Re, il primo ministro Troya sembra ridestarsi da un letargo, e nasconde abilmente uno sbadiglio.
Tutt'attorno, generali, tenenti e marescialli di ogni corpo e specializzazione, sfoggiano uniformi rosse e blu scintillanti di medaglie e nastri, e spostano lo sguardo, con una gran voglia di starne fuori, tra i litiganti e i nuovi arrivati.
Filangieri si piazza di fronte al Re, fa un breve inchino, e poi dice "Vostra maestà, credo che sia giunto il momento di rivelare il cambiamento apportato al codice militare del regno, e da parte vostra in fase di approvazione."
"Senz'altro, Generale. Ascoltatemi tutti, attentamente: in tempo di pace, in situazioni normali, voi tutti, nel vostro ambito, avete una certa autonomia, e io esercito solo una semplice supervisione. Ma con la morte di mio padre, è iniziata una fase storica in cui vige lo stato di emergenza. In questa fase, i soli e unici punti di

riferimento e autorità assoluta e indiscutibile, siamo io e il qui presente Principe Carlo Filangieri. In particolare, nel momento in cui si passa a uno scenario bellico reale o potenziale, ogni informazione e decisione deve passare per le nostre orecchie e mani, mie e del Generale Filangieri. Non ammetto obiezioni o proteste, chiaro?" Francesco guarda severo Winspeare, e sentenzia: "Ogni disobbedienza verrà giudicata e punita, come è giusto che sia in tempo di guerra, dalla corte marziale. E ora, sentiamo che cosa ha scoperto il generale Filangieri."
Carlo si schiarisce la voce, si guarda un attimo attorno, evitando di incrociare gli occhi gelidi di Winspeare, e comincia: "Abbiamo inviato messaggi di risposta, verso la stazione di Vallo, chiedendo spiegazioni più dettagliate di ciò che era successo con le navi. Sono arrivate risposte molto banali, senza umanità, e già questo è strano, conoscendo la personalità dell'addetto a Vallo. I messaggi pervenuti in risposta, tre per la precisione, non hanno tradito mitomania o goliardia, ma tutti e tre si rifanno a uno schema ben preciso, una semplice e lineare narrazione degli eventi, associata a un numero insolito di banali errori di ortografia. Il tutto troppo regolare, troppo artificioso per essere normale. Pertanto, il nostro giovane telegrafista a Vallo ci vuole dire qualcosa che non può, evidentemente, dire in modo palese e chiaro. Quale può essere il motivo che spinga una persona a far sapere in modo evidente che non può dire o scrivere ciò che vorrebbe, ma nel contempo rende talmente importante rendere questo noto alla controparte, cioè noi?"
Un teatrale silenzio riempie la sala per qualche secondo, intanto che Filangieri si guarda attorno divertito. Poi guarda Francesco, che, ancora più divertito, dice:

"Che quella persona sia costretta a scrivere sotto dettatura, con la minaccia delle armi."
Filangieri replica, dedicando uno sguardo orgoglioso e soddisfatto al Re che cresce sotto i suoi occhi: "Signori, onorevoli, vostra maestà. Penso che sappiamo dove si trova il contingente dei rivoltosi di Ponza. Non ci resta che andare a prenderli."

* * *

La mattina dopo una flotta composta dal Vascello Monarca, la Fregata Partenope, e i Brigantini Generoso e Zeffiro salpa alla volta di Salerno, mentre la truppa formata dal Reggimento Real Napoli, la Cavalleria Tarragona e i Cacciatori Campani, si muove sulla strada che porta alle coste meridionali della Campania.
Nonostante la celerità della preparazione, la marcia serrata, e il pieno vapore alle caldaie navali, non arriveranno in tempo.

Capitolo 9

3 Luglio 1857 – 24, 'e gguardie

Erano tanti anni che il generale Filangieri non conduceva un'armata sotto il suo comando. E sicuramente è la prima volta che coordina una operazione di terra e di mare. È una sensazione eccitante, e lui se la sta godendo pienamente, sotto un sole brillante, mentre il Tenente che ha incaricato di mantenere il contatto tra le navi e le truppe di terra, sta facendo il suo rapporto: "Il capitano del Monarca è certo dell'identificazione, le navi sono il piroscafo 'Cagliari', quello che è arrivata a Ponza, e quella che è stata poi sequestrata dai banditi. Vallo è la città più vicina al punto di attracco, dunque potremmo incontrarli da un momento all'altro."
Filangieri si guarda attorno, saldo in sella al suo robusto e docile baio dorato; la zona è disabitata, ci sono colline basse coperte di macchie boscose e pinete in direzione del mare, intervallate da campi coltivati e dall'occasionale scalcinata fattoria. Non c'è nessun pericolo di un agguato, e inoltre, il Generale è alla testa di tre battaglioni, per un totale di più di tremila uomini, di cui mille a cavallo, e cinque carretti con dei cannoncini. Inoltre, c'è una compagnia di 40 fucilieri, tutti dotati dei meravigliosi Winchester. No, decisamente, sono i banditi che devono augurarsi di non incontrare loro. Si volta verso l'ufficiale e chiede: "Le navi erano completamente abbandonate?"
"No, c'era del personale di servizio che è stato lasciato a bordo. Mi perdoni, signor Generale, se non l'ho detto subito, ma sono stati già anche interrogati. Sappiamo quindi le generalità dei capibanda."
"Bene, mi dica tutto."

"Certo, signor Generale." A cavallo di un morello corvino dall'aria piuttosto stanca, per le corse attraverso le colline con i messaggi da e per la costa, il tenente tira fuori un foglio sgualcito dal borsello, e legge: "Carlo Pisacane, è il nome del comandante del manipolo di ventiquattro uomini che sono arrivati con il Cagliari. È un mazziniano, con trascorsi di spionaggio e propaganda contro il nostro Regno. È accompagnato da Giovanni Nicotera e Giovan Battista Falcone, di cui non sappiamo molto. Sappiamo che non sono ben visti nemmeno nel regno sabaudo, probabilmente si tratta di schegge impazzite ai margini di un movimento che non riesce, o non vuole, tenerli a bada."
"Ottimo lavoro, Tenente. A questi si sono aggiunti i galeotti, per un totale di…?
"Si stima che si siano aggiunti poco più di trecento ex prigionieri, che sono stati subito armati. S'immagini, durante l'interrogatorio è venuto fuori che un paio di loro sono stati giustiziati subito, perché si sono resi colpevoli di reati verso la popolazione dell'isola."
"*Frat do cazz*[18]. Bella idea, per motivare le truppe e farsi nemici tra i contadini. Va bene così, sarà più facile renderli innocui. Le do un incarico per dopo, Tenente. Trovi tutti i nostri sudditi che sono stati aggrediti o danneggiati lungo il percorso di quei delinquenti, e faccia in modo che vengano ricompensati, se sono ancora vivi. Se non lo sono, che vengano rimborsati i familiari. Mi raccomando."
"Conti su di me, Signor Generale."
In quel momento, un caporale dei cacciatori, a cavallo di un sauro ciliegia, spunta fuori dalla boscaglia a est, e si avvicina rapidamente ai due. Si ferma, scende e si mette sull'attenti e dice: "Signor Generale, a rapporto. Dietro quel boschetto c'è una piccola locanda lungo la

---

[18] Insulto napoletano.

strada che porta a Vallo. Mi hanno parlato di un drappello di uomini che fuggivano dal paese, non più di una ventina di uomini. Facevano parte del battaglione attraccato con le due navi, lo confermano i due che ho visto, li tengono prigionieri alla locanda. Sono i soli sopravvissuti."
"Come sarebbe, sopravvissuti?"
"Gli altri li hanno massacrati a bastonate e forconate, signor Generale. I contadini del luogo. E giù in paese non è andata loro meglio."
"Fai strada, caporale."

* * *

I due poveri disgraziati, pesti e sanguinanti, con lo sguardo basso e tremanti per il trauma della battaglia e per il loro destino molto più che incerto, sono legati con le mani dietro la schiena, seduti su una panca nel locale principale della locanda. La stanza è grande, ma le poche finestre non la illuminano a dovere, dunque Filangieri sente, più che vedere, il terrore nei due delinquenti, mentre si siede di fronte a loro sulla panca opposta. Il tavolo, come tutto il resto della locanda, odora di aglio, cipolla, pomodoro, in un modo tutt'altro che sgradevole, e Filangieri si chiede brevemente come sarebbe se, una volta terminati i suoi giorni attivi nella frenetica soluzione dei mille problemi del Regno e nella sua costruzione e difesa, prendesse una carrozza e facesse una gitarella oltre Portici, insieme ad Agata e ai figli con le loro rispettive famiglie, se arrivasse fin lì, proprio in quella locanda, per farsi una bella scorpacciata di gnocchi alla sorrentina, annaffiati con una bottiglia di Aglianico o di Falanghina, e poi fare un riposino su una delle panche sotto il porticato, dopo aver dato qualche boccata alla pipa, in

totale rilassamento. Il pensiero lo abbraccia per qualche secondo, ma poi la cruda realtà delle responsabilità verso il Regno, il Re, e il popolo, lo fanno tornare a una realtà in cui è di gran lunga improbabile che possa concedersi un momento del genere. No, ora con questo caos è davvero impossibile, pensa mentre fa cenno alle due guardie, messe a fianco dei due tapini, di far loro alzare il mento e lo sguardo verso di lui.
"Buongiorno. Sono un alto ufficiale dell'Esercito di sua maestà Francesco Secondo di Borbone-Due Sicilie. Voi fate parte di un gruppo di rivoltosi evasi dal carcere di Ponza, e ivi unitisi a un drappello di terroristi stranieri. Ho bisogno di informazioni a proposito degli scopi e dei mandanti di questa operazione. Non perderò più tempo del necessario con voi: c'è un plotone di esecuzione pronto per voi, qui fuori. Se mi accorgo che, anche solo per un momento, mi state prendendo in giro, mentendo, o facendo perdere tempo, mi basta fare così". Lo schioccare delle sue dita ha lo stesso effetto, sui due, del suono dello sparo di un cannone. Filangieri li guarda con occhio analitico: uno dei due è sulla trentina, barba incolta e capelli ricci unti, pelle raggrinzita, logora specialmente sulle spalle, dove la veste di tela a collo largo lascia vedere i segni di innumerevoli fascine portate a mano; un contadino, o un tagliarlegna, che ad un certo punto della sua vita, ha trovato più comodo il banditismo e il malaffare, al posto di quella onesta soma. L'altro arriva a malapena ai vent'anni, capelli castani tagliati con la scodella, e l'aria decisamente ebete. È il caso di concentrarsi sul primo, decide subito il generale, che calma il suo tono per creare una falsa speranza, in modo che i due usignoli cantino: "su, coraggio, io in realtà sono meno cattivo di quello che sembra, e voglio darvi una possibilità di cavarvela. Ditemi qualcosa di

utile". E guarda fisso Capelli Unti, che sembra vedere la Madonna: "sissignore, sono stati quei pazzi dell'Italia Giovane, o come diavolo si chiama, sono sbarcati con due scialuppe, hanno cominciato a sparare all'impazzata contro le finestre della guarnigione finché i soldati non si sono arresi. Noi stavamo facendo la passeggiata pomeridiana, hanno preso le chiavi alle guardie e mentre ci liberavano dalle catene, ci dicevano che in una cassa sul piroscafo avevano tanti soldi quanti non ne avevamo mai neanche sognati, hanno portato qualcuno di noi galeotti sulla nave e quelli sono tornati e hanno detto che sì, la cassa c'era ed era davvero piena di soldi. Nel frattempo noi ci eravamo divertiti a prendere a calci le guardie," (lo sguardo inferocito di tutti i militari presenti fa capire subito, a Capelli Unti, quanto sia pericolosa la sua divagazione) "dicevo, il giorno dopo siamo partiti, e durante la navigazione il capo di quei pazzi del Nord, il generale Pisacane, si faceva chiamare, ci spiegava che volevano, con il nostro aiuto, aizzare la popolazione delle campagne contro i proprietari delle fattorie, in modo che poi questi li aiutassero ad andare contro l'esercito, insomma erano tutti matti da legare, ma a me mi avevano tolto i ceppi, insomma volevo vedere come andava a finire".
"Continua, stai andando bene".
L'uomo ha una commovente speranza negli occhi, mentre prosegue: "le cose hanno cominciato ad andar male quando due dei nostri, dei galeotti, si sono allontanati un attimo e sono tornati con quattro galline. Ma ci crede che quei pazzi mazziniani li hanno fucilati? Per quattro polli rubati. Ne ho parlato con i miei amici di cella, ma nel frattempo eravamo arrivati qui a Vallo, tra una cosa e l'altra. E qui le cose si sono messe anche peggio. Il generale Pisacane ha mandato avanti

quattro ragazzi dei suoi, per parlare con il sindaco della città, non so cosa si siano detti ma evidentemente il sindaco l'ha presa piuttosto male, perché dei quattro ne è tornato uno solo e pure malconcio. Non abbiamo fatto in tempo a smontare le tende che i contadini e i braccianti, armati di forconi, di roncole e accette, ci sono saltati addosso da tutte le parti, gridando viva il re, viva il regno delle due Sicilie, insomma questi invasati," (vedendo che nella locanda ci sono anche parecchi paesani, si corregge in fretta) "questi valorosi contadini hanno massacrato il grosso del gruppo prima ancora di riuscire a caricare un moschetto. Il generale Pisacane si è sparato, quando si è visto circondato, l'ho visto io. Poi sono scappato in questa direzione con una ventina di disgraziati, ma qui alla locanda, dove speravamo di trovare rifugio, ci hanno dato il resto".
"Buongiorno, Luigi." La voce tonante dell'oste fa trasalire Capelli Unti, e fa voltare Filangieri e tutti i militari verso la porta. "Signor Generale, le presento Luigi Di Sano, sindaco di Vallo".

* * *

Un uomo sulla quarantina, con i capelli castano scuro ben pettinati all'indietro e baffi lunghi e sottili, si fa avanti tra i tavoli, e stringe con decisione la mano tesagli da Filangieri. Ha un abito grigio e una camicia bianca con bordini blu, e le maniere decise e sicure di un uomo che è sempre riuscito a farsi rispettare grazie al carisma e senza bisogno di alzare la voce. Una persona dall'aria schietta e spavalda: "Buongiorno Generale. Noi ci siamo conosciuti in occasione del funerale di Sua Maestà Ferdinando. Piacere di rivederti, seppure in un'occasione molto… eccitante."

"Davvero, Di Sano. Mi hanno riferito che non ci avete lasciato molto in cui renderci utili, se non la conta dei cadaveri."
"Confermo orgogliosamente. I banditi stanno già fertilizzando le nostre campagne."
"Avete subìto perdite importanti?"
"Ventuno abitanti di Vallo sono rimasti uccisi negli scontri, più un certo numero, ancora non noto con precisione, di braccianti e mezzadri delle campagne circostanti."
"Fammi avere un dettaglio con nomi, cognomi ed età. Prepareremo una targa onorifica, e ci sarà un generoso rimborso. Li avete fatti fuori tutti?"
"Tutti, Generale. Li abbiamo circondati e abbiamo avuto molta cura nell'impedire a chiunque di fuggire. Se qualcuno di loro aveva un elisir di invisibilità, può aver avuto una possibilità. Altrimenti, tutto ciò che resta del drappello sono quei due imbecilli laggiù." Indica il tavolo dove Capelli Unti saluta singhiozzando le ultime speranze di cavarsela, e Sguardo Ebete fissa il vuoto con una bavetta che gli scende sul mento. "Conto sul fatto che ce li renderai, al termine di questo interrogatorio. Io e gli abitanti di Vallo vogliamo organizzare una bella festa per loro. Sì, proprio una bella festa."
"Senz'altro, io con questi due ho quasi finito. Il materiale dei banditi, che fine ha fatto? In particolare, cerco una grossa cassa, che conteneva i soldi necessari per pagare i galeotti, una volta finita la scorribanda."
"Filangieri, perdonami, ma non me la sento di togliere il meritato bottino alla mia gente, specialmente a chi ha perso un familiare o un amico nella battaglia. Non dovresti nemmeno chiederlo." Il sindaco assume un'espressione ferita e lugubre.

"Perdonami, chiarisco meglio il concetto. Non mi interessa, né interessa al Regno, recuperare quei soldi. Sono d'accordo sul fatto che ve li spartiate, come ricompensa per la vostra generosa combattività. Io però vorrei vedere il contenuto di quella cassa, prima che venga svuotata, perché potrei ricavarne documenti o informazioni utili sui mandanti. Poi potrete spartirvi il contenuto."
"Temo di non poterti accontentare. Abbiamo dato tutto alle fiamme."
"Ah. Peccato." Sapevo che arrivare troppo tardi era rischioso, pensa Filangieri. Ma la voce del sindaco interrompe il flusso dei suoi pensieri: "Aspetta. Vado a parlare con una persona, che potrebbe avere delle risposte per te. Intanto," Di Sano si avvicina alla porta e fa gesti perentori di entrare a una persona sulla soglia, "ti presento un ragazzo che, sotto una scorza timida… e dai, entra, ti ho detto! … nasconde un cuore da eroe."
Un giovanotto vestito in modo semplice, con una giacca ocra, camicia azzurra e pantaloni marron scuro, si fa avanti con passo incerto, girando una coppola tra le dita nervose.
"Ti presento Mario Ruotolo, telegrafista del Regno."

* * *

Mezz'ora dopo, Filangieri e Ruotolo hanno confermato quanto accaduto alla sala del telegrafo di Vallo. In effetti è come avevano intuito a Napoli, il telegrafo era sotto la minaccia delle sciabole, e il giovane telegrafista aveva ideato, forse per la prima volta nella storia, un allarme di costrizione. Giustamente, un simile colpo di genio, merita un adeguato premio.

Il ragazzo spalanca gli occhi neri e si arruffa i capelli, con un'espressione sbalordita e un po' comica: "una... medaglia? A me?"
"Sì, certo, te la sei meritata. Come sarebbe andata a finire..."
Ma il ragazzo non lo ascolta più. In preda a un irrefrenabile entusiasmo, si è girato e ha cominciato a vociare verso la porta aperta della locanda: "*Ninì, te' qua', vieni vieni!!*"[19]
Una splendida ragazza dai capelli lunghi e neri, si affaccia alla porta e guarda dentro. Le uniformi militari evidentemente la spaventano, perché sparisce subito, e Mario deve scattare per prenderla per il braccio e trascinarla nuovamente dentro: "*Ninì, nun mme fa sfiurà, guarda llà, chillo è nu generale*[20] dell'esercito reale, è una persona importante, importantissima, e ha detto... ha detto..." Si volta verso Filangieri che trattenendo a stento le risate, ripete: "per il coraggio dimostrato in presenza di nemici armati e pericolosi, per la freddezza con cui hai ideato un modo brillante per comunicarci la presenza dei banditi alla stazione del telegrafo, riceverai, da mani più importanti delle mie," e mima una corona con un gesto delle mani, "una medaglia al valore".
"Hai visto Ninì, 'o Signor Generale che ha dett..."
CIAFF!!
Il ragazzo viene interrotto brutalmente da un ceffone violentissimo, poi con voce stridula, a velocità sconcertante e in dialetto talmente stretto da essere quasi incomprensibile, Ninì gli grida in faccia una serie di frasi rabbiose di cui Filangieri riesce a malapena a cogliere: "disgraziato, e se t'ammazzavano chi ci pensava a tuo figlio? Lui fa l'eroe, lui!! Che, ti devo control-

---

[19] Ninì, stai qui, vieni vieni.
[20] Ninì, non mi far fare brutta figura, quello è un generale...

lare a ogni passo che fai, sciagurato? ..."*, accompagnata da una serie di insulti piccantissimi. Terminata l'ultima parolaccia, la ragazza gli ammolla un altro violento schiaffo, come punto esclamativo, quindi prende la porta e scappa.
Ma non scappa abbastanza velocemente perché il generale non noti la sua pancia, pur nascosta parzialmente da un vestito largo. La ragazza è incinta. Molto incinta.
Tutti nella stanza devono averlo notato, perché dopo un momento di interdetto silenzio, tutti quanti, militari, paesani, cameriere, e anche Filangieri stesso, scoppiano in una sonora risata. Evidentemente la scala dei valori di Ninì, valorosa e tremenda salernitana, vede posizionata la medaglia, promessa del generale, molto più in basso rispetto alla salute e alla sicurezza del padre del nascituro, e di riflesso del bambino stesso. Certamente, considera tra sé e sé Filangieri, le campagne non sono come la città, dove una mano pietosa, ad aiutare nelle faccende domestiche una povera vedova con figli, si trova sempre. Qui, un nascituro già orfano se la potrebbe vedere brutta, molto brutta. Potrebbe anche morire di tubercolosi, o d'inedia. Di qui la giusta preoccupazione e frustrazione della ragazza.
L'unico che non ride è Mario, che si gira la coppola tra le mani, interdetto. Occorre trovare le parole giuste: "non ti preoccupare, ragazzo. Le passerà presto. Le donne sono sempre emotive e sopra le righe, specialmente quando," fa il gesto del pancione, "ma per quando sarai tornato a casa, si sarà resa conto di aver esagerato, e sarà orgogliosa del tuo comportamento da eroe. E in ogni evenienza," mette mano al borsello sulla cintura, "ecco 15 ducati, vai a comprarle dei fiori e qualche sfogliatella, vedrai che sarà contenta, visto che mangia per due".

"Signorsì, signor Generale, la ringrazio, lei è troppo generoso. E la scusi, è un po' così…" Mario guarda la moneta d'oro, e quasi sviene.
"Ma certo. Io ho figli, figlie e nipoti, ne ho viste tante. Adesso il capitano," lo indica, "prende nota e tra qualche giorno vieni a Napoli, a Palazzo Reale," Filangieri non manca di notare che il ragazzo quasi sviene un'altra volta, a sentir menzionare il Palazzo, "e te ne torni qui in paese con una medaglia, con un generoso aumento di stipendio, e una bella ceramica di Capodimonte per Ninì".
"Grazie, grazie ancora signor Generale, grazie, grazie, voi siete…"
"Di fretta. Adesso lasciami finire con questi qui, prima di sbatterli in galera e buttare via la chiave. Dunque, dove eravamo con il racconto?"

* * *

A sera, le truppe si stanno preparando per tornare a Napoli, ma Filangieri ha voluto aspettare ancora un'oretta, che gli è servita per far redigere a un segretario un resoconto degli eventi della giornata e di quelle precedenti. L'attesa è premiata dall'arrivo di un trionfante Di Sano, che tra le torce accese si fa avanti spedito verso la tenda dove Filangieri sta bevendo un caffè: "Hai buone notizie per me, Luigi?"
"Ottime, Carlo. Uno dei paesani si è tenuto un borsello che dice di aver trovato sul corpo di Carlo Pisacane, prima che fosse gettato nella fossa comune. Eccolo," porge una sacchetta di pelle chiusa da un cordino, con il sigillo rotto, "il mio concittadino dice di averla tenuta da parte perché conteneva dei 'soldi strani', e allora ho pensato che potesse essere importante per te."

"Grazie, Luigi." Filangieri apre il cordino, e guarda dentro.
La sacca contiene delle monete molto inusuali. Ne tira fuori una. Da una delle due facce, una donna bruttissima, avvolta in un ricco ermellino, e ritratta su un trono, lo guarda con severità.
È la Regina Vittoria. Sono lire sterline Inglesi.

Capitolo 10.

20 Ottobre 1857 – 18, 'o sanghe

La stanza è silenziosa, a parte i leggeri tocchi delle gocce di pioggia sui vetri. Dalle finestre entra una luce insolitamente fioca, per la città dove '*ce sta sempre 'o sole*', e allora, su richiesta del Generale Filangieri, i domestici hanno acceso già nel primo pomeriggio i candelabri e i lampadari, oltre a un vivace fuoco nel camino. La tremolante luce del focolare ammorbidisce e dà un senso di casa alle greche, agli stucchi, ai grandi quadri che, alle pareti, ritraggono ricostruzioni eroiche e chiassose di battaglie antiche, vere o presunte.
All'odore acre di cenere e legna ardente, si accompagna quello morbido del caffè e dei pasticcini. Nessuno li ha toccati, ma contribuiscono in modo determinante a rasserenare gli animi nella stanza, e Filangieri ne è soddisfatto, perché l'argomento che deve toccare con Francesco e Maria Sofia è estremamente delicato, richiede una calma e un autocontrollo che non è lecito aspettarsi da un ragazzo di vent'anni, e una ragazzina di diciassette, scaraventati dagli eventi su una montagna di responsabilità alta come il Vesuvio.
Filangieri guarda proprio il sontuoso vulcano, spostando leggermente la spessa tenda da una delle finestre. Le nuvole che abbracciano la cima come una raffinata sciarpa di delicate sfumature di grigio, non fanno che renderlo ancor più elegante e regale. Il Generale ha mantenuto, dai tempi in cui girava l'Europa in cerca di gloria militare, senza mai dormire sotto un tetto di tegole, la passione particolare per gli studi geografici: affascinato dai luoghi alieni e misteriosi sotto i cui cieli stranieri lo spingevano le brame di gloria napoleoniche, una volta tornato nella civiltà, divo-

rava tutti i libri che riusciva a trovare. Naturalmente, poi, nessuno gli credeva, anzi gli davano del pazzo, quando raccontava che nel continente sudamericano ci sono vulcani alti due volte l'Etna, e quattro volte il Vesuvio. Gente che non si era mai mossa dalla Costiera, e che faceva fatica persino a credere anche solo che l'Etna fosse più grande del simbolo eterno di Napoli, cadeva altrettanto mestamente nel pensare che Filangieri fosse uno a cui piaceva cantarsela e suonarsela, e non il serissimo ufficiale dalla parola di platino, che era. Perciò, tutti a prenderlo in giro quando su un vecchio libriccino di appunti di Francisco de Orellana, lo scopritore del Rio delle Amazzoni, trovava nomi come Chimborazo e Cotopaxi, e le relative illustrazioni disegnate, lo prendevano in giro, e lui, fingendosi offeso, rideva tra sé e sé dell'altrui ignoranza. E poi, perché inalberarsi, nessuno negava il primato di vulcano più bello, più antico e prestigioso, e più testimone della Storia, al capolavoro della Natura che lo guardava da quella finestra.
E che sembrava ora sussurrargli: 'ora basta, hai finto di distrarti per un intimo desiderio di allontanare da te questo momento così complesso, così delicato, ma adesso affronta il tuo destino, la Storia ti attende, c'è una nazione da costruire, sotto il mio sguardo paziente.'
Oh, davvero, la bellezza, specialmente quella della natura, ma anche quella della gente, avevano sempre lo stesso fascino su di lui, pensa mentre si volta e si riavvicina ai due giovani, che intanto lo aspettano senza fretta, spalla contro spalla sulle due poltrone affiancate, con le mani interne incrociate delicatamente ma saldamente, guardandosi con desiderio e felicità.
Chissà se faranno in tempo a sposarsi prima che arrivi l'erede al trono, pensa Filangieri, lanciando uno

sguardo segreto e consapevole all'addome della principessa, con una punta di invidia e nostalgia per passioni e sogni che in lui appartengono al passato, mentre si siede e dà l'inizio alla discussione da cui nasceranno alcune delle decisioni politiche più importanti della sua vita e della Storia d'Italia: "Francesco, Maria Sofia, vi ho chiamati a questa riunione privata per illustrarvi umilmente la mia visione del futuro del Regno, e la sua dipendenza da alcune decisioni molto critiche e urgenti che spero Sua Maestà oggi prenderà."
I due giovani regnanti puntano lo sguardo su di lui e tornano immediatamente seri.

* * *

Filangieri sposta il vassoio con la chicchera e le tazze, e stende sul tavolo una pergamena che ha preso dal borsello: "Questa è una mappa dell'Impero Britannico", indica una cartina geografica in proiezione cilindrica del Mercatore, puntando decisamente il dito su alcune regioni ombreggiate, con il fare che un tempo fu del generale napoleonico in battaglia, "come vedete ci sono territori di grande dimensione, come il Canada, le Indie, la Terra Australis, le grandi colonie africane. Si può dire che dopo una fase storica di conquista e difesa, culminata con la perdita delle Tredici Colonie," Filangieri è felice come un nonno che racconta ai nipotini la loro favola preferita, mentre indica sulla costa orientale del continente nordamericano, quello che era stato il nucleo originale degli Stati Uniti, ora espanso fino alla California, "l'Inghilterra abbia cambiato strategia, puntando di più sul controllo economico che su quello militare. È chiaro che quando vacillano queste forme di controllo, l'Impero può conta-

re su una Marina senza uguali, e su un esercito ben strutturato e integrato con forze locali. Ma prima di intervenire con la forza, cercano di mantenere l'equilibrio economico dei commerci. Pertanto la loro colonizzazione non avviene solo attraverso manovre dirette, ma anche garantendo punti di presenza, camere di commercio, personaggi carismatici ben inseriti nell'industria, nell'agricoltura e nella politica locale. Questo avviene sia nelle vere e proprie colonie, che in territori apparentemente indipendenti e liberi, ma di fatto sottoposti a pressioni economiche e politiche formidabili, in modo spesso subdolo. Uno di questi territori, lo conosciamo bene." Filangieri srotola un'altra mappa, questa volta molto più familiare ai due ragazzi che lo guardano con commovente fascino e ammirazione.
È una mappa della Seconda Sicilia, la Trinacria.

* * *

"C'è chi dice che i nobili inglesi siano innamorati delle colline e delle coste siciliane, e chi afferma che invece siano il Vino dolce di Marsala e gli occhi moreschi delle donne, ad attrarre personaggi le cui famiglie si sono poi fermate per intere dinastie nell'isola. La verità? Ha l'odore infernale dello zolfo. È una verità scomoda, e ben celata, che quattro quinti delle importazioni mondiali di zolfo provengano dalla Sicilia, con l'Inghilterra a comandare tutti a bacchetta, in proposito. La coraggiosa e intransigente ribellione di vostro padre," dice Filangieri rivolto a Francesco, "ha portato gli inglesi, per reazione, a un progressivo inasprimento delle condizioni economiche e umane di questo dominio commerciale. Lasciamo perdere i gesti plateali come la questione dell'Isola Fernandea, o quella della

guerra di Crimea, occasioni nelle quali io ho peraltro approvato pienamente la condotta del nostro Regno. La pressione, come ha potuto constatare vostro padre nei numerosi viaggi in Sicilia, avviene direttamente sul lato umano. Le miniere di zolfo sono di proprietà di latifondisti inglesi, che di preciso proposito mantengono condizioni di lavoro medioevali: altissimo tasso di mortalità per malattie della silice, aspettativa di vita molto breve, stipendi da fame, ragazzi e bambini al lavoro in turni massacranti sotto un sole cocente e con i vapori, letteralmente, infernali dello zolfo. E, in cima a tutto questo, una vile propaganda che, sfruttando l'ingenuità e l'ignoranza di popolazioni massacrate e stanche, attribuisce la colpa di tutto questo al governo centrale di Napoli."
"Dove ci sono presenze inglesi da tempo immemore, che ormai fanno parte del panorama politico della città" Interrompe Francesco. "Sai chi intendo."
Lo sguardo del giovane monarca è amareggiato. Lo sguardo di chi, pensando al tradimento, viene già in un certo senso tradito, perché la fiducia non ha le sfumature di grigio del cielo di oggi sopra il golfo, ma anzi è bianca e nera. Perciò la fiducia, che era stata massima in suo padre, al riguardo del ministro Winspeare, senza far rumore, strisciando tra verità e menzogna, tra fatti e immaginazione, si è trasformata in sospetto, in pregiudizio, nel veleno che uccide l'anima senza lasciare tracce di sensi di colpa. Francesco Antonio Winspeare, la cui famiglia si era rifugiata un secolo fa in Italia, alla ricerca di un mondo in cui ci fosse più libertà di culto cattolico, era diventato ministro della guerra, un ruolo importante, di grande fiducia, negli ultimi anni regno di Ferdinando II, sotto il governo formato dal primo ministro Troya. Ma ora, alla luce dei fatti che gradualmente venivano a formare il

puzzle dello Stivale, rischiava di finire, anzi forse era già finito, sul banco degli imputati per il processo per un delitto non ancora commesso. "Certo," risponde Filangieri, con tono altrettanto duro e amareggiato. "Ma possiamo girare a nostro favore questa situazione."

* * *

"Come si fa a cambiare la direzione degli eventi?" L'italiano della principessa Maria Sofia è migliorato velocemente da quando si è trasferita sul Golfo, grazie al lavoro metodico di ottimi tutori provenienti dalla Facoltà di Lettere, arrivando ad avere un'affidabile grammatica e perfino una leggera ma deliziosa cantilena napoletana. Però, quando è agitata, può succedere che le sfugga dalle labbra qualcosa della sua lingua madre. Francesco le lancia uno sguardo amorevole, poi si gira verso Filangieri, e risponde: "non si può intervenire direttamente, perché personaggi di origine o affiliazione inglese sono troppo radicati nella struttura sociale, industriale, mineraria, politica del paese. Si rischia un crollo economico, prima ancora della rappresaglia."
"Esattamente." Filangieri è molto soddisfatto della perspicacia del ragazzo. "Dobbiamo ragionare in termini di obiettivo. Sappiamo che qualcuno, in Inghilterra o nel regno di Sardegna, sta tentando di sovvertire il nostro Stato. Ma qual è l'obiettivo?"
"Conquista? Acquisizione di un punto favorevole per il controllo del traffico nel mediterraneo?"
"Con la costruzione del nuovo canale in Egitto, il traffico merci aumenterà a dismisura, nel Mediterraneo. Ma la Marina Inglese ha già punti del genere, Gibilterra, Malta, con la Convenzione di Londra del 1841 si è

assicurata il controllo dei Dardanelli, dunque non è necessario conquistare altri territori. L'importante è che la Sicilia sia, o meglio resti, colonizzata, ovvero che la struttura sociale ed economica mantenga la dipendenza dalla corona inglese. Ma soprattutto che non scivoli sotto l'egida di un altro impero del Mediterraneo. Ci sono candidati a iosa, Francia e Austria in primis, ma sicuramente non sottovalutano i rapporti con la corona di Spagna, e la possibile ingerenza degli Ottomani. Persino la Russia, è vista con sospetto, dopo la mancata partecipazione del nostro Regno al conflitto in Crimea. Pertanto, la soluzione migliore, per l'Inghilterra, qual è?"
Francesco e Maria Sofia hanno gli occhi fissi sulla figura di Filangieri, che intanto cammina, con passo lento, per la stanza, come a indicare un modo di ragionare rispettoso dei tempi e dei meccanismi storici. Il generale napoleonico continua: "Favorire la creazione di uno stato tecnicamente indipendente, ma finanziare l'operazione in modo da mantenere la dipendenza e le condizioni di mercato favorevoli."
Filangieri si ferma a guardare dalla finestra il cielo grigio che non promette nulla di buono: "Gli inglesi vogliono un'Italia unita sotto la bandiera Sabauda."

"Di fatto," continua Filangieri, "hanno adottato una strategia composta da: denigrazione del nostro regno, sulla base di presunte carenze negli ambiti sociali, giuridici, umanitari; fomentazione di proteste nei confronti della nostra politica interna, da parte di intellettuali e stampa; creazione di uno stato di tensione sociale, quest'ultimo, concentrato nella Sicilia Trinacria, e destinato a sfociare in aperta ribellione. Il modello di accensione di tale ribellione lo abbiamo avuto con i disgraziati di Vallo. Per quello che sappiamo, storica-

mente, dei Sabaudi, il metodo è sempre stato lo stesso: carboneria, sollevazione popolare, aiuto economico e militare 'sotterraneo', quindi intervento aperto. In questo modo tutti i moti rivoluzionari sono diventati guerre di conquista, alzando sempre il tono e il tiro, dal 1820 al 1848, creando due generazioni di ribelli e idealisti. Personaggi importanti hanno preso la mano per poi sparire, ma la linea politica, il grande piano, è sempre stato quella di Mazzini e Cavour."
Filangieri si volta verso i due ragazzi che la Storia gli ha affidato, per farli crescere nella consapevolezza che un Monarca non è solo colui che porta una corona, comanda un popolo, guida un esercito, ma è anche un importante capitolo dell'evoluzione dell'Umanità: "Mi aspetto un intervento simile, ma molto più deciso e determinato, questa volta non portato da poche decine di disgraziati accompagnati da galeotti male armati e peggio addestrati: no, quello che verrà sarà un attacco deciso alla vostra corona, sfruttando il supporto esterno inglese, il malcontento e l'acrimonia di alcune frange della popolazione siciliana, per ottenere un importante risultato politico e militare."
La voce di Francesco trema di indignazione e anticipazione: "Quale risultato?"
"L'annessione del regno delle Due Sicilie al regno sabaudo, e la dissoluzione della monarchia dei Borbone di Napoli."

* * *

Maria Sofia prende la mano di Francesco, che ha lo sguardo cupo, furente: "*Meine Liebe,* non ti preoccupare, abbiamo tutto il supporto dell'Impero Austroungarico; mi basta una lettera a Sissi, Francesco Giuseppe fa qualunque cosa lei gli chieda."

Carlo non può che sorridere all'idea, ma mantiene il tono serio: "Non basterà, mia cara. Occorre preparazione, perché al momento opportuno, scatteranno le alleanze, e quando le carte saranno in tavola non si potrà cambiare più niente."
Francesco replica rabbioso: "E allora che cosa facciamo? Filangieri, voi siete l'uomo di fiducia di mio padre. Che cosa facciamo?".
"Ho in mente un piano in diverse direzioni. Informazioni, alleanze, preparazione militare. È tutto contenuto qui." Apre la borsa a tracolla appoggiata su una poltrona, e tira fuori un pacchetto di fogli scritti fitto fitto, molto 'vissuti' per le correzioni e i ripensamenti, per il fumo e le chiazze di cera di innumerevoli candele consumate a scrivere, di notte, scrivere le parole che possono salvare il sogno che era stato di Carlo III, di Murat, di Ferdinando II. "Qui ci sono le mie proposte d'azione. Studiamole insieme." Filangieri si siede e mette il pacchetto sopra il tavolo, davanti agli occhi severi di Francesco, che subito cambiano tono, leggendo il primo foglio, assumendo un'espressione di stupore: "Che cos'è questo?"
"È il frutto degli studi di mio padre Gaetano, e degli scambi epistolari con un politico statunitense, Benjamin Franklin. Sono appunti molto interessanti, fortemente illuministi, su argomenti economici, politici, sociali. Io non ho che un vago ricordo di mio padre, è morto quand'ero ancora bambino piccolo, ma la mia famiglia li ha conservati. Leggendo con attenzione, sono riuscito a trovare elementi che possono esserci utili per riorganizzare lo Stato, e costruire una forma di governo che, pur mantenendo il totale rispetto verso la monarchia, ci aiuti a migliorare i rapporti con le estremità del nostro regno, come la Sicilia, e con altre che potrebbero farne parte più avanti."

Francesco solleva alcuni fogli, come se stesse alzando il Sacro Graal. "E questa è…?
"Una bozza di un documento a cui mio padre aveva contribuito con importanti idee e modifiche. Qualche anno dopo, questi appunti sono stati la base per la Costituzione Federale Americana."

Capitolo 11

3 Febbraio 1858 – 35, l'aucelluzzo

Oggi il calessino non è stato gentile con la mia schiena, pensa Filangieri mentre entra a Castel Capuano. E dire che, una volta, se la sarebbe fatta tutta a cavallo, al galoppo, con la gente lungo le vie a tuffarsi di lato negli androni o rasente ai muri all'ultimo momento utile per non essere travolta dai furibondi zoccoli del suo Frisone morello. Con il tempo, se ne sono andate via la sfacciataggine e l'arroganza del giovane e spericolato condottiero, e anche pochi chilometri di sobbalzi sul selciato sono sufficienti per fargli vedere le stelle in pieno giorno.
Lo nota anche Salvatore Ruggiero, che gli fa il saluto militare mentre entra dalla porta in legno dello stanzone nel sotterraneo: "Signor Generale, sta bene? La vedo un po' sofferente."
"Eh, mio caro, è la gioventù che diventa un ricordo. Ma ho troppo da fare per pensarci."
"Me ne rendo conto anch'io, Signore. *Stammece accuorti*[21], il nemico è agguerrito e preparato."
"Già. Hai pensato a qualcosa per risolvere il problema della segretezza, come ti ho scritto nella convocazione?"
"Pensato? Sono passato subito all'azione, signor Generale! Ecco qui." E indica una cassetta di legno, larga un paio di spanne, appoggiata su un tavolino. "Lei sa bene che il mio amico Gennarino, il fabbro ferraio e maniscalco del mio paese, unisce grande talento e inventiva. Questo è ciò che ha creato," e apre delicatamente la scatola. "Alcune parti incollate sono ancora

---
[21] Stiamo attenti.

un po' fresche, ma almeno si può vedere il meccanismo."
"Meccanismo?" Il generale guarda incuriosito la scatola. Una serie di ingranaggi sono montati su perni, e si notano subito due ruote dentate, una su un lato e una sull'altro, e che, sulla circonferenza, hanno incise le lettere dell'alfabeto. "Spiegami."
"Ecco, si prende questa manovella, e si imposta una lettera dell'alfabeto sulla ruota qui a destra, facendo girare questo perno. Così." Il Falsario incastra la manovella in un foro della cassetta, facendo girare un perno quadro che porta la prima ruota sulla lettera G. Un albero fa girare una serie di ruote dentate più piccole, trasmettendo il moto all'altra ruota, che si ferma sulla lettera W. Quindi gira di nuovo la manovella, e alla lettera U corrisponde la A. "Ecco, come vede, facendo girare ancora, e ancora, componiamo la parola GUERRA. Il risultato dall'altra parte sarà WATJJO. In pratica, questa scatola esegue il cifrario di Giulio Cesare. La cifratura è determinata da questo alberello a camme, che può essere rimosso, così," Il ragazzo estrae delicatamente un pezzo in legno con scanalature e leve, "e può essere sostituito da un altro, che impone una codifica diversa. Ne possiamo costruire dodici, uno per ogni mese dell'anno."
"Ingegnoso. E immagino che noi avremo qui una macchina identica ma contraria, con alberi a camme, analogamente uno per mese, con cui potremo decodificare i messaggi. Interessante, e ingegnoso. Che cos'è quella?" Filangieri indica una molla a spirale, con un perno verticale, in fondo alla scatola. "È un accorgimento strategico, nel caso la nostra spia venga sospettata. Incastrando la manovella in quest'altro perno, vede, si può caricare la molla, che fa girare len-

tamente il perno. Al perno è connesso questo tamburino, che, girando, tocca queste lamelle."
Il meccanismo, una volta caricata e rilasciata la molla, comincia a picchiettare sulle lamelle, che, di lunghezza ed elasticità appropriata, suonano delicatamente la musica della canzone *'Te voglio bene assaje'*. Salvatore arrossisce, e si vede che è orgoglioso della soluzione ingegnata: "Se è d'accordo con me, signore, io farei fare una statuetta di una ballerina da un mio amico, artigiano a Capodimonte, e la incastriamo sul perno che esce. In questo modo, se la spia si dovesse veder costretta a giustificare la presenza di questa misteriosa scatola a casa sua, che ne so, durante una perquisizione, può sostenere, con una certa speranza di successo, che la scatola è un carillon. Naturalmente, l'abbelliremo ad hoc."
"Sei un genio, ragazzo mio."
Salvatore arrossisce ulteriormente: "Pe-per finire, doteremo la macchina di un tredicesimo albero a camme, da usare nel caso la spia venga scoperta, e venga costretta a mandare messaggi falsi e fuorvianti a fil di baionetta. Più o meno come quella genialata che mi ha raccontato, per le stazioni locali del telegrafo. Se noi troveremo che ad un certo punto i messaggi non si possono più decodificare con l'alberello standard, ma invece con il tredicesimo sì, sapremo, anche se il messaggio è apparentemente innocuo, che scatoletta, spia, e canale di comunicazione sono compromessi."
Filangieri guarda, con una soddisfazione raggiante, il ragazzo, che diventa paonazzo. E, per una volta nella sua vita, il Generale non trova le parole per esprimere la sua emozione.

"Benissimo, abbiamo i mezzi. Ora ci manca la persona."

* * *

Carlo Filangieri e Salvatore Ruggiero pranzano insieme, su un tavolo sommariamente preparato nel cortile del castello. Il pranzo è frugale, ma gustoso: scialatielli ai frutti di mare, annaffiati da un ottimo Greco di Tufo. Il Falsario ha ancora le punte delle orecchie rosse per l'emozione. O forse è il vino, che gli scioglie la lingua in maniera forse non del tutto appropriata alla personalità che ha di fronte, ma in modo sincero. E ne viene fuori una frase che, buttata lì in una fresca giornata di sole, all'ombra del cortile interno, tra il suono delle forchette che picchiettano sui piatti, avrà nella sua banalità il potere di cambiare la Storia:
"Ma... a pensarci, una persona ci sarebbe."
Filangieri si pulisce la bocca con un fazzoletto bianco pulito, e guarda il ragazzo con imbarazzante serietà: "Dimmi tutto."
Salvatore si schiarisce la voce più volte, poi si dà la carica con un sorso di vino. "Ehm. Gira voce. Una voce, però sicura, e confermata da più parti."
"Con calma, senza timore. Dimmi la persona, e poi la voce. Non ci sente nessuno," Filangieri abbassa leggermente la voce, ma è evidente che le guardie, a una ventina di passi, non possono sentire la conversazione. "Coraggio, fuori il rospo."
"Winspeare."
Salvatore Ruggiero si guarda attorno ancora una volta, poi si sporge sul catino ancora mezzo pieno di pasta, e sussurra: "Si dice che a Winspeare, più delle donne, piacciono i *guaglioni*."[22]

* * *

---

[22] I maschietti.

Il boschetto attorno al Belvedere di San Leucio è popolato di daini, cinghiali, volpi, e altra cacciagione. Gli animali dovrebbero essere preoccupati per il fatto che due esseri umani, in tenuta da caccia, con lunghi fucili, si stiano inoltrando nel fitto della boscaglia. In realtà, le bestiole non hanno nulla da temere, perché i due cacciatori, Carlo Filangieri e il Re Francesco II, ormai noto al popolo come Franceschiello, sono impegnati in una fitta conversazione, e i loro fucili sono scarichi e in spalla, apparentemente solo mimetici per giustificare la loro presenza in quel luogo.
Una volpe rossa, che con inquietudine li guarda allontanarsi, nascosta tra il fogliame, non lo sa, ma i due hanno scelto di proposito il tranquillo e indisturbato bosco, solo per isolarsi dal mondo e parlare di argomenti che camminano in un incerto equilibrio tra pericolosa strategia e alto tradimento.
È Filangieri quello dei due che, in preda a maniacale ossessione per la disciplina e la sicurezza, esorta: "Coraggio, Maestà, ricapitoliamo ancora una volta, con pazienza. Non voglio lasciare in nessun ambito o luogo una traccia scritta di quanto ci siamo detti, per motivi di riservatezza. Preferisco mandare tutto il piano in questa cassaforte", e si indica la tempia, "piuttosto che su carta. Su, ripetiamo."
"Allora… Winspeare ha una relazione con un ragazzo quattordicenne abitante nei Quartieri Spagnoli. Si reca laggiù in incognito, con un cappello e una sciarpa a nasconderne le fattezze, ogni domenica pomeriggio. In realtà, l'imbonitore di quartiere, e numerosi negozianti, sanno benissimo chi è, ma lui ha comprato il silenzio di tutti ad un certo prezzo, che conosciamo perché abbiamo offerto una cifra superiore per deviare la loro attenzione da una trappola, che scatterà il 10 Feb-

braio. In quella data, con l'aiuto di guardie in borghese, Winspeare verrà 'scostumato', in presenza anche di un magistrato. Tutta l'operazione è nota a meno di dieci persone."
Franceschiello poi aggrotta la fronte, nel tentativo di ricordare il collegamento tra due concetti, che non hanno nemmeno l'ausilio della rima poetica per la memorizzazione. È una breve battaglia neurale che si conclude con la vittoria della memoria del Re: "… Il ragazzo verrà arrestato e trasferito a Castel Capuano sotto il tuo diretto controllo. Verrà mantenuto in vita e in buona salute, e gli si consentirà di scrivere periodicamente al 'mentore'. Quindi, verrà fatta a Winspeare l'offerta che non può rifiutare."
"A quello ci penserò io. Supervisionerò le operazioni di arresto del ragazzetto e del ministro, così che, a seconda di quello che vedrò e percepirò, saprò fino a che punto posso affondare il coltello". Bella metafora, complimenti, ironizza tra sé e sé Filangieri, trovando in effetti malaccorto da parte sua usarla con una persona che ha avuto il padre freddato da un colpo di baionetta, non molto tempo fa. Ma poi, tranquillizzato dal non vedere alcuna particolare alterazione sul volto del giovane monarca, continua: "Devo scegliere bene che cosa chiedere o non chiedere, che vincoli dare perché la gabbia non sia né troppo stretta né troppo larga. Questo perché lo spionaggio è un'arte elegante e un lavoro sporco allo stesso tempo, e non ci vuole nulla perché un doppio gioco diventi triplo e si rivolti contro di noi."
"In pratica, Winspeare dovrà apparire come un perseguitato politico, fuggito in modo rocambolesco dal Regno."
"Certamente, ho già organizzato il tutto. Gli accompagnatori del ministro, di fatto, parteciperanno alla

finzione di una avventurosa fuga, e infatti mi sono già messo d'accordo con alcune guardie carcerarie che fingeranno di essere state corrotte; poi ci sarà tanto di inseguimento fino al porto, con l'accortezza, da parte degli inseguitori, di farsi vedere ma di non raggiungerli, e altri particolari apparentemente secondari, ma che contribuiranno al teatrino. L'attore principale poi sarà lui, Winspeare, che dovrà sostenere, una volta sbarcato in Inghilterra, di essere perseguitato dal malvagio e becero governo borbonico per motivi di prevaricazione razziale, solo per il fatto di essere inglese," a Filangieri quasi scappa un sorriso al vedere l'espressione di Francesco II che diventa truce per un istante, "e di mettersi a disposizione di Downing Street per fornire loro tutta una serie di informazioni sul nostro Regno, sulla situazione economica, politica, industriale, commerciale e agricola. Ho preparato in tal senso un vademecum, per il nostro 'usignolo', in modo che fornisca sempre informazioni pilotate e coerenti l'una con l'altra. Ogni discrepanza, seppur minima, di fatto metterebbe in pericolo l'intera operazione. Per fortuna gli Inglesi, con questo simpatico modo, che hanno, di 'sputtanarci' sulla scena nazionale e internazionale, ci lasciano una precisa e importante traccia delle notizie che vogliono sentirsi raccontare, e dei nostri difetti, artisticamente alterati e gonfiati, in modo da giustificare, di fronte al primo ministro Palmerston, gli investimenti in denaro per corrompere le nostre autorità in luoghi chiave dell'economia, della giurisdizione e delle comunicazioni, e di fronte all'opinione pubblica inglese, la futura possibilità di un intervento militare, aiutato dalle nostre presunte carenze in termini di struttura, addestramento, armamento e attrezzature."

"Però in alcuni casi di questi, le carenze ci sono effettivamente, e possiamo imparare qualcosa di importante."
"Certo. Ho recuperato gli appunti e le note con la descrizione delle proposte di riforme che mio padre aveva studiato, più la sua corrispondenza con gli Stati Uniti. Ne farò scaturire una relazione, che leggerò presto in parlamento, e poi studieremo ogni singola riforma in apposite commissioni. Tra i punti dove lavoreremo per modernizzare e liberalizzare," Filangieri su quest'ultima parola guarda fisso gli occhi del Re, e con sollievo non trova la preoccupazione e l'opposizione, a volte ottusa, del padre, "e i punti in cui tutte queste non sono altro che calunnie ingiuste e irrilevanti di un governo che si sente superiore a ogni altro sul pianeta, vedrete che gli Inglesi, quando entreranno in azione, troveranno delle brutte sorprese."
"Che cosa pensi che faranno, a quel punto?"
"Questo è l'altro risvolto della 'missione' di Winspeare. Vostra maestà forse non sa che la società inglese è molto bigotta, molto più rigida della nostra, e le autorità sono alla fervente caccia dei cosiddetti 'ricchioni', ovvero gli omosessuali. Noi perciò teniamo in pugno Winspeare, e se dovesse dare il minimo adito a dubbi sulla sua forzata 'lealtà', possiamo rovinargli facilmente la carriera e la vita. Senza contare che teniamo sotto controllo anche la sua famiglia, che resta qui. Perciò lui, da una parte si presenterà come rifugiato politico ed eroe patriottico britannico, dall'altra, di nascosto, fornirà informazioni autentiche, tramite i messaggi criptati che verranno codificati da lui e decodificati da noi tramite i 'carillon' di cui vi ho parlato. L'aspetto che più mi preme è naturalmente anticipare ogni azione, specialmente quelle militari. Non so come si presenterà l'occasione, ma se Winspeare fa il suo

lavoro di spia, sapremo tutto in anticipo, e se dovesse invece fallire al riguardo, allora puniremo lui e la sua famiglia. Ma mi aspetto una piena collaborazione da parte sua, penso che le nostre minacce siano sufficienti… eh?"
Franceschiello gli ha appena fatto cenno di tacere, e indica un punto in cui il fogliame fruscia leggermente, a una trentina di passi di distanza. Silenziosamente, carica la polvere da sparo e i pallettoni nel fucile, appoggia la lunga canna su un bastone sagomato conficcato nel terreno, e, mentre prende con cura la mira, mormora: "stasera, ceniamo con ragù di daino."

* * *

Tutto si è svolto, e procede, come previsto.
Anzi, Filangieri, in cella insieme a Winspeare, percepisce una ulteriore debolezza del ministro: un sincero, ancorché celato, sentimento nei confronti del ragazzo. Un bel ragazzo, in effetti, un mascalzoncello dei quartieri malfamati della città, con un'aria da sbruffone e un fisico che gli fanno dare qualche anno in più. Meglio così: basta fare accenno alla possibilità di porre fine alla vita del 'mariuolo', per ottenere da Winspeare uno sguardo pieno di panico e di promesse.
Completata l'operazione, l'incarico ad interim di ministro della Guerra, lasciato libero da Winspeare, viene naturalmente assegnato ad interim all'ex generale napoleonico, che, insieme al suo discorso di insediamento, prepara una serie di relazioni sulle riforme, come promesso al suo Re a San Leucio.
La relazione più importante e più corposa, è quella della nuova costituzione federale. Un documento innovativo, che può aprire le porte a una politica efficiente e ragionata, oppure al disastro.

Pertanto bisogna collaudarla, dove le istituzioni sono più in crisi, dove sono concentrati i pericoli secessionisti, dove il malcontento richiede con più urgenza una scossa sociale e politica. Insomma, dove la nuova costituzione serve di più.
Filangieri organizza un viaggio, per sé, per Franceschiello e per Bianchini, in nave.
Destinazione, Palermo.

Capitolo 12

20 Aprile 1858 – 3, 'a jatta

Certo che tutto si può dire dei siciliani, tranne che manchi loro la schiettezza, pensa Carlo Filangieri dopo che entrambe le personalità convocate per l'incontro nella Sala d'Ercole di Palazzo dei Normanni, hanno rifiutato di stringergli la mano. Concedono solo un minimo di galateo con un inchino al re, e con le condoglianze, visto che si tratta del primo incontro dal vivo dopo l'attentato al suo illustre padre.
D'altra parte, sono ancora troppo vicini nel tempo e nella memoria i moti rivoluzionari e indipendentisti del 1848, e la risposta delle truppe e della marina napoletana, guidate dall'ex generale napoleonico che ora guardano di traverso. E certamente gli eventi che hanno tristemente coinvolto Winspeare non hanno generato molto entusiasmo né in Vincenzo Florio, che al suo solido rapporto con gli inglesi, attraverso la sua Società Anglo-Siciliana dello Zolfo, deve la maggior parte della solidità finanziaria famigliare, né in Paolo Ruffo, luogotenente di Palermo, che in Inghilterra c'è addirittura nato.
Ma da buon generale, abituato a fare i conti spesso con un nemico in sovrannumero, Filangieri si siede al tavolo fronteggiando fieramente gli sguardi ostili, e preparandosi a combattere, non con i cannoni e i fucili, ma con le armi della strategia e della diplomazia.
Poiché in tali combattimenti l'elemento sorpresa è quasi sempre decisivo, il primo colpo è il suo: "Gentili signori, oggi vi presento in bozza un documento di cui abbiamo tanto discusso in passato, senza arrivare a una definizione soddisfacente. La nuova costituzione del Regno delle Due Sicilie."

* * *

Paolo Ruffo ha più di 60 anni, e ha visto tanti cambiamenti annunciati e poi non mantenuti. I capelli sbiancati dal tempo, occhi severi e profondi, naso adunco sopra labbra strette in un sorriso solo formale, Ruffo comunica la frustrazione, accumulata negli anni, di una autorità esercitata con la forza dei cannoni altrui anziché con il proprio carisma; difatti, nei decenni precedenti, ha accumulato una serie di giudizi negativi da parte di uomini politici e storiografi di tutto il continente. Naturalmente, non li ha accolti con piacere, essendo cosciente di essere, come competenza e personalità, molto superiore alla sua fama.

Paolo Ruffo

Per la riunione di oggi, il luogotenente si aspettava, francamente, la solita tiritera burocratica tesa a prendere tempo, e a lasciare lì i problemi nell'illusione che si risolvano da soli, sottovalutandone l'importanza, e nascondendo la testa sotto la sabbia come avevano fatto gli ineffabili struzzi-politicanti napoletani che avevano ignorato il suo avviso riguardante la lettera di Gladstone, con le sue pesanti accuse di inciviltà e di barbarie nei confronti del Regno. Di fatto, la loro inettitudine aveva fatto sì che l'immagine di un regno a cui lui teneva, nel suo complesso e non solo per la parte Siciliana, fosse deteriorata in tutta Europa.

* * *

Nè era meno scettico Vincenzo Florio, che ricordava bene come Ferdinando II avesse ceduto ingloriosamente alle pressioni e alle minacce inglesi. Nel 1838, il Re aveva in primis cambiato le concessioni dell'estrazione dello zolfo, materia prima degli esplodenti tanto preziosi per l'industria bellica, zolfo di cui la Sicilia vantava l'80% della produzione mondiale, assegnandole a una compagnia francese a condizioni molto più favorevoli rispetto a quelle 'capestro' estorte dagli inglesi. Ma aveva poi 'calato le braghe' in modo vergognoso, tornando sui suoi passi, anzi, peggio, dissanguando le casse statali con un doppio rimborso, sia alla compagnia francese che a quelle inglesi. Insomma, era finito tutto *a schifìo*, e a poco erano valse le lagne per il minacciato bombardamento di Napoli, Gaeta, Messina e Palermo da parte della marina inglese: Florio sapeva bene che quella Vittoriana era la prima marina militare al mondo, ma quella delle Due Sicilie era comodamente terza o quarta, ma si era arresa senza neanche uscire dal porto. Che disonore. Senza contare che poi, dieci anni dopo, per bombardare le coste siciliane disarmate, tutto quel 'coraggio' lo avevano tirato fuori, eccome.
Vincenzo era pertanto preparato a qualche finta presa di posizione sui commerci, sui quantitativi estratti, magari un accenno del tutto patetico e ipocrita alle condizioni di lavoro nelle miniere, che poi avrebbe lasciato il posto a 'tarallucci e vino', a uno status quo comodo per tutti, tranne che per i siciliani.
L'imprenditore e uomo d'affari di origine calabrese, la cui famiglia si era trasferita in Sicilia a seguito del disastroso terremoto che aveva devastato la natìa Bagnara Calabra, è chiaramente un uomo che accomuna nei tratti e nella corporatura il lavoratore indefesso, robusto e deciso nei movimenti nonostante i quasi set-

tant'anni di età, e il riflessivo economista attento agli scenari sociopolitici di ampio respiro. Capelli castani chiazzati di grigio, ancora folti, un viso largo e carnoso e un fisico imponente, che uno si immaginerebbe al timone di un brigantino, piuttosto che nelle stanze del raffinato e subdolo potere risorgimentale, comunicano una schiettezza che intimorisce, e la sospettosità tipica di chi sta di fronte a coloro che il potere suddetto lo hanno avuto in immeritata eredità, e non se lo sono costruito da soli come ha fatto la sua famiglia, e lui in particolare.

* * *

Perciò per entrambi l'annuncio di Filangieri è una sorpresa, una grossa sorpresa, confermata dallo sguardo soddisfatto del Re, che fa chiaramente intendere che il documento che Filangieri tira fuori dalla sua borsa a tracolla, ha la sua piena approvazione.
E la sorpresa diventa stupore, quando il generale napoleonico comincia la presentazione: "Questa è una costituzione di tipo particolare. È l'unione di due tipi di esperienze. Quelle vissute dal padre dell'attuale Re, nei rapporti con il popolo siciliano, esperienze che hanno portato un forte tributo di dolore." Filangieri sopporta con pazienza il calore rovente degli sguardi dei siciliani presenti. Gli basterebbe chiamare Ferdinando II con il nomignolo di "Re Bomba", meritato durante il sanguinoso cannoneggiamento di Messina, perché tutto finisca in un rebelotto. L'esperienza lo porta a superare di slancio il momento imbarazzante: "Ma anche il vissuto dei grandi esperimenti di libertà della fine del secolo scorso, negli Stati Uniti d'America e in Francia. Ho recuperato dei documenti molto affascinanti, conservati in una sorta di 'archivio di fa-

miglia' a Satriano." Nel dire ciò apre un'ampia borsa di tela e tira fuori un fascicolo, legato con nastri, talmente pesante da aver richiesto, quella mattina all'entrata nel palazzo, una vera e propria perquisizione da parte dei guardiani del palazzo, preoccupati che vi fosse custodita un'arma. Ed è davvero un'arma, più potente di un cannone, in grado di sbriciolare mura secolari d'ingiustizia, oppressione, assurdità sociale. Filangieri solleva un polverone dai vecchi documenti incartapecoriti, nell'appoggiarli sul tavolo, e guarda divertito le espressioni che da lievemente infastidite, diventano curiose. Pochi, tra i dominanti a vario titolo e di vario tipo, che si sono susseguiti sullo scalcagnato trono di Sicilia, hanno manifestato il minimo bisogno di prepararsi, acculturarsi, apprendere, prima di mettersi a dettar legge. In genere, è bastato avere l'imprimatur per comandare. Filangieri nota gli sguardi incuriositi di Florio e Ruffo, mentre mette mano ai documenti, con la destrezza e l'attenzione di chi evidentemente se li è letti, a lume di candela, con cura e diligenza. E il motivo lo spiega Filangieri stesso: "Questa è la corrispondenza tra mio padre, Gaetano, e uno dei padri della costituzione statunitense, Beniamino Franklin." Il generale gira le antiche carte con riverenza, suscitando un senso di attesa appropriato per il momento storico. "Io non l'ho mai conosciuto, o meglio, ero troppo piccolo per conservare un vero e proprio ricordo, ma mia madre me ne ha parlato tanto, e il lavoro squisito di questi due filosofi, insieme a contributi di altri studiosi, sono qui dentro. Qui dentro, tra queste parole, c'è la svolta politica del secolo, forse del millennio. Sono parole piene di giustizia, di libertà, di sogni a occhi aperti, di filosofia dell'uomo, di etica del lavoro e sviluppo del domani. Qui c'è il segreto di una nazione appena nata, gli Stati Uniti

d'America. Nonostante la giovane età, le difficoltà legate ad un territorio vastissimo e già occupato, nonostante gli screzi sociologici importanti tra razze endemiche, anglosassoni, francesi, spagnoli d'Andalusia e delle colonie caraibiche, schiavi negri, quella nazione mostra gli indici di crescita economica, demografica, politica, più alti del mondo. Il testo è integrato con gli studi sociopolitici di Gioberti, di fatto rappresentando una evoluzione, un ponte tra passato e futuro, ovvero il modello denominato 'Monarchia Costituzionale Federale'. Ecco, io credo che mettendo a frutto questo lavoro," e chiude il faldone sollevando un'ultima, spessa nuvola di polvere, che, unita alla luce che filtra dagli abbaini, e all'espressione infiammata del volto di Filangieri, dà un tocco drammatico alla scena, "costruiremo una nazione modello, dove non ci sia una prima Sicilia e una seconda Sicilia, ma due popoli uniti che lavorano in direzione del futuro."
Il silenzio echeggia di quella parola che, negli ultimi stanchi anni del regno di Ferdinando II, era diventata una indicazione di tempo, vuota e priva di sapore. Filangieri si volta verso Franceschiello, che annuisce soddisfatto. Ruffo e Florio sono entrambi immersi nella lettura della bozza di Costituzione trascritta per loro dagli abili calligrafi della corte di Piazza Ferdinandea, e trascorrono dieci minuti buoni prima che Florio, in un gesto da liceale, alzi la mano chiedendo, con la sua voce tuonante, abituata a farsi sentire da frotte di operai e ponti di navi zeppi di marinai: "Mi è sfuggito qualcosa, o non è definita una struttura di governo per la regione federale Sicilia?"
"Confermo, l'unico vincolo è che sia un governo democratico: in una prima elezione verrà scelto dal popolo, con turno e ballottaggio, un supergovernatore cui sarà affidato il compito di creare quella struttura,

che dovrà avere, naturalmente, poteri legislativo, esecutivo e giudiziario definiti a partire da scelte popolari. Ad esempio, se la Corte d'appello giudiziaria verrà eletta dal parlamento legiferante, dovranno essere stabilite regole per il ritiro dell'incarico e la sostituzione dei giudici che mostrino incompetenza e/o disonestà. Tutto qui. Il resto, è lasciato al criterio del supergovernatore, che, immagino, alla fin fine, salvo grosse sorprese del voto popolare, uscirà dai presenti in questa stanza."
Filangieri osserva sorridendo Ruffo e Florio che si guardano con un'intesa da fratelli d'arme, e sarebbe ancor più divertito se potesse vedere i due che, scherzosamente, fanno i gesti del gioco della morra sotto il bordo del tavolo.

* * *

Man mano che la lettura della nuova Costituzione procede, con relativi commenti, domande, risposte, l'interesse di Ruffo e Florio diventa man mano entusiasmo. Allora, quasi a fare gara di talento teatrale e carisma pubblico, i due si lanciano in stentoree letture dei passi più importanti, più coinvolgenti, più 'pesanti'. In effetti è facile innamorarsi del momento in cui la folla ascolterà, in sbalordito silenzio, la Storia cambiare direzione.   Dopo aver soffiato sul fuoco di quell'entusiasmo, Filangieri sente di dover mettere delle recinzioni di prudenza e senso comune:
"Non pensiate che sarà una pacchia. Il popolo si aspetta che la costituzione non sia lettera morta, e se le condizioni di lavoro nelle miniere non miglioreranno, stavolta non potrete trasferire il biasimo sui politicanti napoletani, ma se la prenderanno direttamente con voi, Florio. Stesso dicasi per le manchevolezze

burocratiche, se la prenderanno con voi, Ruffo. E potrei fare altre decine di esempi di cose che possono andare storte tra qui e Messina, Ragusa e Trapani. Ma non ne ho bisogno. Voi siete il perfetto connubio di energia costruttiva, competenza sulle faccende dell'Isola, e capacità di mediare. La novità è che, con questo bel documento che vi assicura la giusta libertà e indipendenza, saranno fattacci vostri. Ne risponderete direttamente agli elettori. Ci saranno momenti in cui vi mancherà, quella utile macchina burocratica napoletana a cui dare la colpa, vi mancherà un sacco, ve lo garantisco. Avrete comunque, in casi di emergenza, il pieno aiuto e intervento di tutte le forze comuni dello stato, dall'esercito alla marina, alle opere di beneficenza." Gli occhi di Vincenzo Florio perdono fuoco, pensando ai racconti del terribile terremoto di Bagnara che aveva sancito l'esilio della sua famiglia dalla Calabria. Ma è un attimo, e Filangieri continua: "gestirete nell'ordinario l'economia, la produttività, il benessere della popolazione, all'interno di margini di manovra che il ministero dell'economia sta studiando, a Napoli, con la precisa raccomandazione, di sua Maestà, di lasciarli i più ampi possibile. Come pure avrete libertà di stabilire condizioni commerciali, per la compravendita di prodotti vostri e di paesi esteri, secondo vostri piani economici, all'interno del bilancio nazionale generale. Potrete legiferare negli ambiti non compresi o incompleti nella disciplina legale napoletana. Insomma, massima libertà di azione e programmazione, con una sola eccezione."
Ruffo e Florio si voltano verso Filangieri senza parlare, ma con l'espressione di chi è stato strappato da un bel sogno. L'ex generale napoleonico prosegue: "C'è un paese straniero che ci costringe ad attività rigorosamente controllate dagli uffici centrali, e non solo,

anche ad attività militari e di raccolta informazioni, molto importanti."
Florio scambia con Ruffo uno sguardo che sembra aver scritto su 'te l'avevo detto io', poi si volta verso Filangieri: "Inghilterra."
Il generale fa cenno di sì con la testa.

* * *

A sera, dopo un pomeriggio di discussioni che lascia un tono affaticato nelle voci degli astanti, i protagonisti della riunione si ritrovano a cena, guardati a vista da un drappello di carabinieri, in una osteria del porto. I militari non hanno molto da fare, infatti loro stessi attirano l'attenzione molto più che il Re, in abiti civili, al quale tutti si rivolgono chiamandolo 'Franceschiello', e comunque sconosciuto praticamente alla totalità della popolazione della città. Inoltre, i pochi clienti e la gente a passeggio sul lungomare si fa abbondantemente i fatti propri. Così, tra un piatto di pesce pescato in mattinata, e preparato in modo semplice, con olio d'oliva, aglio, limone e spezie, e un vassoio di cannoli altrettanto freschi, e un paio di bicchieri, per ciascuno, di nero d'Avola, si sciolgono parecchio le lingue, e informazioni che dovevano essere rigorosamente riservate, si mescolano con l'aria fresca del tramonto, con il brusio della gente che fa la propria sgambata serale nel quartiere Politeama, con il canto serale delle rondini e delle cinciallegre:
"Ancora non riesco a crederci. Siete stato machiavellico." Ruffo si riferisce alla vicenda di Winspeare.
"Devo ammetterlo." Risponde Filangieri, "che beffa, da giovane disprezzavo così tanto la diplomazia e lo spionaggio, ora mi ci sto specializzando."

Franceschiello ha bevuto un po' troppo: "Certo, il reparto di spionaggio, giù al Castel Capuano, è... sono veramente in gamba." Il re si perde, nei fumi del rosso forte e fermo, l'occhiataccia di Filangieri, e prosegue imperterrito: "sono ragazzi giovani ed entusiasti, si buttano su ogni sacco di corrispondenza, su ogni giornale o su ognuna delle lettere di Winspeare da Londra. Raccolgono e catalogano ogni informazione utile, poi l'insieme di questa mole di dati filtrati viene esaminata da esperti scelti apposta dal qui presente Generale. Com'è che li chiami, che non mi ricordo..."
"Analisti, Vost... Franceschiello."
"Comunque. Nulla sfugge. Nemmeno il piano d'invasione dei mazziniani."
Ruffo si sta pulendo i denti con uno stuzzicadenti di legno, e quasi lo ingoia. Filangieri si passa la mano sugli occhi e impreca silenziosamente. Florio mette giù il tovagliolo con cui si stava pulendo il mento e la bocca, e chiede: "Invasione? Quando? Dove?"
"Non lo sappiamo con certezza, ma probabilmente nel giro di due o tre anni. E il luogo è altrettanto incerto, ma sospettiamo che sia qui, in Sicilia"

* * *

La 'sparata' di Franceschiello non produce danni: la voce del possibile attacco dei Sabaudi rimane disciplinatamente custodita all'interno dei partecipanti alla cena.
Ruffo deve aver vinto la famosa partita di morra con Florio, perché la carica di supergovernatore viene assegnata a lui; ma i due vecchi amici si comportano come un duumvirato, e collaborano senza il minimo screzio, dividendosi i compiti in modo razionale e consono alle rispettive personalità.

Il popolo accoglie la novità della costituzione federale con soddisfazione, senza lasciarsi andare a entusiasmi che negli anni precedenti si erano dimostrati prematuri. Ma lentamente, progressivamente, si crea un sentimento nuovo, positivo, nei confronti della corona napoletana e della parte continentale del regno.
L'imprevisto però è dietro l'angolo, e Paolo Ruffo, diventato governatore, qualche mese dopo l'elezione, ripensando al giorno in cui, sette anni prima, era venuto a conoscenza del poco nobile, e per giunta perfettamente riuscito, tentativo inglese di 'sputtanarli', si ricorda di come ci era rimasto male, con una sensazione di impotenza molto avvilente. Perciò stabilisce che gli inglesi si meritano uno scherzone da parte dei 'trogloditi che abitano nelle caverne di Palermo', e decide, senza troppi giri di parole e senza nessuna consultazione con gli organi direttivi di Napoli, di 'collaudare' la nuova costituzione e le libertà promesse.
Perciò, dopo un rapido scambio di intese con Vincenzo Florio, approfitta del rinnovo, fino ad allora atto formale, delle concessioni minerarie della filiera dello zolfo di tre centri di escavazione e trasformazione, trasferendoli, secondo condizioni pattuite in bianco anni prima, in occasione del fallito colloquio di pace per la Crimea, in concessione ai cugini francesi.
I quali, naturalmente, con il loro tipico orgoglio, non perdono tempo nel farlo notare ai loro cugini d'oltremanica.
Così facendo, Ruffo dà una botta decisiva agli eventi di quel secolo, dirigendoli in modo imprevedibile.

* * *

Difatti, qualche mese dopo, in autunno, arriva a Napoli un messaggio cifrato da Winspeare che conferma,

per la prima volta nero su bianco, la previsione una spedizione, organizzata dai movimenti irredentisti mazziniani, per disgregare il regno delle due Sicilie facendo leva sui conflitti interni, evidenziati, e in parte inventati, dal governo inglese.
Tale spedizione partirebbe, in data ancora da stabilire, dalle coste del Regno di Sardegna, e sarebbe capitanata da un mercenario e comandante, capace di far scendere il volume di ogni conversazione tra i militari del Regno, a un mero sussurro di rispetto e riverenza: Giuseppe Garibaldi.

Capitolo 13

12 Maggio 1858 – 19, 'a resata

Nel passaggio tra Napoli e Londra, sembra di cambiare pianeta, anzi galassia. Tanto è disordinata, istintiva, affascinante l'una, quanto è lineare, razionale, sterminata e noiosa l'altra. La famiglia Winspeare conosce bene quella differenza, che coinvolge tutti i sensi, ravviva i sentimenti, colora la società di tinte inaspettate.

Napoli

E tutti gli Winspeare sanno che chi è andato e ha provato altrove quella sensorialità, quei sentimenti, quella umanità, non è mai tornato. In particolare dall'Italia. Ancor più particolarmente, da Napoli.
Francesco Antonio Winspeare, invece, è dovuto tornare. E lo ha fatto, per giunta, con due pesanti inganni da mantenere.
Deve fare il doppio gioco, facendo finta di aver creato una rete di informatori che tengono sotto controllo il 'barbaro, dittatoriale, antiquato e imbelle' Regno delle Due Sicilie, mentre invece cerca e fornisce informazioni vitali a proposito del regno di Vittoria, da mandare, criptate e secretate, a Luigi Carafa, ministro degli esteri del governo borbonico. Che sicuramente non è né antiquato né imbelle, vista l'attività di spionaggio che ha organizzato e svolge.
Dittatoriale sì, e barbaro. La solita rabbia sorda lo prende al pensiero del secondo, grande inganno che deve sostenere, per colpa di quei maledetti Borbone: il suo giovane amante, troppo giovane e soprattutto

troppo maschio perché la bigotta Londra vittoriana lo accetti senza fargliela pagare cara. Napoli è sicuramente più aperta e propensa a dimenticare un vizietto che non fa male a nessuno, che fa ridere la gente, discretamente o sguaiatamente, ma sempre allegria mette, tranne che ai preti nei loro inquietanti sermoni domenicali, e ai sostenitori più rigidi della fede cattolica così finemente incisa dalla reggenza spagnola nella cultura napoletana. L'Inghilterra, terra dei suoi avi che sia, ha invece questa tetragonia che deriva dalla paura del nuovo negli otto secoli dalla Magna Charta, e da cittadini che per forza di cose assumono la filosofia isolana.
Quegli inganni sono le chiavi della sua gabbia, le cui sbarre sono fatte di fumo, bruma e tristezza.

* * *

Winspeare chiude il 'carillon', la scatola dall'articolato contenuto che gli consente di criptare certe parti dei messaggi in partenza e leggere parti dei messaggi in arrivo da Napoli. Quindi, imbusta con cura e sigilla la lettera, ed esce dalla sua anonima casa a due piani nel quartiere di Highbury in Islington, di fronte a Finbury Park. Prima di infilare la busta chiusa nella cassetta della posta in partenza, guarda il paesaggio londinese, le lunghe file di abitazioni grigie e monotone, il cui unico pizzico di vivacità è un vaso di gerani, o un gatto nero accoccolato alla finestra. Il silenzio è rotto dalla ramazza di uno spazzino, dagli uccellini e dallo stormire degli alberi del parco, da un paio di ragazzini in divisa scolastica che saltellano e fanno chiasso sul marciapiede di fronte. Tutto qui. La gente si muove con lentezza, come se avessero gli arti congelati dal mattino, freddo nonostante sia Maggio, grigio come

tutto il resto, con sullo sfondo il Tamigi che scorre pigramente riflettendo il cielo grigio, e in lontananza, la Torre e il ponte.
Winspeare sospira, strofinandosi le spalle per il freddo. Come è diverso qui. Chissà come mai, aveva finito per dare per scontato tutto ciò che aveva a portata di uno sguardo, di una passeggiata: il golfo di Napoli, Pozzuoli, il Vesuvio, Posillipo, Spaccanapoli, i Quartieri Spagnoli, i vicoli chiassosi. E poi Domenico. Winspeare lo chiamava "'O scugnizzo", e lui sorrideva soddisfatto al vedere quel signore distinto, sempre in ghingheri con la sua giacca con le code e la tuba, i capelli scuri e ondulati, i baffi folti, e gli occhi chiari, insomma un inglese con la pronuncia ormai diventata napoletana pressoché verace come la pizza profumata di legna bruciata e *'cu 'e pummarole e 'a muzzarella 'n coppa'*[23], di Gigi all'angolo.
Un angolo di paradiso, ormai perduto.
Perduto quel giorno, quel giorno maledetto, salendo su quella nave in partenza, senza nemmeno potersi guardare indietro. Da quel giorno tutte le stagioni erano diventate particolarmente inclementi, e a poco era valsa la sua ufficiale finta collaborazione come reporter di notizie raccolte dalla sua famiglia rimasta a Napoli, per migliorare lo status residenziale e andarsene, che ne so, verso la periferia nord, verso Uxbridge, in direzione di Cambridge, dove le morbide colline rappresentavano, almeno in primavera, una consolazione per gli occhi.
Oggi, invece, come ogni giorno la memoria di quei profumi piccanti, delle grida dei venditori nelle strade, del chiacchiericcio che sembrava riempire ogni vicolo e ogni androne, e lo speziato sole, con il suo tepo-

---

[23] Con il pomodoro e la mozzarella sopra

re erotico, lo svegliano di notte come un silenzioso incubo.

* * *

Alla fine, la deprivazione da sonno aveva preso il sopravvento sulla sua mente fiaccata dagli anni e dalla tristezza: una mattina, la settimana precedente, si era svegliato con ancora nel subconscio il suono limpido e gioioso della voce di una donna che, mentre ritirava il bucato dalla corda appesa tra due finestre contrapposte degli scalcinati edifici, gridava agli scapestrati nelle calle: "*Uagliùùù, saglite mo mo n'coppo, aggia acalato 'a pastaaaa*"[24]. Si era svegliato, e nel naso aveva ancora l'illusione del profumo delle *pummarole* sui paccheri, e sulla pelle aveva il caldo sudore impiastricciato della polvere, negli occhi le fessure blu ondose che tagliavano i vicoli, nelle orecchie la voce di *'o scugnizzo'* che, mentre gli torturava un baffo in quel modo che Winspeare trovava tanto eccitante, gli sussurrava, mentre erano sdraiati sul letto, abbracciati e ansanti dopo il primo amplesso: "*milorde, vulite na' tazzurella 'e cafè?*"[25]
Quella mattina, qualche settimana prima, la sua immensa nostalgia lo aveva devastato, come la colata piroclastica di Pompei ed Ercolano, lasciando solo ceneri e un paesaggio emozionale senza speranza.
Quella mattina, Francesco Antonio Winspeare aveva deciso che non poteva andare avanti così, che DOVEVA fare qualcosa.
Anche qualcosa di imprudente.
Molto imprudente, forse un filino troppo, aveva pensato, entrando dalla porta dell'abitazione del primo

---

[24] Ragazziii, salite su, presto, che ho già buttato la pasta!
[25] Milord, volete una tazzina di caffè?

ministro Henry John Temple, Visconte di Palmerston, in Downing Street, 10.

* * *

La fortuna lo aveva aiutato molto. Aveva detto di avere appuntamento con il segretario del Primo Ministro, che sapeva essere ammalato seriamente, e dunque non in grado di confutare. Aveva espresso sincero dispiacere per le condizioni di salute del funzionario, indi aveva chiesto cortesemente di potersi fermare in una saletta per redigere alcuni documenti. Il maggiordomo, con la sua gentilezza anglosassone, aveva acconsentito, e la fortuna aveva voluto che la saletta assegnatagli fosse proprio accanto alla sala che era il suo vero obiettivo.

Il Visconte Palmerston

La sala dove si tenevano le riunioni informali, a porte chiuse; quelle più importanti, quelle delle decisioni cruciali.

* * *

Entrato nella stanza, una piccola ricerca era stata sufficiente per trovare quello che cercava, in una credenza chiusa a chiave, ma con la chiave in bella vista nella serratura. E la fortuna non aveva finito i suoi regali: nessuno era entrato a disturbarlo, a scoprirlo mentre trafficava tra i faldoni, alla ricerca di qualcosa di cui

aveva sentito parlare, nei corridoi del potere, in modo solo accennato, perché si trattava di documenti secretati tassativamente, contenenti la strategia per i mesi e gli anni futuri, riguardo il Regno Borbonico.
E infine nessuno lo aveva disturbato mentre ricopiava un foglio su cui era segnato il 'Plan Italy'. Se qualcuno fosse entrato in quel momento, a sorprenderlo con in mano un simile documento, la sua vita stessa, probabilmente, non sarebbe valsa un 60 grana, o un 20 pence bucato.
Ma la fortuna è cieca, e non lo aveva visto mentre ricopiava i punti fondamentali, i budget, gli incarichi, i tempi previsti.

* * *

Ora il tutto, criptato con la macchina creata dal Falsario, è in fondo alla cassetta della posta in uscita dal quartiere.
Winspeare guarda ancora una volta, con un sospiro, il triste paesaggio londinese, guarda tutte le sfumature di grigio. Chissà, pensa, se il dannato Filangieri resterà impressionato dalle informazioni contenute nella lettera. Chissà se Re Francesco si intenerirà, al pensiero dei rischi corsi dal suo ex ministro. Chissà se gli concederanno di tornare a Napoli.
Mentre, con lo sguardo basso, torna nella sua abitazione a due piani, uguale a tante altre, come tante altre, e, come il suo umore, grigia e triste, e non si rende conto che con quella lettera ha già messo in moto una serie di eventi decisivi.

* * *

Salvatore Ruggiero, detto il Falsario, se ne rende conto subito.

Il messaggio consiste come sempre in una parte iniziale e una parte finale di testo sensato con richieste generiche di informazioni sulla famiglia e notizie banali sulla vita nella capitale del Regno Unito. La parte centrale del testo è invece costituita da frasi di senso vagamente compiuto, in cui dopo ogni parola ci sono due lettere che apparentemente sembrano refusi ortografici o dittonghi senza senso, ma che, messe in fila, costituiscono il messaggio cifrato.

Salvatore fa passare il testo così ottenuto attraverso il carillon, in senso contrario, per decrittarlo.

La segretaria che lo traduce dall'inglese all'italiano è sull'orlo del pianto, mentre consegna il foglio. Al leggere il messaggio decifrato, sbianca anche Ruggiero, come un cencio lavato; quindi prende cappello e mantellina, e si precipita fuori dalla stanza reclamando un calesse.

Mentre il cavallo trotta veloce, gli risuonano nella mente le parole conclusive del messaggio: 'scadenza attesa per acquisizione completa della penisola italiana sotto bandiera Sabauda: fine 1861.'

Capitolo 14

21 Maggio 1858 – 38, 'e mmazzate

Filangieri guarda con aria lugubre il consiglio dei ministri, riunito d'urgenza nella Terza Anticamera a Palazzo insieme al re, a porte chiuse; si schiarisce la voce, e legge il foglio che ha di fronte, sul tavolo, lentamente, scandendo ogni parola:
"Piano generale per l'Italia. La conquista militare verrà assicurata da una inserzione in Sicilia, finanziata dalla massoneria piemontese, che solleverà la popolazione locale contro il Re. Nel contempo si assicurerà la minaccia della marina imperiale nel Tirreno, e si proseguirà nel fare terra bruciata attorno ai Borbone, concentrandosi sugli aspetti etici e religiosi."
Filangieri alza brevemente la testa, dopo ogni paragrafo, per assicurarsi che il messaggio sia compreso chiaramente: "La conquista politica verrà confermata da un Plebiscito, al quale parteciperanno solo i cittadini letterati e con redditi alti, e ai quali verrà comunicata via lettera l'adozione della tassazione progressiva al posto di quella proporzionale, e la relativa aliquota, per mostrare loro i relativi vantaggi. Con l'aumento della pressione fiscale sulle classi meno abbienti, e con la disponibilità della controvaluta in oro per tutto il denaro circolante, più le tasse indirette, verrà appianato in pochi anni il debito contratto dal Regno Sabaudo con James Rotschild e con le banche francesi, e verrà ridotto della metà il debito pubblico globale."
Un'occhiata a Troya, ministro ad interim delle finanze, che sembra concentrato sulla ripetizione mentale di conti economici assurdi, alla ricerca di un'incomprensione, di un equivoco che non c'è, ed è sempre più sgomento. Ma il generale continua a infierire:

"Verranno chiuse tutte le principali industrie, e macchine, attrezzature e commesse verranno trasferite nel norditalia. Per evitare le conseguenze della disoccupazione sull'ordine pubblico, si procederà a una leva obbligatoria di almeno 60000 giovani, della durata di 11 anni, con trasferimento nel norditalia. Per evitare ulteriori tensioni sociali si procederà a regolamentare il reato di brigantaggio, e si completeranno i lavori di Fenestrelle e altri quattro campi di prigionia e concentramento per i renitenti alla cessione delle armi."
Non si sente volare una mosca. Tutti sono pietrificati.
"Il documento originale, è firmato da Palmerston e da Cavour e avallato dalla Regina in persona." Filangieri si siede, e si frega il volto con le mani. È stato bruciante anche per lui, leggere quelle parole.
Il silenzio dura per qualche minuto, poi Re Francesco mormora: "Barbari. Come i visigoti che dettarono la fine dell'Impero Romano d'Occidente. Barbari senza Dio."
"Non a caso questi si dipingevano la faccia di blu, quando noi cantavamo nel teatro di Siracusa" commenta Francesco Scorza, ministro dell'istruzione.
Troya, per una volta, è attentissimo: "Possono fare tutto questo?" Si guarda intorno, come allucinato.
"Dal punto di vista delle cifre economiche, non fa una piega. Certo, sapevo che il Regno Sabaudo ha contratto dei notevoli debiti, per le operazioni belliche come la guerra in Crimea, e anche per la politica estera, ma non pensavo che fosse conciato così male. Evidentemente Cavour ha fatto sfoggio di una spavalderia che è piaciuta agli inglesi."
Filangieri mette giù la tazzina dopo aver bevuto un sorso di caffè, e prosegue: "È tutto collegato, una metodica distruzione delle nostre risorse industriali, commerciali, economiche, umane, per garantire al

norditalia il recupero del ritardo accumulato nei nostri confronti, la restituzione dei debiti altissimi contratti da Cavour, e lo sviluppo nei prossimi decenni. E la meticolosa preparazione alla resistenza armata del nostro popolo, non fa altro che cantare della repressione che verrà fuori, per ottenere quei risultati. Rischiamo di diventare una zona economicamente depressa, per decenni, forse per secoli."
Re Francesco ha un ringhio rabbioso nella voce: "prepariamoci a combattere. 'Si vis pacem, para bellum', dicevano i nostri antenati latini. Facciamo vedere a quei barbari senza Dio e senza storia, che cosa sa fare un popolo che quella storia ce l'ha."
Carlo Filangieri lo guarda soddisfatto. Ha indubbiamente creato un mostro, però è un mostro che morde.

***

Franceschiello (così lo chiamano ormai affettuosamente i napoletani) guarda, da una finestra del palazzo, le bancarelle che si stanno allestendo in Piazza Ferdinandea, e si rivolge a Maria Sofia: "Mi chiedo se sia una buona idea."
"Certo che sì, tesoro. Lo ha detto anche Carlo. Questa è l'occasione per mostrare due identità nazionali diverse tra loro, che mantengono il proprio carattere, pur affratellandosi in una Fiera, un'occasione per conoscersi meglio, per esplorare la personalità, i gusti, lo spirito di terre e genti lontane, ma che sono sotto la nostra stessa bandiera. E che cosa c'è di meglio che scambiarsi i propri gusti per quell'occasione sociale così importante, nonostante sia parte della nostra vita da sempre, che è il pasto?"
Francesco sorride, sempre rivolto alla finestra: "Già, il pasto che unisce la famiglia, l'edificio, il quartiere, la

città. La gioia di compartire le ricette, di far conoscere i prodotti regionali, dare valore alle tradizioni. Io credo che nessun paese del mondo abbia la stessa varietà di piante da coltivazione, frutta da raccolta e animali da allevamento... ma che cosa succede laggiù?" Franceschiello punta il dito e prende a se Maria Sofia per aiutarla a capire che cosa sta indicando. "Là in fondo, dove c'è quella cagnara."
In effetti, in un angolo della piazza è scoppiato un putiferio. I commercianti hanno smesso di occuparsi di disporre le casse di verdura e di frutta, i vassoi con le forme di provola e di cacio, la nduja, gli insaccati, i pentoloni con le zuppe, e si sono messi a cerchio a guardare una scena.
E che scena.
Una piccola compagnia di Guardie Svizzere si è avvicinata minacciosa a una delle bancarelle, che già a prima vista si distingue dal resto. È molto più scalcagnata delle altre, i commercianti sono straccioni, c'è anche qualche bambino sporco e vestito di cenci, a piedi nudi, che sembra indeciso su tutto, se nascondersi o chiedere l'elemosina. E poi la merce: cassette e cassoni di roba di un giallo strano, uniforme, malaticcio, come i bambini e gli adulti che la espongono.
Zolfo.
Evidentemente qualche siciliano ha pensato, con spirito indubbiamente polemico, di mostrare il lato B dell'isola, quello di cui nessuno è orgoglioso, dagli imprenditori ai soldati ai politici, e certamente non quelli che ci lavorano, in condizioni che avrebbero destato scandalo ai tempi dei faraoni egizi, figuriamoci in piena rivoluzione industriale, anzi sui bordi della seconda. Ed è proprio lo scandalo che rende aggressivo il manipolo di guardie, che sembrano decise a scac-

ciare coloro che vedono come intrusi nella piazza addobbata di colori e piena di profumi invitanti.
Pronti a sguainare la spada o il revolver che ha sostituito, per i corpi 'eletti', le vecchie pistole a colpo singolo e a pietra focaia, dunque a maggior ragione pronti anche a fare una strage. Dall'altra parte, i più giovani e ardimentosi tra gli straccioni delle miniere di zolfo attingono a tutto il loro disperato coraggio, in un crescendo rossiniano di urla e minacce, e proprio quando tutto sembra far presagire il peggio, succede l'impossibile.

* * *

A tempo di record, il Re ha sceso le scale, attraversato di corsa il corridoio, e stabilito, attraversando il portone, un precedente assoluto nella storia delle monarchie mondiali: il primo re ad avere un contatto diretto, incontrollato, con la folla. In una occasione piena di tensione, per giunta. Gli Alabardieri della Guardia Reale sono nel panico più isterico, ma non osano fermarlo, e si limitano a inseguirlo per formare con la massima prontezza, nel caso assolutamente realistico che si cacci nei guai, un cordone attorno a lui e a Maria Sofia, che lo insegue con atletismo rimarchevole e con uno strano sorriso sul volto.
L'arrivo del Re davanti alla bancarella dello zolfo ha il potere di paralizzare tutti, soldati e straccioni, sbalorditi dall'apparizione del Re gli uni, di un personaggio sconosciuto ma sicuramente, a giudicare dal vestito e dall'affannato seguito, una persona importante, gli altri. Ci pensa Francesco a togliere ogni dubbio:
"Sono il Re. Che cos'è questo caos?"

* * *

Il Generale Filangieri, da parte sua, ha sicuramente battuto qualche record di attraversamento della città in calessino a rompicollo, facendo comunque in tempo a fantasticare le situazioni più agghiaccianti come sviluppo della scena descritta dal Dragone a cavallo che gli ha gridato, dal molo dove era attraccata la fregata Maria Isabella che Carlo stava ispezionando, qualcosa di confuso e incongruente riguardo al 'Re in mezzo agli straccioni solfatari che litigano con le guardie svizzere'. La fantasia non manca al vecchio soldato napoleonico, che ne ha viste tante in vita sua, e ha il tempo di immaginare scenari terrificanti quali il Re rapito e tenuto con richiesta di riscatto, la strage di poveracci da giustificare, la rivoluzione popolare in atto con tanto di saccheggi e cannoneggiamento.
Ma nulla può prepararlo allo spettacolo che gli si presenta: commercianti e cittadini, massaie e ragazzetti, solfatari sporchi e puzzolenti e guardie svizzere, ministri impomatati e marinai, tutti accalcati in piazza Ferdinandea, tra mercanzie di ogni tipo e provenienza e derrate alimentari che cominciano ad attrarre la curiosità dei gabbiani. In mezzo a tutto quel caos, Francesco Secondo di Borbone-Napoli, nella inopinata versione di gigante della Storia, in piedi sulle casse di zolfo, con un atteggiamento eroico, un po' teatrale ma efficace, arringa la folla rapita, con accanto, seduta senza troppe cerimonie sui cassoni, Maria Sofia che lo guarda con un sentimento di ammirazione, dedizione, tenerezza e... gelosia?
In effetti, a guardarlo bene, con quella veste da sovrano roccioso, da guerriero che racconta una battaglia, da spavaldo condottiero, Francesco è... diverso. Migliore. Più determinato, più affidabile, più vicino agli ideali della gente. È più uomo, un uomo a cui Filan-

gieri affiderebbe la sua casa, la sua famiglia, la sua vita. È persino... più bello. Più affascinante. Per la prima volta, il giovane ufficiale Carlo Filangieri, divenuto generale per esperienza, coraggio e meriti, vede in lui non più il pulcino smarrito che aveva preso sotto la sua ala il giorno dell'attentato al padre, ma un'aquilotto che ha steso le ali, e ha volato da solo, con coraggio e istinto. Per la prima volta, vede veramente in lui il suo antico sogno: Gioacchino Murat. Talmente affascinante e bello, così, sotto il sole brillante, sopra i cassoni di zolfo, che sembra oro con tanta luce, da conquistare tutti, donne comprese. Specialmente le donne, che infatti se lo mangiano con gli occhi, mentre conquista, con la sua descrizione delle riforme programmate, l'intera folla, nonostante ci sia forse una persona su dieci che capisce le sue parole: "... pertanto, abbiamo deciso di puntare, per la nuova costituzione, sulla forma monarchico-federalista di governo, in modo che a fianco del rispetto delle esigenze dei popoli di entrambe le Sicilie, si instauri, come è giusto che sia, un sentimento di fratellanza tra voi, di aiuto nel momento del bisogno, di protezione, di incoraggiamento reciproco di fronte alle minacce esterne. Perché presto ci saranno, vero Generale e onorevole Filangieri? Venga qui, insieme a me su questo trono puzzolente," dice indicando i cassoni, "e racconti un po' a questi mariuoli che cosa tentano di preparare i dannati mangia pudding inglesi e i cugini 'falsi cortesi' piemontesi per rovinarci la primavera, o forse l'estate!"

Ottimo, pensa Filangieri, così il 'segreto' resterà custodito gelosamente tra noi nove milioni di abitanti del Regno, certo maestà, e l'accorgimento è ancora più efficace in considerazione della nutrita colonia inglese, vuole che ci sia mica qualcuno di loro che ne parla ai propri parenti. Certo che no. E allora, Francesco, parlane pure, così la voce arriverà ai servizi segreti inglesi, che sono notoriamente dei fessi e si guarderanno bene dal cambiare completamente i propri piani, mandando all'aria mesi e mesi di paziente costruzione della rete informativa, e soprattutto mancheranno di intuire il doppio gioco di Winspeare che assolutamente non verrà mai condannato a morte e gettato nella Torre di Londra finché non rivelerà il metodo di crittografia del 'carillon', buttando indietro di un secolo il lavoro spionistico del Regno delle Due Sicilie, restituendo così alle manovre inglesi quella affascinante imprevedibilità che metterà in un delizioso pericolo mortale l'integrità del nostro regno. Fai pure.

Per fortuna del Regno delle due Sicilie e della Storia d'Italia, Francesco Secondo detto 'o Franceschiello intuisce immediatamente che il gesto che Filangieri gli rivolge mentre sale sui cassoni di minerale sulfureo, un rapido movimento dell'unghia del pollice attraverso la propria gola, accompagnato da un'occhiata furente, manifesta il desiderio di incenerirlo sul posto, e che il tutto significa che il suo Ministro della Guerra e della Marina, e personale consigliere, NON approva con entusiasmo il suo comportamento attuale; pertanto decide di trincerarsi dietro un cauto silenzio, lasciando la parola a Filangieri.

E non sa che così facendo la sua figura ha assunto un formidabile carisma salvifico, un livello di fiducia nelle istituzioni mai raggiunto nei secoli precedenti, e la gente che lo ha ascoltato spargerà sì la voce, ma quella che il Re ha deciso di concedere la costituzione, che li proteggerà dai cattivi, e che d'ora in poi le due Sicilie saranno amiche e alleate.

E poco importa che il cittadino medio, che racconta il tutto agli amici delle partite a carte sotto i pergolati delle osterie, abbia un'idea molto vaga di che cosa sia una 'costituzione', che si sia dimenticato i nomi dei nemici, e non abbia idea di dove sia Palermo, l'importante è che ad ogni ripetizione sempre più distratta dalla realtà, venga comunque trasmesso lo stesso entusiasmo, la stessa voglia di vivere, la stessa fiducia nel futuro che ora riempie di energia Carlo Filangieri, mentre, su un palco di cassoni, spiega tutto (con le dovute eccezioni per i segreti di stato) alla folla della Piazza Ferdinandea.

* * *

Ma non sarebbe una vera rivoluzione, se non ci fosse una pasionaria.
Mentre i due maschi scendono dal loro altare giallo, una volta soddisfatti del messaggio trasmesso, Maria Sofia prende i suoi diciotto anni, sale a sua volta e si rivolge squillando ai suoi sudditi e alle loro anime, più che a degli estranei e alle loro menti: "Figli miei, io ho deciso autonomamente di assumere la responsabilità di tutti gli enti benefici del paese. Nessuno sottrarrà più i loro fondi per proprio tornaconto personale. Supervisionerò gli organi di giustizia. Nessuno verrà più condannato per aver espresso un'opinione, o per essere debole economicamente o disarmato. Aiuterò con tutta me stessa gli ospedali, le case di cura, le biblioteche, le scuole, i luoghi di culto. Avrete tutti la stessa possibilità di parlare, di imparare, di credere, di avere fede. Siete miei figli, e io sarò la vostra Maria Sofia!"
Il popolo rompe finalmente il rispettoso silenzio e urla amore per la propria regina, che dedica una gioiosa strizzata d'occhio al marito e a Carlo.

* * *

Gli eventi della giornata, e le parole dei leader del Regno, il loro ritrovato carisma, l'affetto del popolo, inconsapevolmente scatenano una devastazione in ambienti molto diversi dalla Piazza Ferdinandea.
In ambienti nei quali normalmente si sussurra, si complotta, si organizzano azioni di resistenza e rivolta, si scatenano invece furibonde liti tra chi ha fiducia nel nuovo corso forgiato dalle parole dei protagonisti del Regno alla luce del giorno, e chi questa fiducia la ripudia e la denigra.
La furia delle liti avvia un processo di inarrestabile dissoluzione.
I soggetti hanno nomi diversi: Partito d'Azione, massoni, mazziniani, Giovine Italia, Società Nazionale, Associazione Nazionale Italiana, e altri irredentisti di tutta la penisola. Ma la conclusione è sempre la stessa: il pericolo che hanno costituito per le fondamenta della società del Regno, non esiste più.
Senza che mai questo pericolo sia stato nemmeno percepito, al di fuori dei loro segreti circoli.

Ma la notizia della dissoluzione di tali ambienti, inspiegabile e inaspettata, arriva nel luogo dove si riuniscono i nemici più acerrimi del Reame risorgente.
Dove il Piano Palmerston - Cavour è ancora attivo, e viene semplicemente riprogrammato.
A Londra, al 10 di Downing Street.

* * *

Ignaro del pericolo, il rinnovato e luminoso Regno delle Due Sicilie, cresce e sogna, serenamente, per i successivi due anni.

Capitolo 15

15 Aprile 1860 – 64 'a sciammeria

Fantini si schiarisce la voce, soffiando e non tossendo, come gli ha insegnato un amico che fa parte di una compagnia teatrale residente al San Carlo. Così facendo, le sue corde vocali non vengono irritate, e la voce è subito limpida e ben sostenuta: "Gentili colleghi onorevoli, sono onorato di avviare l'esposizione per questa riunione speciale per il secondo anniversario dell'installazione ufficiale della nuova Costituzione. Permettetemi al proposito di ringraziare i fautori di questo importantissimo documento, Sua Maestà Francesco Secondo di Borbone-Napoli, e l'onorevole ministro della guerra ad interim e consigliere speciale di Sua Maestà, Generale Carlo Filangieri."
I due si guardano e sorridono in un modo un po' buffo, come se pensassero 'ma che cosa abbiamo fatto di speciale?'. Fantini prosegue: "Cominciamo con le cifre complessive della produzione industriale. Il risultato globale è eccellente, in 24 mesi l'occupazione è arrivata a 1,6 milioni di dipendenti[26] nell'insieme dei settori industriali, una cifra considerevole se confrontata con la popolazione di 9 milioni di abitanti, tanto che solleva un lieve 'oooh' tra i partecipanti stipati nella Seconda Anticamera di Palazzo Reale. Fantini continua: "questo risultato è stato raggiunto soprattutto grazie ai cantieri ferroviari, pertanto il nostro ringraziamento deve andare al qui presente Ingegner Meli-

---

[26]Bibliografia generale:
Harold Acton, "Gli ultimi Borboni di Napoli", Giunti Editore
Carlo Alianello, "La conquista del sud", Rusconi Editore
Angela Pellicciari, "L'altro Risorgimento"
Alcune altre fonti parlano di 1,3 o 1,9 milioni.

surgo." e fa un cenno in direzione dell'angolo dove sono sedute i capitani dell'industria, i grandi proprietari terrieri, i capi delle congregazioni commerciali, che assistono alla riunione speciale del consiglio dei ministri. Melisurgo è in seconda fila, si alza e fa un cenno con la testa, ricambiato da Fantini: "Il progetto di creazione di linee a lunga percorrenza è a ottimo punto: completate la Napoli – Reggio Calabria e la Napoli – Pescara, avviate la Napoli – Brindisi e le litoranee. Come da previsione economica, il finanziamento bancario pilotato dalla Corona ha dato un ottimo risultato, e ora quell'ammontare, grazie ai tassi d'interesse equilibrati, all'assenza di speculazioni, all'ottima pianificazione e ai ritardi molto limitati, verrà restituito senza patemi. In questi ambiti dobbiamo ringraziare la serietà e l'impegno dei fornitori, dei lavoranti e delle cooperative locali, e l'ottimo governo locale delle autorità federali, che hanno consentito un adeguato afflusso e una equa e rispettosa distribuzione dei finanziamenti. Ora, non ci resta che aspettare che i biglietti rimborsino lo sforzo delle banche e del governo."
Fantini a questo punto lascia un po' di spazio al primo applauso della giornata. Ma sa bene che ne arriveranno altri.

* * *

Mentre Fantini elenca gli altri principali appalti conclusi o a buon punto, tra ponti, strade, e la rete di ferrovie per pendolari attorno a Napoli, Vincenzo Florio si avvicina a Melisurgo, e gli sussurra: "Non vi sarete dimenticato di noi, vero, ingegnere? La proposta per la ferrovia Messina – Palermo?" L'ingegnere, impeccabile nel suo frac, guarda l'imprenditore siciliano,

per un istante rimprovera con lo sguardo gli abiti piuttosto dozzinali del Florio, che è indubbiamente abituato più alle coperte dei piroscafi che alle sale dell'alta società, quindi gli risponde con acume: "con il governo federale, non potete più delegare al Re o al primo ministro la decisione di fare un investimento. Valgono le regole di bilancio e di mercato: voi sviluppate, a vostre spese, una proposta tecnicamente valida, e in fase di assegnazione d'appalto incrociate le dita per la proposta economica. Se vincete, vi arrivano i finanziamenti, e poi voi li date a noi per costruire la ferrovia." Florio si ricorda tutt'a un tratto il discorso di Filangieri, tempo prima, quando gli aveva detto: "Non pensiate che sia facile, e che scanserete tutte le proteste. Così non è. D'ora in poi, sono fattacci vostri, avrete i vostri bilanci, e ne renderete conto alla vostra gente." l'industriale calabrese torna al suo posto, riflettendo e sospirando.
Nel frattempo Fantini procede spedito: "La rete telegrafica ora collega tutte le capitali di regione, e le principali città, con il cavo sottomarino tra Napoli e Palermo. A proposito di regioni, vi rammento la nuova organizzazione che si è creata con i plebisciti di Bari e Reggio Calabria. Le regioni attualmente sono: Campania, Abruzzi con capitale Pescara, Puglie e Salento con capitale Bari, Calabria con capitale Reggio e Sicilia con capitale Palermo. Come molti di voi già sapranno, la Sicilia ha uno statuto speciale, economico e sociale; la novità è che abbiamo richieste in tal senso anche da Salento, Basilicata e Molise."
"Che cos'è il Molise? Ma esiste davvero?" mormora, con un tono di voce però udibile, un industriale del tabacco in prima fila. Fantini lo fulmina con lo sguardo, poi prosegue: "Passiamo ai singoli comparti. L'Autorità di controllo dei Bilanci ha approvato piena-

mente gli stabilimenti di Pietrarsa, cresciuto a 1.000 dipendenti, le Acciaierie di Mongiana con 800, la Zino & Henry e la Guppy con 600 dipendenti ciascuna. Non starò a elencare, naturalmente, tutti i piccoli opifici del Regno, perché staremmo qui tutta la settimana; vi basti sapere che il comparto è in piena salute. Un encomio speciale va all'ingegner Tanfoglio, che nell'opificio di Torre del Greco sta producendo a ritmo serrato i fucili automatici 'Capodichino-Winchester' per l'esercito regio; una parte viene venduta ai nostri amici della Smith & Wesson negli Stati Uniti d'America, con la sincera speranza che vengano utilizzati per la caccia e la difesa, e non tra le confederazioni del Nord e del Sud in un conflitto civile che ci rattristerebbe *assaje*."
"Con gli amici statunitensi abbiamo creato inoltre un collegamento stabile via nave, sia commerciale che passeggeri, ed è il fiore all'occhiello della nostra Marina che conta su una flotta di 9800 navi, di cui 110 con i nuovi motori a vapore. I Cantieri di Castellammare di Stabia, e l'arsenale-cantiere di Napoli, hanno entrambi superato i 1800 dipendenti."
"Passando al comparto tessile, segnalo il florido stato di salute economica e monetaria del cotoniero: 1500 dipendenti alla Von Willer, 1300 alla filanda Salernitana, 1200 in quella di Pellazzano, 2200 in quella di Pedimonte e 1200 nella Aninis-Ruggeri. Nella valle del Liri, complessivamente, si contano 10000 lavoratori nel settore del lino. Buone notizie anche dall'opificio Nicola Fenizio, che dà lavoro a più di 4000 persone nei suoi vari stabilimenti. Già che siamo in argomento opifici, do la parola al ministro della cultura e dell'istruzione, che desidera parlarvi di San Leucio."
Francesco Scorza si alza, e sorprende tutti togliendosi la lunga giacca grigia. "Cari colleghi onorevoli, voglio

farvi vedere un oggetto che sta avendo un successo straordinario in tutto il mondo: la camicia napoletana."
Tutti allora notano la magnifica camicia che indossa: una camicia di seta, elegante, di vestibilità perfetta, e di un colore blu talmente bello da mozzare il fiato.
Scorza si gode gli sguardi ammirati di uomini e donne, per qualche secondo: "il colore si chiama 'blu acqua del Nilo', ed è uno dei tanti colori speciali che il setificio San Leucio propone. Questi prodotti stanno facendo furore nel mondo, e sarà grazie a loro che un giorno saremo la capitale mondiale della moda."
"Ma San Leucio non è soltanto una fucina di eleganza e fascino." prosegue Scorza, "è anche un esperimento sociale d'avanguardia: è sita in un villaggio che fornisce l'alloggio per tutti i dipendenti, e ha uno statuto che regolamenta diritti e servizi per tutti i lavoratori, inclusi i familiari, prevede mezzi di lavoro, assistenza medica, istruzione obbligatoria per i bambini, pensione di invalidità e di vecchiaia, mezzi di sussistenza per vedove e orfani. Seguendo le idee illuministe di Rousseau, Ferdinando I ha ivi creato un esperimento socialista all'avanguardia. Sono certo che sarà un modello per il futuro, e inoltre può produrre… questo genere di bellezza." Indica un'ultima volta la sua camicia, quindi si siede e fa cenno a Fantini di continuare pure.

* * *

Il resoconto del ministro dell'interno prosegue con cifre e andamenti positivi nei settori industriali delle cartiere, dell'industria chimica, di quella conciaria con i guanti in pelle che si stanno affermando nel mondo come le camicie, la particolarissima industria del co-

rallo, che in 40 laboratori conta su 3200 operai, le vetrerie e cristallerie, i laboratori di Capodimonte che hanno affiancato la produzione di porcellane tecniche per la nascente industria elettrica, a quelle classiche artistiche.
Quando arriva il momento di parlare dell'industria estrattiva, ampio spazio viene dato al miglioramento delle condizioni sanitarie e di lavoro nelle saline e soprattutto in quelle dello zolfo, con Vincenzo Florio che gongola. La sua terra di adozione, finalmente, non è più la cugina povera di Napoli, la schiavetta del regno. È una terra ricca di risorse e dignità, con un proprio cuore e un proprio cervello. E il momento clou, per lui, è quando Fantini gli passa la parola per parlare della sua flotta, dell'America, del vino Marsala, delle tonnare di Favignana.
Se la politica è questa, pensa Vincenzo Florio mentre si siede alla fine del proprio discorso, allora non è poi così male.

* * *

Salvatore Murena, in veste di ministro delle finanze, si incarica di descrivere i passi in avanti dal punto di vista economico: "Sono partito dal saggio pubblicato nel 1839 da Luca de Samuele Cagnazzi, per sottolineare i miglioramenti sociali ed economici del Regno. Mi astengo dal commentare la veridicità delle cifre e dei livelli proposti dal Cagnazzi, ma sottolineo l'evoluzione che ha portato alla situazione attuale. Grazie all'incoraggiamento degli investimenti in macchinari agricoli, abbiamo ottenuto il doppio risultato di creare due poli industriali per la costruzione di tali macchinari a Foggia e a Bari, e di aumentare del 120% in quarant'anni la produzione agricola. Il controllo decentrato della distribuzione dei finanziamenti per lo sviluppo, garantito dalla nuova struttura economica federale, consente di assicurare che i soldi arrivino dove c'è veramente bisogno. Pertanto segnalo gli eccellenti risultati in produzione di grano duro per l'esportazione di pasta, di olio d'oliva per il quale primeggiamo nel mondo, e l'ottima presenza nel settore agrumi, vite, e altri. Ottime notizie anche dalla fiera zootecnica di Foggia, dove anche quest'anno si sono battuti vari record storici. Il ringraziamento di tutto il governo va ai proprietari terrieri qui presenti" e fa un gesto a indicarli nella sala, "che hanno dimostrato motivazione, coscienziosità, e attenzione agli aspetti economici, tecnologici e umani. Grazie." E parte un altro applauso.

* * *

La garanzia in oro nel rapporto uno a uno, il semplice sistema di tassazione a otto elementi, il favorevole rapporto tra stipendi medi e costo della vita, danno modo a Murena di sollevare ulteriormente gli animi dei presenti.
Qualche faccia scura si vede solo nell'angolo in cui siedono, con le loro divise blu e le mostrine scintillanti, i generali dell'esercito e gli ammiragli della marina. Re Francesco, notato questo, si china verso il fidato Filangieri: "Non è che io pretenda che ballino la tarantella, ma nemmeno mi spiego il perché di quelle espressioni preoccupate tra i militari. Che ne pensi, Carlo?"
"Penso, e temo, che abbiano ragione loro. Il fatto è che con tutta questa ricchezza, siamo diventati un bocconcino assai goloso. Sappiamo chi ha messo gli occhi su di noi, e come e quanto si stiano preparando.

C'è qualcosa in moto, sotto la superficie. E temo che quando affiorerà, ne soffriremo le conseguenze."
"Quando?"
"Presto."

Capitolo 16

5 Maggio 1860 - 77, 'e riavulille

Carmine Corlianò guarda con preoccupazione le gocce di sangue che cadono dal suo rasoio e che con un suono delicato, amplificato dal silenzio della stanza, toccano l'acqua nella bacinella. Non è tanto la ferita sul mento che si è procurato, quello è solo un taglietto, che si chiuderà presto con il sole e l'aria fresca. No, Carmine è superstizioso, e al vedere le chiazze rosse allargarsi e scomparire, viene preso dal panico:
"Giulia! Giulia, *veni cà!*"
La risposta in tono stridulo della moglie non contribuisce a calmarlo: "*chi voi*[27], che c'è, una delle tue solite minchiate?"
"Ma ti sembra possibile, che stanotte ho sognato cattiverie, e crudeltà, e diavoli affamati, e una prigione stretta stretta? Adesso guarda qua, mi esce il sangue!"
"Oddio, oddio… " il cambiamento di tono di Giulia è di una teatralità degna dell'anfiteatro di Taormina.
"che ferita, *madonna bedda*! Sembra il costato di Cristo! Ma lo che il mio Zio Peppino *c'aveva n'tagghiu accussì*[28], e in cinque giorni è morto?"
"Oh Gesù, proteggimi…"
"Ma imbecille!!" il tono della moglie ritorna ad essere più degno di una Erinni impegnata in un Sabba nero.
"finiscila con questi piagnistei, e preparati, che altrimenti arrivi in ritardo *n'autra vota*, e questa volta le prendi davvero, e non duri cinque giorni!"
Carmine è troppo scombussolato dalla parte recitata alla perfezione dalla moglie, e dallo spuntare minac-

---

[27] Che cosa vuoi?
[28] Aveva un taglio così.

cioso del suo lungo mattarello attraverso la porta della cucina, per reagire.
"Ecco il diavolo", mormora Carmine, cercando di calmarsi con un respirone. "Ho sposato il diavolo in persona."
Non sa che i diavoli stanno invece arrivando davvero, ma dal mare, provenienti dalla lontana Liguria, e che proprio in quel momento stanno sbarcando, e si stanno organizzando per assaltare la città di Marsala. Diavoli con la camicia rossa, il fazzoletto al collo, la bandiera verde bianca e rossa con lo stemma sabaudo.
E il loro primo obiettivo è la stazione del telegrafo, dove lavora il telegrafista del Regno Carmine Corlianò.

* * *

L'ex Maggiore, ora promosso a Tenente, Cosimo Pilo, si china sul telegrafo mentre arriva il messaggio. Ezechiele, mentre srotola con cautela il nastro, gli sorride: "Tenente, voi le sentisse dal rumore che fa la macchina, le notizie importanti?"
"Certo, mica lavoro qui da ieri." E restituisce il sorriso. Ma intanto si chiede se non sia vero, che gli sia venuta questa capacità percettiva. Sente che stavolta c'è qualcosa di speciale, in quei particolari punti e linee...
"Mi sa che avite preso un granchio, questa volta: là è Marsala che parla di due navi che carigano zolfo, tutto normale."
Eppure, l'istinto suona il suo campanellino...
Lì, il codice. Eccolo.
"Qui. Leggi un po' qui."
Ezechiele stringe gli occhi, e... "*Chitemmuorto*[29]! Ci avete raggione! È il codice di castrazione!!"
"Di costrizione."

---
[29] I tuoi morti, imprecazione napoletana

"Chillo."
"Vado subito ad avvisare il Generale." Dice Pilo strappando il nastro e mettendoselo nella tasca della divisa. Non è il caso nemmeno di perdere tempo a trascriverlo.
Dieci minuti dopo, entra di corsa a Palazzo.

* * *

Nel frattempo, i diavoli rossi hanno invaso la città che dà il nome al vino liquoroso tanto apprezzato dagli inglesi. Ma il liquido rosso che scorre in rivoli lungo i canalini di scolo del selciato di centro città non è vino Marsala. È il sangue dei soldati della guarnigione, assaltata di sorpresa dalle camicie rosse. Dopo un breve combattimento, una salva di moschetto e qualche duello di baionetta, i soldati in blu che si erano arresi sono stati fucilati così, come se niente fosse, lungo la strada, tra le grida di orrore della popolazione, soffocate dalle persiane chiuse.
L'unico ad essere stato risparmiato, in tutta la postazione dell'esercito borbonico, è Carmelo, che sotto dettatura, con una affilata sciabola sotto il mento, ha inviato un messaggio telegrafico a Napoli, dicendo delle due navi attraccate per caricare zolfo. Miracolosamente, in qualche angolo sconosciuto della sua personalità apparentemente imbelle, e tremebonda, ha trovato la freddezza e la calma per ricordarsi di aggiungere il codice di costrizione, che gli era stato trasmesso con dettagliate istruzioni dalla sede centrale del telegrafo di Napoli.
Ora i diavoli rossi sono in giro per la città in cerca di giovanotti robusti da arruolare, più o meno consenzienti, per qualunque missione abbiano in programma. Carmine non ne ha idea, e con quell'attimo in cui

ha inserito il codice nel messaggio, ha esaurito tutte le risorse di coraggio e presenza di spirito.

Non sa che il suo gesto è stato eroico e contribuirà non poco alla serenità e floridia del Regno negli anni a venire. Non sa nemmeno se sopravviverà fino a sera, visto lo sguardo e il sorriso poco raccomandabile dell'avanzo di galera in camicia rossa cui è stato assegnato il compito di controllare che, sebbene la macchina del telegrafo debba restare accesa per non destare sospetti dall'altra parte della linea, a Carmine non salti in testa di mandare altri messaggi, pena essere sbudellato come i tonni nelle tonnare di Favignana.

Per ora tutto quel che il tapino siciliano riesce a fare, è recitare una dietro l'altra ave maria e padre nostro, e farsi il segno della croce, quasi che fosse nel chiostro di un monastero a pasqua.

* * *

"Fuoco"
BLAMBLABLAM
I tre moschetti sparano quasi all'unisono, seguiti dai tre 'thud!' umidi dei proiettili sferici che attraversano i corpi dei ragazzi. Due si accartocciano sulle corde che li tengono legati ai pali della vigna, e muoiono sul colpo. Il terzo, che infatti aveva l'aria un po' più viva e robusta, seppur colpito al cuore come gli altri due, si inarca per qualche secondo, colto da spasmi, si agita e mugola come per cercare di sfuggire al suo destino. Ma poi il suo sistema nervoso desiste, per la mancanza di ossigeno, e anche lui si accascia.

Meno male, pensa il comandante Girolamo Bixio, detto Nino, che già a un paio di ragazzi, quel pomeriggio, ha dovuto tagliare la gola con il coltellaccio, perché oltre ad essere renitenti alla leva straordinaria per

la Missione, si erano dimostrati anche renitenti alla morte per fucilazione. Un'ultima occhiata ai tre corpi, che cominciano a fertilizzare il terreno della vigna di uve marsala con il loro sangue, e si rivolge ai soldati e agli ufficiali del gruppetto che ha seguito il plotone di esecuzione su per la collina: "Molto bene, con questi tre abbiamo finito. Torniamo in paese per il rancio. Voi quattro," indica un gruppetto, "gettate i corpi nella fossa, insieme agli altri, poi raggiungeteci."
Il comandante si avvicina, mentre scendono per il viottolo: "Giuseppe, con questi tre sono diciassette."
"Bene, Nino, mi aspettavo di peggio."
"Infatti non è male, alla conta abbiamo trecentosedici soldati semplici in più. Non sarebbe meglio nominare qualche sergente tra di loro, in modo che abbiano qualche sottufficiale che parla siciliano?"
"No, devono capire che essere stati liberati dalla tirannia comporta qualche prezzo da pagare. Da pagare con l'umiltà di obbedire agli ordini di chi porta la gloriosa camicia rossa. O da pagare in questo modo." indica la fossa comune dove i soldati stanno gettando i corpi. "la disciplina richiede sempre qualche sacrificio."
"Sai, mi chiedo se non sarebbe stato meglio risparmiare almeno i più giovani. Uno dei renitenti aveva quattordici anni."
"Io a quattordici anni avevo già letto i testi di Henri de Saint-Simon, e avevo già deciso qual era la strada che volevo percorrere. Come sai, è una strada che mi ha portato lontano. Noi non possiamo permettere che dei ragazzi potenzialmente ardimentosi, che intendono imboccare la strada opposta alla nostra, possano crescere e metterci in difficoltà in futuro. L'erba cattiva va strappata quando le radici non sono ancora affondate bene nel terreno."

Nino Bixio cammina in silenzio, guardando il pennone del porto, che, seppur lontano, sfoggia un tricolore bagnato dalle sfumature del tramonto. E il suo pensiero va alle numerose battaglie in cui il Generale ha sciorinato il consueto ardimento, ma anche la saggezza cruda e spietata che c'è sempre nelle sue parole.
Saggezza e ardimento che hanno fatto sì che oramai qualcuno lo chiami "L'eroe dei due mondi", anziché usare il suo vero nome: Giuseppe Garibaldi.

Giuseppe Garibaldi

* * *

Ormai Agata è rassegnata: "Carlo, c'è un ussaro alla porta, con un calessino. Ti tocca salvare il mondo anche oggi!"
Filangieri sorride davanti allo specchio, si controlla la barba, si mette un po' di lozione profumata, che tanto Agata lo sa che quando lui si mette elegante in fretta non è *pe' 'na zoccola*, ma per il consiglio dei ministri, per un'emergenza che sta diventando un'abitudine delle sue giornate.
Stavolta sa di che cosa si tratta. Stavolta, scommetterebbe volentieri che è una cosa seria. Anzi, deve ricordarsi di giocare il 77, i diavoli, sulla ruota di Napoli.
"O meglio sulla ruota di Palermo, eh, papà?" mormora al ritratto di Gaetano Filangieri nel salotto. E come sempre, gli sembra che quel padre che non ha mai conosciuto, gli sorrida amabilmente.

Chissà se in punto di morte era soddisfatto, felice di quello che aveva costruito nella sua vita.
Chissà se *si n'è iuto cu no surriso*[30].

* * *

Per l'occasione, Filangieri ha indossato la sua divisa migliore. Blu oltremare, con pantaloni color crema, e una mantellina rosso carminio che ora è appoggiata sulla sedia, mentre il generale ex napoleonico è in piedi, accanto al grande tavolo in noce dove è distesa la mappa della Sicilia, e con una bacchetta indica i punti strategici: "Propongo una tattica di contenimento, in cui le nostre truppe in loco, saranno impegnate in veloci schermaglie con ritirata, mantenendo corto il fronte, ed evitando scontri massicci."
Troya, da qualche tempo, sembra un altro. Nessuna distrazione, concentrato sul tema, puntuale nelle domande e nelle risposte: "Carlo, tu ti rendi conto che questi banditi stanno setacciando ogni città e ogni paese, alla ricerca di uomini da arruolare con la forza, passando per le armi chiunque si rifiuta? Ci sono voci che le truppe al comando di Garibaldi siano già 2000 o 2500, c'è chi dice ancora di più! Questa tattica attendista mi sembra per lo meno imprudente."
Filangieri gli lancia un'occhiata torva: "Non intendo aspettarli, intendo guidarli, verso dove probabilmente non vorrebbero andare."
"E sarebbe?"
"Palermo."
"Per l'amor di Dio, Carlo." La voce di Fantini ha un tono petulante. "Corre voce che già numerosi latifondisti e proprietari di solfatare inglesi, e anche qualcuno locale, abbiano dichiarato le proprie terre come

---
[30] Se n'è andato con un sorriso.

'zone franche'. Non possiamo più contare sul loro aiuto, anzi, forse stanno già rifornendo gli invasori. Se perdiamo anche Palermo, sarà una catastrofe."
"Non perderemo Palermo."
"E come fai ad esserne sicuro?"
"Perché, quando verrà a Palermo, Garibaldi non sarà alla testa delle sue truppe per sfondare le difese della città. Bensì, entrerà tranquillamente, con una mia lettera d'invito."
Tutti gli sguardi, nella stanza, si fanno increduli, tranne quelli di Re Francesco e di Maria Sofia, che già conoscono il piano del machiavellico Generale. Il quale prosegue: "Cominceremo con il dare un saggio delle nostre capacità belliche. Qui, a Salemi." E indica un punto della mappa.

Capitolo 17

13 Maggio 1860 – 83 'o maletiempo

"Ma dove sono finite le avanguardie?" Garibaldi indica la bassa cresta coperta di arbusti. "Sei uomini sono andati di là, verso est; possibile che abbiano tutti sbagliato strada e siano in ritardo?"
Bixio lo ascolta e sembra, con lo sguardo, catalogare le piante sul costone, in direzione di Salemi. Ma di minuto in minuto diventa sempre più nervoso. E non capisce se quei piccoli movimenti sulla cresta se li stia inventando la sua fantasia, o se siano veramente dei nemici: "Giuseppe, non resta che mandare qualcuno a guardare."
Il Generale fa un gesto imperioso, indicando quattro contadini, armati, si fa per dire, di due antiquati tromboni, una falce e un forcone. I quattro si guardano smarriti per un attimo, poi il più sveglio di loro (non molto vicino alla media nazionale comunque), spiega in dialetto strettissimo la sua interpretazione del gesto dell'Eroe dei due Mondi. Per fortuna ci azzecca, e sotto lo sguardo severo dei comandanti, il gruppetto comincia a salire la costa, senza fiatare, correndo in salita.
Non arrivano nemmeno a metà strada.

* * *

Il generale del Regio Esercito Borbonico Antonio Vitiello, nascosto dietro una folta macchia di arbusti, sta guardando con attenzione, attraverso un piccolo cannocchiale, la scena che si svolge duecento canne più a valle, chiedendosi cosa si stanno dicendo i due generali in camicia rossa. Lo scopre con certezza quando i

quattro tapini Marsalesi cominciano a venire nella loro direzione, e il suo addestramento da ufficiale, fa sì che gli si imprima nella memoria il gesto del generale nemico. Una cosa importante, nelle battaglie future contro quel piccolo esercito, perché permetterà di interpretare velocemente e con certezza gli ordini impartiti al nemico, e di conseguenza reagire altrettanto alla svelta e con precisione.
Ma ora bisogna agire, e con calma e disciplina, stanti gli ordini stranissimi che sono arrivati da Napoli. Vitiello li ripassa mormorando sottovoce, come da sua abitudine prima di ogni azione:
"Mantenere posizione di guardia. Lanciare occasionali scaramucce, tirando da lontano, evitare il combattimento in diretto contatto, ritirarsi, e in sostanza 'accompagnare' gli invasori verso Palermo."
Per quale motivo, a Vitiello non è dato di sapere.
Ma la sua esperienza gli ha già fatto elaborare una strategia per quella che sarà ricordata più come una 'toccata e fuga' che una vera e propria battaglia.
Il generale si guarda attorno. I capitani dei fucilieri sono inginocchiati accanto alle rispettive compagnie, tra i soldati semplici che si sono per lo più accomodati in posizione sdraiata, parzialmente coperti dagli arbusti. L'ombra è poca, fa molto caldo, e i soldati si sono slacciati le uniformi blu, qualcuno addirittura se l'è tolta ed è rimasto in canottiera. Vitiello storce il naso: occorrerà muoversi alla svelta, e questi scapestrati dovranno perdere tempo per rivestirsi. Ma non c'è più tempo per dare direttive, i primi quattro disgraziati sono ormai a tiro.

* * *

Il gruppo è formato da tre contadini e da un insegnante della scuola elementare di Marsala. Tutti e quattro sono male armati e vestiti in modo inadatto a una battaglia. Salgono faticosamente la costa che pure è tutt'altro che ripida, perché, lungi dall'avere avuto il minimo addestramento indispensabile, mancano anche solo del basilare stato di forma degli altri militari più esperti.
"Andiamo, picciotti, arriviamo in cima, guardiamo e poi torniamo da..." Il maestro ha dei buoni occhiali, dunque vede un po' meglio dei contadini che sono con lui, ma non abbastanza per essere sicuro che quell'alone di movimento che ha notato verso destra, sia effettivamente un soldato nemico attraverso gli arbusti. Stringe gli occhi, per vedere meglio, ma...
In quell'istante un proiettile proveniente dalla sua sinistra, lo colpisce alla tempia e tutto, colline verdi, calore primaverile, cielo azzurro, scompaiono per sempre.

* * *

Vitiello ha un particolare riconoscimento verso l'iniziativa individuale dei suoi sottufficiali: cura molto la motivazione, l'addestramento, e i suoi tenenti e capitani, giù fino ai sergenti e ai soldati semplici, tutti sono abituati a sentirsi impartire delle direttive generali, che poi in battaglia convertono in un comportamento che si armonizza con quello degli altri reggimenti e battaglioni, in una strategia comune che garantisce unità d'intenti ed equilibrio tra l'osare e l'essere prudenti, tra attacco e ritirata, tra la guardia del fronte e l'assalto ai punti strategici del piano di battaglia. Qualche anno più tardi, il generale prussiano Von Moeltke conierà il famoso motto "Nessun piano di battaglia resiste all'impatto con il nemico". I corpi al comando di Vitiello, reagiscono al contatto con il nemico con un'intelligenza collettiva che assomiglia a quella di un corpo umano di fronte a un'insidiosa malattia.

Ecco che dunque il colpo sparato dal fuciliere, Pasquale Coppola, che ha ucciso uno degli invasori, diventa un segnale per tutti i gruppi, il segnale che il nemico è già abbastanza vicino per realizzare un attacco conforme alle strane istruzioni convogliate dal generale Vitiello qualche giorno prima, in una caserma nei pressi di Cefalù.

Il fuciliere non saprà mai che l'uomo che ha ucciso è un suo conterraneo, la cui unica colpa è stata quella di credere che davvero quegli stranieri portassero la libertà e la democrazia che lui aveva sempre insegnato ai suoi bambini nelle lezioni di storia, o forse solo la paura di fare la fine degli altri renitenti alla leva straordinaria. Per lui è stato solo il primo nemico a tiro. Intanto, tutti gli altri fucilieri prendono accuratamente la mira con i Winchester progettati in comune con i tecnici del Connecticut, ma costruiti nelle acciaierie di Torre del Greco, e capaci di sparare colpi a ripetizione con precisione straordinaria.

E, mentre tuona la prima salva da parte degli altri fucilieri, e i quattro poveretti cadono a terra crivellati dai proiettili, lui è già alla ricerca, con il mirino, di un altro obiettivo più in valle.

* * *

La prima salva ha l'effetto di uno schiaffo sui soldati in rosso, che immediatamente si gettano al riparo di un fico d'india, di un arbusto, di una roccia, perché l'istinto, la tensione accumulata, e le grida di coloro

che vengono colpiti dalla gragnola proveniente dalla costa, li riempiono di salvifica adrenalina. In effetti il rumore è spaventoso, e per militari abituati da sempre a sentire una salva di colpi, seguita invariabilmente dall'attacco a baionetta, quei fucili a ripetizione incutono lo stesso terrore che sarà tipico, quando si diffonderanno, di chi si lancia contro una mitragliatrice da campo a sei canne rotanti o Gatling.
Con la iattura che la pioggia di colpi sparati dagli Winchester sono intenzionali, e molto più precisi.
Il panico si diffonde rapidamente, e sono inutili i tentativi da parte dei sottufficiali in rosso, di rianimare e costringere all'attacco i soldati. Questo finché una voce non tuona:
"Alzatevi, e all'attacco!! Qui si fa l'Italia o si muore!!"
Il tono della voce, ancor più delle parole, potrebbe far alzare un morto.
Quella voce. La voce di Garibaldi.

* * *

Sun Tzu, il grande generale cinese, scrisse: 'Non occorre distruggere il nemico. Basta distruggere la sua motivazione a combattere". Il fattore più devastante per i soldati di ogni luogo e ogni epoca, più ancora della propria disperazione, è il coraggio, la motivazione, l'eccitazione dei nemici.
Lo imparano a proprie spese i soldati in divisa blu oltremare, dell'esercito delle Due Sicilie, quando vedono che alla tempesta di fuoco proveniente dall'alto, di cui le grida strazianti dei feriti annunciano il triste esito, le camicie rosse reagiscono attaccando indisciplinatamente, ma con furia cieca e spaventosa.
Persino la fortuna sembra aver voltato le spalle ai soldati blu, quando alcuni colpi di moschetto attraversa-

no con un raggelante fruscio gli arbusti, e colpiscono a morte due fucilieri e tre soldati semplici a supporto.
Vitiello pensa a un'altra frase di Sun Tzu: 'Se una battaglia non può essere vinta, non combattere', e con un gesto deciso comanda la ritirata, non mancando di ordinare ai soldati vicini ai caduti di raccogliere e portare via i fucili 'speciali'.

* * *

La spavalderia di Garibaldi è già leggendaria da molto tempo. Ne hanno una riprova le camicie rosse, che lo seguono sulla china. Reggendo l'asta con quella strana bandiera verde, bianca e rossa, l'eroe dei due mondi corre in testa alle sue truppe, lanciando urla di incoraggiamento, e soprattutto esponendosi al fuoco nemico con un coraggio che straborda nell'incoscienza.
E infatti: "Sciagurato, riparati!!" gli grida, da una posizione ben più prudente, il suo compare Nino, ma Garibaldi, in una trance da combattimento che diventerà presto mitica, corre avanti a tutti, tra il fischio dei proiettili, con gli occhi spiritati.
Non sa, il generale repubblicano, che i soldati nemici, che hanno posto l'agguato, hanno precisi ordini di non colpirlo, e li eseguono disciplinatamente. In parte, la leggenda di 'Garibaldi invulnerabile' nascerà anche dal loro comportamento in questo giorno.
Prima che l'orda in rosso arrivi alla cima, il fuoco nemico cessa del tutto.
Garibaldi naturalmente arriva per primo alla linea degli arbusti, getta uno sguardo attorno, e la ritirata nemica così rapida lo esalta. Chiama due uomini per farsi aiutare, e tutti insieme piantano la bandiera del nascente stato italiano, con lo scudo sabaudo, in cima

alla collina, tra le grida di giubilo: "Viva l'Italia! Viva V.E.R.D.I., Viva Vittorio Emanuele Re d'Italia! Viva Garibaldi!"

* * *

Poche ore più tardi, un messaggero della stazione dei telegrafi entra a Palazzo dei Normanni a Palermo, portando notizie dell'esito della finta battaglia di Salemi.
Filangieri legge con soddisfazione la nota telegrafata del generale Vitiello, e ne scrive una di ritorno, di suo pugno, con semplici direttive: 'proseguire nel guidare l'esercito nemico verso Palermo, con schermaglie incruente. Istruire il fuciliere scelto per la missione speciale. Raccomando ancora una volta, con insistenza: il tiro NON deve, ripeto NON deve essere letale. Il Re e la Federazione delle Due Sicilie contano su di voi.'

Capitolo 18

16 maggio 1860 - 47, 'o muorto che parla

Il piccolo esercito lascia i feriti che hanno qualche speranza di sopravvivere in carico alle famiglie di Salemi, e quelli più gravi a morire sul campo di battaglia tra i tormenti delle ferite aperte in suppurazione, le ossa rotte, e la disperazione crescente. Ma le istruzioni di Camillo Benso, Conte di Cavour, e dei loschi consiglieri Inglesi, sono chiare: è necessario procedere verso Messina, ad ogni costo, senza guardare in faccia a nessuno, alleato o nemico, civile o soldato.
Pertanto le camicie rosse prendono la direzione della sponda dello stretto resa famosa da Cariddi, incamminandosi lungo la valle di Mazara.
Dopo alcune ore, arrivano nei pressi di Calatafimi. La comitiva passa lentamente a sud di una collina, con un paio di cacciatori che avanzano di qualche miglio per controllare che non ci siano luoghi adatti ad un agguato. Le colline sono basse, la valle è larga e luminosa, con pochi alberi e macchie di arbusti degne di questo nome, e rare abitazioni. Di fatto, un esercito che dovesse attaccare in quel luogo, verrebbe avvistato con largo anticipo, permettendo alle Camicie Rosse di prepararsi, far smontare i cannoni, trincerarsi e difendersi bene. Anche un battaglione agile e rapido nel colpire, dovrebbe fare molto terreno scoperto.
Pertanto, Garibaldi e Bixio procedono in totale tranquillità, sui loro cavalli, alla testa dell'esercito. Alla loro sicurezza contribuisce l'esito della schermaglia di Salemi. Pur essendo stata molto sbilanciata come numero di morti e feriti, in favore dei Borbonici, ha lasciato nelle bocche dei Mille (ormai diventati 4.000) il dolce sapore della vittoria.

Non sanno quanto sia illusorio, e quanto loro siano vittime di un'abile manipolazione da parte di Filangieri, il 'Richelieu del Golfo'.

* * *

Di tanto in tanto, l'Eroe del Rio Grande estrae e solleva il cannocchiale, ma non può far altro che ammirare i vasti e luminosi campi di grano. Lo ripone, quindi, e fa cenno, al compagno d'avventura Nino, che non si presenta nessun pericolo.
Invece un pericolo c'è, eccome.

* * *

Sulla collina a Nord, infatti, ben nascosto dietro alcuni arbusti, ma con perfetta visibilità sulla valle, si è posizionato il fuciliere scelto Giovanni Marano, insieme a due soldati di supporto. Sono a circa 300 canne dalla strada sottostante, e sanno che i Mille passeranno di lì, in quanto hanno già visto, da lontano, le avanguardie. I tre sono silenziosi, si idratano con le borracce, e sono focalizzati su una missione definita cruciale, quando è stata loro assegnata.
Marano è sdraiato comodamente sulla pancia, e ha, appoggiato alla spalla, l'ultimo ritrovato della tecnologia balistica di Torre del Greco: una carabina simile a quelle di Winchester, ma modificata per accettare solo un proiettile con carica manuale. Però tutto il resto, in quell'arma, è stato costruito con la massima precisione e accuratezza, dall'otturatore alla camera, dal grilletto al mirino, e tutta questa cura, insieme alla canna particolarmente lunga, ha fatto sì che l'accoppiata Marano-fucile speciale abbia sbaragliato ogni avversario nelle gare di tiro dell'esercito Siciliano.

Marano si è distinto per aver colpito con sicurezza oggetti che i giudici di gara facevano fatica a vedere con un cannocchiale. Naturalmente la cosa è giunta all'orecchio sempre attento di Filangieri, e di Bianchini, che hanno autorizzato la completa personalizzazione dell'arma, secondo i desideri di Giovanni. Il quale, peraltro, ha chiesto solo delle migliorie a pochi particolari, e un piccolo vezzo: le sue iniziali in ottone sul calcio del fucile. Da quel momento, l'arma, per lui, è diventata Miranda, il nome della sua fidanzata, che naturalmente non ne sa nulla, ma ciò non impedisce al Marano di sussurrare distrattamente parole dolci al fucile, facendo sorridere i due compagni di spedizione. Il connubio arma-tiratore, fisico e psicologico, che diventerà poi un vero e proprio standard, garantisce la chirurgica precisione per colpire un bersaglio lento e stabile nel suo tragitto, a questa distanza, con assoluta certezza. E, tramite la lunga canna e il proiettile di grande precisione, si potrebbe uccidere il bersaglio senza che esso nemmeno se ne renda conto, se non quando veda San Pietro, o Caronte, pararsi di fronte a lui.
Ecco infatti, alla testa delle truppe, con indomito coraggio ma scellerata imprudenza, l'obiettivo della sua missione. Ritto con fierezza su un cavallo sauro bronzino dall'aria affaticata, con camicia rossa, pantaloni neri, un mantello buttato sulle spalle, e un berretto rosso in testa, con una lunga barba bionda, ecco il generale in capo degli invasori della sua Patria, Giuseppe Garibaldi.
Ma la missione di Marano è stranissima.
Difatti, dovrà mancare l'obiettivo. Di poco, ma mancarlo.

* * *

Mentre Giovanni Marano regola il cannocchiale, calcola la distanza, e si chiede per la millesima volta perché non far fuori una volta per tutte il pericolosissimo Eroe dei Due Mondi, gli ignari generali alla testa del piccolo esercito chiacchierano gioiosamente come se fossero seduti su sedie impagliate, sotto il glicine di un'osteria.
"Dovremmo mettere un paio di persone in più a servizio del rancio, ieri sera il piatto di pollo e rape mi è arrivato freddo." fa Nino Bixio. Risponde Garibaldi, divertito: "Accordato. Non sia mai che tu non possa gustare quel manicaretto di nouvelle cuisine alla temperatura giusta. Vuoi anche le posate d'argento?"
"Ha ha, no grazie, le posate di legno danno un gusto…". Bixio si interrompe.
"Beh?" Garibaldi si volta sorridendo verso l'amico e commilitone, con un gesto che forse gli salva la vita.
"C'è troppo silenzio. Non mi piace."

* * *

Giovanni ha letto più e più volte quelle righe sulla lettera di disposizioni da parte del Generale Vitiello, consegnatagli a Palermo: *"Garibaldi dovrà accorgersi dell'arrivo del colpo, ma non si dovrà versare sangue. Il mio suggerimento è di verificare quale indumento o accessorio sia possibile far saltare con un tiro preciso. L'effetto dovrà essere di spaventare le camicie rosse, far rendere loro conto che la morte è a un passo ad ogni passo, e che la vita del loro eroe può essere spazzata via da un semplice loro gesto inappropriato o una loro imprudenza."*
Sa bene che in guerra gli ordini devono essere eseguiti alla lettera, per quanto strani, controversi o palesemente balordi. In tutta la sua carriera di militare ha

fatto così, spesso chiedendosi se gli ordini fossero giusti, a volte sapendo perfettamente che erano sbagliati, ma come una macchina bellica perfetta, sempre fedelmente.
Perciò mette via il cannocchiale, ripromettendosi ancora una volta di parlare con 'quelli di Torre del Greco' per proporre di montarlo direttamente sul corpo del fucile, idea che gli sembra ottima. Ora come ora, però, non può far altro che appoggiare delicatamente la canna del fucile sul sasso che ha scelto e posizionato davanti a sé, mettersi sdraiato comodo, regolarizzare il respiro, appoggiare solo le ossa sul terreno, per evitare che una contrazione muscolare gli faccia saltare la mira, e collimare i due mirini verso l'obiettivo.
Intanto, i due soldati del Reggimento Val di Mazara, che sono di supporto, stanno dietro la colma della collina, e tengono ben stretti i due cavalli che permetteranno loro la fuga trainando un piccolo e agile calesse a rompicollo per la strada che scende verso il paese: se si spaventassero per lo sparo, potrebbero fuggire e allora le loro tre vite sarebbero appese a un filo.
Giovanni trattiene il respiro, e preme delicatamente il grilletto.

* * *

La lunga canna, sebbene la cartuccia non sia poi tanto potente, permette al proiettile di raggiungere quasi la velocità del suono. Pertanto, sparo e colpo arrivano praticamente in contemporanea sul duo di testa. Il proiettile si infila con precisione millimetrica nel berretto rosso di Garibaldi, appena sopra l'attacco della visiera, lo perfora, striscia leggermente il cuoio capelluto staccando una ciocca di capelli e lasciando una cicatrice da bruciatura che gli resterà a monito e ricordo di questa giornata per tutta la vita. Il berretto schizza via, vola per una trentina di canne, facendo terrorizzare i soldati vicini, a cavallo e a piedi, in quanto vedendo qualcosa di rosso volare via dalla testa del loro generale comandante, pensano subito molto male.

Invece, Garibaldi, più che ferito, è sopraffatto dal dolore e dalla sorpresa, e cade alla sua destra, in modo molto macabro, lentamente e poi scivolando in terra, dove rimane ansante e dolorante, come un mucchio informe di cianfrusaglie caduto da una carrozza, con un piede ancora incastrato nella staffa.

* * *

Giovanni si chiede per un istante se la sua mira non sia stata sbagliata, e non abbia invece ucciso il generale nemico. Ma un istante è tutto ciò che può concedersi. Raccoglie in fretta il suo fucile e le scatole di cartucce, e i tre corrono verso il carretto. Saltano su e spronano i cavalli, che iniziano a correre, al di là di ogni ragionevole prudenza, lungo il sentiero che scende, tra l'erba alta, verso nord, verso il fondovalle dall'altra parte della collina.

Capitolo 19

19 Maggio 1860 – 56, 'a caruta

Palermo è molto più silenziosa di come la ricordava. Lo sbarco delle camicie rosse deve aver tolto a tutti gli abitanti quella voglia di fare una passeggiata serale sulla Cala, quello spirito chiassoso che li caratterizza. È molto triste, pensa Filangieri mentre scende dalla passerella della Fregata Ettore Fieramosca. Ruffo lo sta aspettando sul molo con due carabinieri. Anche lui, non ha voglia di perdersi in salamelecchi e convenevoli: "le camicie rosse sono a sud di Calatafimi. Come ti ho anticipato, l'operazione del tenente Marano è riuscita perfettamente, proprio come volevi tu, e da quel momento loro non sono più avanzati. Un Dragone a cavallo è pronto per partire in direzione di Camporeale, dove cercherà un civile non sospetto per portare il tuo messaggio." Intanto i quattro si sono incamminati verso il Palazzo. "Adesso ti riposi, mentre noi prepariamo un cavallo per la tua gitarella in zona di guerra." Filangieri sorride, Ruffo no: "sei sicuro di ciò che intendi fare?"
"Sicuro come le tasse e la morte."
"Ecco, appunto."
"Non ti preoccupare, la mia polizza sulla vita, sta qui dentro." E mostra una borsa a tracolla molto leggera. "Piuttosto che fare l'uccellaccio del malaugurio, spiegami la strada per l'anfiteatro."
"Facile, tu vai in direzione di Erice, poi…"

* * *

A sera, seduto accanto a un ceppo, con la gamella di brodo di pollo a raffreddarsi lentamente, il condottie-

ro dalla camicia di un rosso vivacizzato qua e la da chiazze di sangue, sta ricorrendo al medicinale antidolorifico più antico del mondo, una bottiglia di quel vino forte e intensamente profumato, chiamato come il paesello dalle cui vigne viene ricavato: il Salaparuta. Sebbene il nemico sia tuttora in costante ritirata, e sebbene la ferita sulla sua testa si sia rivelata soltanto dolorosa, e non grave, senza nemmeno rischi di infezione nell'immediato o in futuro, Garibaldi è pensieroso, e abbassa gli occhi sul falò in mezzo al campo, tra una sorsata e l'altra dal collo della bottiglia.
Il fedele Nino, accanto, lo guarda, osserva i movimenti, controlla che non ci sia nulla di guasto nel fisico di quell'uomo, così importante, così roccioso nel porsi come baluardo inespugnabile per i nemici, e ancora di salvezza nei momenti duri, per i suoi soldati. Come nel Rio Grande, come in Trentino, come in Uruguay, come a Palestrina....
Ma c'è qualcosa che non va nella sua anima, e Nino Bixio decide di rompere il silenzio: "A che cosa pensi, Giuseppe?"
Garibaldi alza lo sguardo, che per fortuna sembra mantenere la normale intensità, ma si legge, nei suoi lineamenti un'ombra di dubbio: "Nino, tu hai sentito lo sparo, vero?"
Bixio per un istante pensa che il grande condottiero abbia bisogno di consolazione per il dolore o per lo spavento, e allunga una mano per prendergli la spalla. Ma Garibaldi lo fa desistere con un'occhiataccia: "Che fai? Rispondi, piuttosto!"
"Sì, certo, l'ho sentito. Lo hanno sentito tutti."
"Beh, io no. M'è arrivato il nocchino sulla capoccia, prima del rumore dello sparo. Lo sai cosa vuol dire questo?"
"No. Cioè, non..."

"Un fucile a canna lunga. Molto lunga. Una canna che dà il tempo al proiettile di raggiungere una grande velocità, e di arrivare prima del rumore dello sparo. O meglio, come dicono nelle Americhe, mi ha messo 'kappa o' prima che le mie orecchie sentissero il rumore." Il generale si massaggia la strisciata sulla cute del cranio, e beve un'altra lunga sorsata di vino rosso.
Bixio ora è incuriosito: "Hai qualcosa in mente, spiegati."
"I fucili a canna lunga sono molto, molto precisi. Quanto distava la collinetta da cui è provenuto lo sparo?"
"Non più di duecento metri." Nino comincia a capire dove si sta andando a parare.
"Con un fucile a canna lunga, appoggiati comodamente sul terreno, con tutto il tempo per rilasare i muscoli, trovare la posizione perfetta… condizioni ideali per un cecchino. E quel 'gnurant mi manca? C'è qualcosa che non va."
"Forse non hanno buoni armamenti. Forse…"
"Lo sai con che cosa ci sparavano addosso a Salemi? Fucili a ripetizione semiautomatici. No, i Borbonici hanno messo le mani su armi molto avanzate tecnologicamente."
"Dunque… ti avrebbero mancato di proposito?"
"Dico di sì. E non solo, non hanno ancora nemmeno usato il loro potenziale per tentare di fermarci o di rallentarci."
"Ma allora, secondo te che cosa vogliono?"
"Ci stanno guidando verso Palermo, te ne sei accorto?"
"Mi è venuto in mente, sì, ma è del tutto contrario alla logica."

"Se la logica è quella di impedirci o di rallentare la conquista della Sicilia. Ma a questo punto dobbiamo pensare in modo diverso. E io penso che i Borbonici vogliano mandarmi un messaggio personale, ovvero che possono uccidermi in qualunque momento."
"Perché vorrebbero farti sapere questo?"
"Perché vogliono parlare con me. E mi stanno invitando a Palermo."
"Ma di che cosa? Pensi che..."
"Vogliano arrendersi? Voglia Iddio. Ma credo che lo sapremo presto." L'Eroe dei due mondi finisce la bottiglia in un sorso e fa: "Adesso dormiamoci sopra. Sento che domani già ne sapremo di più" E si infila nel sacco di iuta che gli fa da letto da campo, con un gemito per il persistente e tamburreggiante dolore alla testa.

* * *

La mattina dopo, alle prime luci dell'alba, Garibaldi riceve la conferma della correttezza delle sue analisi dello scenario. Un soldato semplice si avvicina al tronco tagliato, seduto sul quale il generale sta facendo colazione con due uova in un tegame, portando con se un ragazzino, vestito di stracci, sudato e spaventato: "Generale, *'stu carusu* è arrivato poco fa, in groppa a un ciuccio. Tiene un messaggio per voi."
Garibaldi fulmina il ragazzino con lo sguardo, facendolo sbiancare, e quello si affretta a togliersi la coppola e a estrarre da essa una lettera piegata in quattro. Il soldato gliela strappa e la porge al generale, che comincia a leggerla e intanto si rivolge al ragazzino: "Quanti anni hai, topolino di granaio?"

Il ragazzino conta sulle dita di una mano, con parecchie incertezze, e poi la apre tre volte, a indicare dodici.
"E di dove sei?"
"Camporeale"
Ma Garibaldi già non lo ascolta più, dopo aver letto il breve messaggio della lettera:

"Addì 9 Maggio 1860. Incontriamoci domani mattina al tempio di Segesta. Sarò da solo. Parleremo, di libertà e tirannia, di bugie e di verità, di bandiere sporche di sangue e di popoli che costruiscono il futuro dei propri figli. Sarà molto interessante, generale Garibaldi, ha la mia parola. In fede, Carlo Filangieri."

Capitolo 20

20 maggio 1860 – 72, 'a maraviglia

Persino il leggero rumore delle suole di cuoio degli stivali, che battono ritmicamente sui gradini in discesa verso il palco, viene amplificato dal meraviglioso anfiteatro di Segesta, e diventa musica. Che maestrìa, pensa Filangieri, in piedi nel centro esatto delle onde sonore riflesse, nel luogo dove i personaggi cardine delle opere di Aristofane, Euripide, Apollodoro e Sofocle, rivelavano con il monologo finale il loro ruolo di protagonisti assoluti, e dopo infinite lacrime e risa, scatenavano una tormenta di applausi. Ah, come sarebbe bello se anziché parlare di guerre e di intrighi politici, si potesse godere di uno degli anfiteatri più belli del mondo, e dell'Arte che ancora vibra, dopo secoli, tra le colonne e i gradoni, riflette amaramente l'ex generale napoleonico mentre tende il braccio per stringere la mano all'avversario, non di una splendida schermaglia retorica, ma di una guerra dai contorni fratricidi, in cui i protagonisti cercano il primato non nell'oratoria, ma nell'inganno, nella violenza, nella barbarie: "Buongiorno, Generale Garibaldi. Io sono Carlo Filangieri, ministro ad interim della guerra, agli ordini di Re Francesco Secondo di Borbone Napoli."
"Buongiorno. Mi ha riconosciuto facilmente, ma d'altra parte, sono l'unica camicia rossa in giro. E conto sul fatto che la sua, sia analogamente l'unica giacchetta blu nei dintorni."
"Certamente, credo che siamo entrambi uomini di parola."
I due si scambiano un timido sorriso. In realtà, sono entrambi osservati con estrema attenzione, attraverso cannocchiali, dalle colline circostanti, dove i due rela-

tivi schieramenti sono in stato di massima allerta e pronti a intervenire, a fronte di qualunque gesto equivoco, con truppe scelte e velocissime, in difesa del proprio rispettivo comandante.
Ma la stretta di mano, calda e sincera, comunica un reciproco rispetto e un senso dell'onore che rende immediatamente remota ogni possibilità di un altresì sciocco e inutile tradimento.

* * *

"Fa male?" Rompe l'impasse Filangieri, indicando il voluminoso bendaggio sotto il cappello dell'Eroe.
"Solo quando rido."
"Bene, perché c'è ben poco da ridere nella situazione in cui ci troviamo." e allarga le braccia come a indicare tutta la Sicilia.
"Indubbiamente avete poco da esser felici, vista la qualità dei vostri tiratori scelti. E dire che sono bello alto! Ma come ha fatto a mancarmi?"
"Dipende se il tiratore voleva di fatto mancarla."
Gli sguardi si incrociano, improvvisamente seri, e silenziosi. I due eroi si studiano.
Tocca a Garibaldi, stavolta, con la sua voce stentorea, riempire le gradinate semicircolari dell'anfiteatro: "Deve esserci qualcosa di importante, in quella borsa a tracolla, per organizzare tutto questo ambaradan. Ma non un'arma. La borsa è decisamente troppo leggera."
Filangieri solleva la borsa, come a confermare che il suo avversario può stare tranquillo. "Sì, solo alcuni documenti."
"E che cosa contengono di tanto cruciale da definire una intera strategia militare, per giunta ben strana, come la vostra?" Garibaldi non è soltanto un grande

condottiero, ma anche un acuto diplomatico, e rinuncia a farsi le beffe che si sono fatti i suoi soldati e i suoi ufficiali nei giorni scorsi, della precipitosa ritirata dell'esercito borbonico, con il termine 'conigli' che era stato il più gentile usato nei loro confronti. Inoltre, tale ritirata e la conduzione delle schermaglie gli erano sembrate fin troppo incongruenti, per catalogarle così facilmente.
Filangieri conferma i dubbi dell'avversario: "Infatti, questi documenti sono estremamente importanti, e soprattutto, contengono informazioni che lei sicuramente ignora, e che penso influenzeranno la sua visione di tutto ciò che sta accadendo in questi giorni. Ora li tirerò fuori, uno alla volta. Lei, tranquillizzi con un gesto i suoi soldati nascosti, si fa per dire, dietro quegli arbusti. Non vorrei che pensassero che ho organizzato tutto questo per tentare di farla fuori, dopo che il mio cecchino è andato ben al di sotto della sua etica professionale per mancarla." E indica un piccolo costone roccioso alle spalle di Garibaldi, verso il quale il condottiero nizzardo fa un gesto di rassicurazione, raccolto con sollievo dai suoi soldati scelti, effettivamente ivi nascosti.
"Bene, ecco il primo" Filangieri estrae due fogli tenuti insieme da un'elegante fermaglio, e li passa a Garibaldi, il quale comincia a leggere, scandendo il testo sottovoce.
"Piano Palmerston - Cavour..."

* * *

L'eroe dei due mondi impiega cinque minuti per leggere tutto. Il suo sguardo diventa sempre più cupo.
Cinque minuti dopo, lo rilegge dall'inizio.

Dieci minuti dopo, fa per restituirlo a Filangieri, il quale dice: "No, è una copia per lei."
Garibaldi mette i fogli, piegati in quattro, nella tasca anteriore della propria borsa a tracolla. "Non si aspetterà che io creda a tutte queste fandonie, vero?"
"Le ha lette due volte, mi pare. Se è tanto sicuro che siano panzane propagandistiche inventate dal governo borbonico, perché leggerle due volte? Non sarà che invece sono perfettamente verosimili, sia in ottica inglese che sabauda?"
Giuseppe Garibaldi è stato addestrato, dai suoi superiori e dai fatti della vita, a evitare qualunque esitazione, che implicherebbe un pericolo mortale in battaglia, e comunque uno esiziale in pace. Ma non può fare a meno di soffermarsi, pensieroso.
Il nemico è sorpreso, indugia, pensa Filangieri. Occorre insistere immediatamente per approfittare dello sbandamento. Quando era generale napoleonico, in situazioni emotivamente simili, in battaglia, la soluzione era chiamare a sé la cavalleria riservista e organizzare una carica.
Ora però sta combattendo una guerra più sottile, intrusiva, intellettiva.
E chiama a sé il secondo documento, dalla sua cartella: il testo della Costituzione Federale del Regno delle Due Sicilie.

* * *

Garibaldi, quel testo, lo legge tre volte, e ogni volta ha lo sguardo più stupefatto.
Filangieri incalza: "Può tenere anche questo. Niente male per una nazione che è stata definita da Gladstone, 'tirannica', e 'negazione di Dio', nevvero? Che strano, un re depravato, un governo inetto, una nazio-

ne retta dalla burocrazia e dalla iniquità, e che cosa si mettono a scrivere? Un documento costitutivo, che riconosce aspetti di equilibrio della sovranità tra monarchia e popolo, passando per la borghesia, l'industria, il commercio. Sappia che per stilarla, hanno collaborato, con me, i migliori filosofi ed economisti della scuola napoletana. E l'ha rivista il consiglio dei ministri, insieme ai capitani d'industria, ai latifondisti, ai capi delle gilde di commercio."
"Complimenti. E il Re, che cosa ne dice? E il Popolo? Come ha reagito, il vostro popolo, alla proposta?"
"Proposta? Tsk. Questa è l'ATTUALE costituzione del regno."
Stavolta ti lascio cinque minuti buoni, pensa Filangieri di fronte a un perplesso e scosso Garibaldi, ti lascio respirare e pensare di essere al sicuro.
E quando pensi di essere salvo, pensa Filangieri mentre, passato il tempo, tira fuori il terzo documento, ti do il colpo di grazia.

* * *

Garibaldi si siede su uno dei gradoni, con le gambe che gli tremano visibilmente, e legge il terzo foglio. È una lettera:

"Ravenna, addì 2 Agosto 1849

Amore mio,
Sento il soffio amaro della morte che alita su di me, e sono disperata all'idea di non fare in tempo a stringerti ancora una volta, forte forte, al mio cuore. Spero che tornerai presto, ho le idee un po' confuse e non mi ricordo dove hai detto che devi portare, il tuo spirito guerriero, oggi. Ma sono certa che, come sempre, vincerai, e porterai la bandiera della

libertà su campi e città assetate di giustizia. Come hai sempre fatto. Oh Dio mi è testimone, quanto ti amo!!
Non so quanto tempo mi rimanga. Il mio respiro è avaro, i miei occhi offuscati. Voglio scriverti un messaggio importante, prima che la mano mi tremi troppo. Sai, Amore, il mondo è lugubre e ingannevole. Ma tu resta sempre puro, combatti la prevaricazione e l'egoismo, porta la luce della giustizia, della pace, della costituzione, di un futuro che solo noi vediamo. E non ti fare ingannare mai, i tiranni si travestono da amici, e dipingono la brava gente come mostri; tu ascolta sempre il tuo cuore, e sarai sempre dalla parte giusta dello schieramento di battaglia.
E io ti guarderò, dall'alto, e ti guiderò nei tuoi sogni.
Sarò sempre, sempre, sempre con te. Accanto a te, dalla parte del cuore.
Ti amo, e ti amerò per l'eternità.
Tua, Anita."

L'Eroe dei Due Mondi scoppia in un pianto senza precedenti, dirotto e silenzioso, con la lettera in una mano e l'altra a coprire gli occhi. Il colpo di grazia è andato a segno, pensa Filangieri, e ora non ho più davanti un roccioso, altero e deciso condottiero, un generale in grado da solo di cambiare le sorti di una intera guerra, bensì un uomo emotivamente ferito, vulnerabile, sofferente: il messaggio dall'oltretomba della sua amata guerrigliera e pasionaria, lo ha colpito nel nucleo della sua fede e lealtà politica.
E ora che l'eroe è spiritualmente in ginocchio davanti a lui, Filangieri deve dimostrare umanità, perché lui si senta capito, accolto, compreso. Da chi non se lo sarebbe aspettato mai.
Garibaldi si asciuga gli occhi con la manica della gloriosa camicia rossa: "Come avete fatto a trovare la lettera?"

"Un contadino delle valli di Comacchio l'ha rinvenuta per caso in un cascinale, dove era stata dimenticata nella confusione di quei giorni, nella fretta delle vostre fughe continue. Poi, con l'aiuto di un antiquario ravennate, è stata autenticata, e in seguito acquistata da un collezionista napoletano. Poi chissà come è finita in una libreria, forse in dono, e quel libraio, quando ha sentito parlare della possibilità che il famoso Garibaldi avrebbe guidato un esercito contro di noi, ce l'ha portata a Napoli, a Palazzo Reale, così, incorniciata e tutto. Allora io mi sono imposto per la sua restituzione a te, perché è umanamente giusto che l'abbia tu."
Il passaggio dal 'lei' al 'tu' era un altro passo programmato dell'operazione. In un certo senso, aiuta anche Filangieri... a non ridere. Sì, perché in questo momento l'astuto generale napoletano sta manipolando il suo orgoglioso avversario in un modo quasi comico. 'Umanamente giusto'? Che trovata teatrale! Magistrale, inoltre, l'idea di far rivivere la voce più autorevole nella vita del condottiero nizzardo, per spezzarlo.
E il messaggio di tale voce, insieme alle informazioni contenute negli altri due documenti, è cristallino: sei schierato dalla parte sbagliata, caro, in relazione alla tua stessa filosofia militare e sociale.
Il vero tiranno, caro Garibaldi, pensa fra se e se Filangieri, non è Francesco Secondo, ma chi ti ha ingannato mandandoti qui con false informazioni e credenze, chi ti fa combattere una guerra in favore proprio di quei tiranni di cui parlava Saint-Simon.
I veri tiranni sono Vittorio Emanuele II e la regina Vittoria d'Inghilterra, e i rispettivi lacchè, Cavour e Palmerston.
E ora, ti lascio tutto il tempo di cui hai bisogno, per assorbire bene questi concetti.

Filangieri si avvicina al condottiero e mormora: "Ora vado, e ritorno a Napoli. Sento che ci rivedremo presto. E sento che ci rivedremo a Palazzo Reale". Quindi gira i tacchi e se ne va, nel perfetto centro del magnifico riverbero sonoro dell'anfiteatro.

* * *

"Come sarebbe a dire, falsa?" Anche Ruffo è sorpreso e ha un'espressione comica, quando Filangieri, sul molo del porto di Palermo dove è attraccato l'Ettore Fieramosca, giusto prima di salire sulla passerella, gli descrive l'incontro con Garibaldi avvenuto in mattinata: "Sì, era una lettera artefatta."
"Nooo... Ma allora, se non l'ha scritta Anita Garibaldi, chi è stato?"
"Adesso ti racconto tutto..."

Qualche settimana prima, a Castel Capuano, Filangieri aveva stretto la mano al Falsario, con più calore del solito: "Questo è un autentico capolavoro. Sei molto più che un calligrafo, sei un artista."
Salvatore Ruggiero era arrossito, e aveva trovato a malapena il fiato per rispondere: "Grazie, signor Generale, grazie per i complimenti. Ho solo fatto al meglio il mio dovere. E devo ringraziare soprattutto il mio professore di lettere all'Università, per aver trovato queste" E aveva indicato le lettere originali di Anita Garibaldi, ripescate in qualche archivio dell'ateneo di Napoli, e che gli erano servite per ricopiare la calligrafia della cavallerizza, combattente, e moglie di Garibaldi.
E con che cura l'aveva imitata!! Ogni curva, ogni sbuffo, ogni imperfezione. La firma, poi, una meraviglia.

E il testo, così toccante, così commovente, con quel preciso riferimento alla filosofia di Giuseppe Garibaldi, il sansimonismo, il suo ideale di lotta contro la tirannia.
Tirannia, che, ora, obiettivamente, doveva vedere con chiarezza. Doveva riconoscere da che parte stesse.
Filangieri aveva piegato con cura la finta lettera, in una busta invecchiata con altrettanta cura alla candela, e l'aveva tenuta nella sua cartella a tracolla in pelle.
Custodita gelosamente, perché sarebbe stata la sua arma più potente contro l'eroe dei due mondi.

"Capisci? Un pregiatissimo artefatto, creato proprio allo scopo di aumentare ulteriormente i suoi dubbi, proprio nel suo nucleo, dove Anita, accompagnandolo per decenni di battaglie, aveva contribuito a costruire le sue credenze apparentemente più solide."
"Sei il Diavolo in persona, Carlo!"
"No, dai, non esagerare. Sono semplicemente il suo messaggero preferito." Facendo l'occhiolino, e salutando Ruffo, Filangieri si incammina sulla passerella.
Si ferma solo un attimo, a metà. Si volta verso il Mar Tirreno, il generoso amico blu che con le sue onde accarezza e protegge il Regno.
Ma per un attimo, il blu profondo sembra immobile, silenzioso e tetro. Come un brutto presagio.

* * *

Nino Bixio conosce fin troppo bene Garibaldi, e si rende subito conto che quello che sta rientrando al campo delle camicie rosse la sera, al passo sul suo cavallo sauro bronzino, è un uomo completamente diverso da quello salutato la mattina alla partenza per le rovine di Segesta. Ma quello stesso cambiamento gli suggerisce un silenzio prudente e rispettoso.

Silenzio che prosegue il giorno dopo, che il fiero generale passa a dare semplici ordini di routine, senza emozioni.

* * *

Sono passati quasi trent'anni...
Ma a Giuseppe Garibaldi sembra avvenuto ieri, tant'è impresso nel suo cuore l'incontro con Emile Barrault, sulla nave Clorinda in viaggio verso Costantinopoli. Il sottocoperta odorava di mare, fumo di pipa e olio di balena bruciato nelle lanterne, e quel giovane francese era in fuga come lui, da un mondo che aveva superato l'illusione della Rivoluzione Francese, ributtandosi nell'imperialismo, nel capitalismo e nella borghesia.
"Giusepe," diceva con un accento francese che lo faceva sentire a casa, "la società non può essere comandata dal profitto delle attività industriali, perché ciò va a vantagio di pochi. Invece, la società deve essere gestita da scienziati e industriali che grasie alle scoperte sientifiche garantiscano migliori condizioni di vita ai proletari. Questo è sciò che ci ha insegnato Claude Henry de Rouvroy, il conte de Saint Simon. L'attuale soscietà soffre per il caos, il disordine, le inefficiense, la povertà. La dottrina di Claude darà inisio a una nuova epoca organica, con fede nel progreso, nella scienza, nel cosmopolitismo, nel libero amore." E il sorriso di quel ragazzo che non avrebbe rivisto mai più, il suo ottimismo, il suo idealismo, si sculpiva nell'anima dell'altrettanto giovane guerriero nizzardo.
Qualche settimana dopo, a Taganrog, sul mar d'Azov, in una bettola frequentata da marinai italiani, Garibaldi aveva incontrato un giovane irredentista genovese di cui non si ricordava nemmeno il nome, che gli aveva parlato delle teorie e della lotta di Mazzini.

E aveva creduto nell'illuminazione del destino, aveva creduto che la sorte gli indicasse la strada corretta, per lottare per un mondo nuovo, più giusto, più libero, dove i popoli fossero più indipendenti, e i proletari potessero ambire a una vita sempre migliore per i loro figli e per le generazioni future.
Garibaldi quella sera aveva deciso che avrebbe cominciato dall'Italia, che allora era solo un piccolo grande sogno.
Ma ora quel sogno è diventato un incubo.
L'incubo dell'inganno, della sottomissione forzata del popolo del Regno delle Due Sicilie, della sua distruzione economica e sociale, dell'odiosa tirannia sabauda che incoraggiava subdole strategie per garantire l'accumulazione delle ricchezze nelle mani di pochi latifondisti e industriali.
A cominciare dalle mani di Cavour. Quelle mani che ora erano pronte a lordarsi del sangue di un popolo, quello del Regno, che, grazie alla nuova Costituzione, vive in un modo armonioso con il re e la borghesia, con ampie prospettive di benessere presente e futuro, in modo molto più vicino, agli ideali del Sansimonismo, di quanto lui potesse lontanamente sospettare.
Quel popolo che lui aveva combattuto finora, in una guerra di conquista i cui scopi ora vede chiaramente, e non sopporta più.
Giuseppe Garibaldi prende la decisione che cambierà la sua vita e la Storia d'Italia.

A notte inoltrata, sveglia Bixio con una mano sulla spalla: "Nino, io non riesco a dormire, vado a fare una cavalcata fino in cima alla collina, lassù, a guardare le prime luci dell'alba."
"Va bene, Giuseppe." e Bixio torna a dormire.
Non lo avrebbe visto mai più.

* * *

"Onorevoli colleghi, ho brutte notizie dalla Sicilia. Il comandante della forza militare piemontese, incaricato da Cavour di provocare la sollevazione della popolazione locale contro il governo Borbonico, ha disertato."
"Sir Temple. Che cos'è questa novità?" alza la mano il Cancelliere dello Scacchiere. "L'operazione è già cominciata?"
"Sir Gladstone, so che vi sembrerà scortese, da parte mia, ma ho limitato la divulgazione di notizie a proposito dell'avvio e degli sviluppi dell'operazione alle persone strettamente coinvolte. Abbiamo il sospetto che possa esserci, in corso, un'attività di spionaggio nei nostri ambienti ministeriali."
Un attimo di gelido silenzio, poi il Cancelliere, voltando lo sguardo verso gli altri membri del consiglio: "Bene, visto che a quanto pare i nostri nemici sanno tutto e noi non sappiamo niente, direi di livellare un certo qual che la conoscenza generale dell'operazione. Che, mi sembra, contempli l'unificazione dell'Italia, giusto?"
"Sì, la sua unificazione a formare un regno che possa costituire qualche tipo di molestia al Regno di Francia. È una mossa proattiva, tesa a garantire il controllo delle nuove rotte, una volta che sarà completato il canale del Sinai, oltre che il patrocinio dell'estrazione delle ricche miniere di zolfo siciliane. Vi segnalo però che con questa novità, l'allontanamento dell'attuale governo e di Re Francesco II e l'assegnazione del territorio continentale alla corona sabauda è diventato un obiettivo problematico. Infatti il comandante disertore, tale Giuseppe Garibaldi," Palmerston storpia la pronuncia del nome per disprezzo, più che per diffi-

coltà fonetica, "gode di un notevole carisma presso il popolo e i militari di quelle regioni. La sua assenza avrà un effetto negativo sul morale dei combattenti."
Il ministro degli Esteri interviene: "Come auspicavo già ai tempi della discussione del piano, dobbiamo rivedere i nostri obiettivi dopo ogni scontro con il nemico. Considerando che gli obiettivi economici riguardano soprattutto la Sicilia, che la conquista dell'intero regno delle due Sicilie diventa problematico, e che vale sempre il motto 'divide and conquer', ci conviene puntare sul consolidamento del possesso della sola Sicilia, che è a buon punto."
"Sono d'accordo, Lord Russell. Ora voteremo la mozione per il cambio di piano, ma permettetemi di aggiungere un elemento. Per accentuare la divisione tra le regioni della penisola italiana, e per aumentare lo sconforto e la demoralizzazione delle truppe e del popolo borbonico, aggiungerei un atto dimostrativo delle capacità della nostra flotta, sulle principali città della Sicilia, cominciando da Palermo." Il nome della città siciliana subisce un'altra dispregiativa storpiatura. "Qualcosa che quella gente non dimenticherà facilmente."

Capitolo 21

23 Giugno 1860 – 12, 'o surdato

Gesualdo Calitri ha le braccia forti come i moli del porto, irrobustite da tanti anni di remi, di barche trainate a riva o legate forte alle bitte, insomma di vita di mare. Perciò, non fa nessuna fatica a risalire, canticchiando 'ciuri ciuri', i viottoli di Vuccirìa, a Palermo, con la sua rete da pesca, arrotolata a mo' di sacco sulla schiena, con dentro tanto pesce quanto lui pesa. E che mattina fortunata è stata! Alici, sardine, sciabole, cefali, merluzzi, e due spadini che ancora si agitano nel sacco, cercando una impossibile salvezza. No, picciotti, pensa, adesso voi andate sotto sale, e poi dritto al mercato, sulle bancarelle di Peppino, che poi si mette a gridare *"'u pisci frisco, 'u pisci bbuonooooo"* e lo sente tutto il quartiere, con la voce che sembra una cannonata…
Gesualdo si ferma.
Gli è sembrato di sentire…
Un'altra! Una vera cannonata, lontana, ma poi si sente un fischio…
La casa di fronte a lui esplode, lanciando pezzi di mattone e di calcina in ogni direzione, con un boato spaventoso. Le persiane vengono gettate lontano dall'onda d'urto, e una colpisce Gesualdo sulla fronte. Il sacco con i pesci ancora guizzanti finisce per terra, mentre lui si porta le mani alla testa, e sente un fiotto caldo di sangue. Fa del suo meglio per proteggersi dalla pioggia di pietre, e quando alza gli occhi, vede il tetto della casa che, privato di ogni sostegno, cade sulle stanze sottostanti, tra inenarrabili grida di terrore degli abitanti che si vedono schiacciare dalle assi e dalle tegole, senza possibile via di scampo.

Un'altra casa esplode in fondo alla via, scaraventando in ogni direzione alcune persone che avevano avuto solo la disgrazia di trovarsi lì davanti in quel momento.
Gesualdo trema di paura, è assordato dai rumori, e quando vede un braccio che vola nella sua direzione, staccato dal suo proprietario da una delle tremende esplosioni, si fa prendere dal panico, e torna indietro per il vicolo, dimenticandosi il pesce, la rete, qualunque altra cosa che non sia una precipitosa fuga in qualunque direzione.
Dimenticando anche il basilare senso dell'orientamento e della sopravvivenza, perché così Gesualdo corre nella direzione sbagliata. Verso il porto.
Nel momento in cui la vista sul golfo si apre davanti a lui, la vede. Una nave stranissima, con gli alberi per le vele spogli, e con due fumaioli da cui escono sbuffi neri. Le paratie sono rosse e nere, e dalle finestrelle aperte, partono ritmicamente fiammate gialle-rossastre, dirette verso la città. Gesualdo non lo saprà mai, ma è uno dei primi uomini a vedere una autentica corazzata, la prima costruita dalla marina inglese, la HMS Warrior. Ed è uno dei primissimi a trovarsi dalla parte sbagliata dei suoi potenti cannoni, che adottano per la prima volta nella storia, proiettili esplodenti contro obiettivi litoranei civili. Tutto questo, beffardamente, proprio grazie allo zolfo partito dal porto di Palermo.
Gesualdo è mesmerizzato. In cima agli alberi c'è un strana bandiera, bianca con una croce rossa e un rettangolo azzurro; le paratie sono lucide nel sole mattutino, per cui quelle navi infernali sono fatte di ferro. Di ferro! Il povero pescatore siciliano non ha mai visto una nave di ferro, solo barchette, al massimo qualche goletta, ma sono sempre state tutte fatte di legno.

Nell'ultimo istante della sua vita si chiede che razza di patto con il Diavolo avranno fatto, per far galleggiare una nave di ferro. Un proiettile da 68 libbre centra la casa accanto a lui, polverizzandola. La devastante onda d'urto lo fa a pezzi prima ancora che se ne renda conto.

* * *

Filangieri trema leggermente, nelle mani e nella voce, mentre legge, davanti al consiglio dei ministri, a Palazzo Reale a Napoli, la trascrizione del messaggio telegrafico proveniente da Palermo: "Ruffo parla di almeno cento colpi sui quartieri adiacenti al porto. È stata una strage."
Abbassa lo sguardo, si toglie gli occhiali.
Il silenzio è spietato, e spuntano lacrime che vengono asciugate in fretta.
Re Francesco ha lo sguardo in fiamme: "Possiamo reagire con la nostra marina?" ma sembra conoscere già la risposta.
"Sarebbe un sogno. Ma l'impegno del governo inglese negli ultimi trent'anni è stato quello di poter superare in battaglia la seconda, la terza e la quarta marina al mondo congiunte, ovvero quelle di Germania, Francia e la nostra. Nel messaggio parlano di una nave completamente corazzata con lamiere in ferro, armata con cannoni a proiettili esplodenti. Le due fregate, in legno, di guardia nel porto sono dovute fuggire con il timone tra le gambe, pena un rapido e inevitabile affondamento. Inoltre, sappiamo con certezza che la maledetta corazzata è dotata di cannoni a retrocarica e canna rigata, veloci da ricaricare, precisi e a lunga gittata."
"Quanto lunga?"

"Tre miglia."
"Con proiettili da…?"
"60 rotoli"[31]
"E noi sappiamo tutto questo perché…?"
"Perché i componenti per costruire quei cannoni e per quelle corazze sono stati fabbricati negli opifici di casa nostra, a Napoli e a Mongiana."
" 'O sfaccimm 'e chi te muort![32]"
L'imprecazione di Franceschiello echeggia sul tavolo, tra le pareti, sui ritratti, appesi alle pareti, di regnanti e principi che, nei secoli, hanno preferito commerciare manufatti e tecnologie piuttosto che con esse combattere, strutturare il regno con trasporti e mezzi di comunicazione, piuttosto che armarlo.

* * *

Filangieri prosegue nella lettura del messaggio: "Le camicie rosse, evidentemente informate per tempo, sono alle porte di Palermo. Ruffo e Florio sono già fuggiti, con le rispettive famiglie, in direzione di Misilmeri, verso l'interno. Van Mechel è ancora in città, afferma di riuscire a organizzare una resistenza armata con un battaglione di carabinieri leggeri e uno di carabinieri cacciatori, via per via e portone per portone, se occorre". Un rapido sguardo al consiglio dei ministri gli assicura che tutti hanno ben capito quel 'se occorre', e il suo drammatico significato: "L'impavido generale svizzero chiede se deve sacrificare tutti i fedeli soldati al suo comando, fino all'ultimo uomo, in difesa di Palermo".

---

[31] 110 libbre.
[32] Pesante imprecazione napoletana, che non conviene tradurre.

Il re si accorge di essere stato tirato in ballo, perché tutti gli sguardi sono su di lui: "No, Van Mechel mi serve vivo, per cui ordino la sua ritirata e il ricongiungimento con Ruffo e Florio. Abbandoniamo Palermo."
Le ultime due parole echeggiano ancora nella stanza, tetre nelle loro conseguenze. Gli sguardi sono fissi sulla scacchiera bianca e rossa del piastrellato della seconda anticamera. Fantini mormora, più a se stesso che a qualche ascoltatore: "lasciare Palermo significa abbandonare l'intera Sicilia. È finita, nessuno li può più fermare" Re Francesco, indifferente, continua: "Organizziamo un ponte di traghetti a Messina, per recuperare le truppe, e..." ma ad un gesto di Filangieri, si interrompe.
"Mi perdoni, sua Maestà, ma vorrei discutere con lei di alcuni dettagli," indica la porta che conduce al salottino adiacente, "in privato. E vorrei fosse presente anche vostra grazia," rivolto a Maria Sofia.

* * *

Francesco è livido di indignazione: "ci devi dare le notizie più brutte, Carlo?"
"No, a dire il vero, ve ne devo dare di migliori. Ma prima di tutto, siamo in guerra, e questo penso si sia capito. La guerra, in ogni sua forma, è un banco di prova per popoli. Per superare l'estrema violenza e brutalità, l'incertezza, la disperazione, la gente ha bisogno di figure di riferimento indistruttibili, che continuino senza posa a raggruppare, incoraggiare, trascinare, entusiasmare le folle, in modo che ogni sacrificio, ogni famiglia che ha perso i propri figli, ogni moglie che ha perso il marito, sentano un ordine divino in tutto ciò, ne capiscano la necessità per un bene su-

periore, e oltrepassino le barriere del dolore per dare il proprio individuale contributo alla causa."
Maria Sofia prende per il braccio Francesco: "Tu ce la puoi fare. Tu puoi essere quella figura trascinante!"
Francesco la guarda con un'ombra di preoccupazione, ma poi al vedere quel visino intelligente e determinato, sente un'ondata d'amore invaderlo: "Che cosa devo fare?"
Maria Sofia è infervorata: "Devi smetterla di essere Franceschiello! Il tuo sangue è quello dei grandi re dell'Europa, tu ora devi essere Re Francesco secondo di Borbone, re di una grande nazione, una nazione con un grande cuore e un grande esercito, di valorosi uomini, tutti pronti per dare la loro vita per te. Per te stesso, e per loro, non devi permettere mai più a nessuno di metterti i piedi in testa, né dagli inglesi né da nessuno, perché tu sei l'uomo, il Re, lo capisci? Mi capisci, Francesco?". Maria Sofia, come sempre, quando si emoziona forte comincia a parlare inavvertitamente con un accento tedesco, e stavolta si accompagna agitando un pugno, stretto spasmodicamente, davanti agli occhi di Francesco, che resta interdetto per un momento, poi glielo afferra con decisione. Maria Sofia tace di colpo, e guarda il fidanzato con soddisfazione. Ecco l'uomo che lei vuole, un uomo di carattere, napoletano ma anche austriaco, passionale e determinato, pensa Filangieri che si domanda se lo scambio emozionale a cui ha appena assistito sia lo specchio di una vita sessuale che lui non conosce e non è curioso di conoscere, ma che sa che avrà un'influenza importante sul futuro di questa nazione, passionale e determinata come questi due ragazzi innamorati.

* * *

Gli sguardi dei ministri del consiglio si posano con curiosità sul terzetto che rientra nel salone: un Filangieri soddisfatto e sicuro di sé, una Maria Sofia scarmigliata e ansante, e un Re Francesco con uno sguardo molto cupo e minaccioso. Il ragazzino chiamato Franceschiello, affettuosamente, dai suoi stessi sudditi, è diventato improvvisamente adulto, e la sua voce lo comunica molto chiaramente: "Onorevole Fantini, se la sento ancora una sola volta pronunciare parole di disfatta, la mando davanti alla corte marziale, per alto tradimento. E questo vale per tutti."
La frase, ma soprattutto il tono, hanno l'effetto di una scarica elettrica.
"Abbiamo perso una battaglia?" riprende scandendo magnificamente le parole, con sicurezza. "No, abbiamo perso due agguati, tesici proditoriamente da nemici infidi e vili. Abbiamo perso alcune scaramucce, perché intendevamo perderle di proposito. Con immensa fortuna, il nemico ha conquistato una delle nostre roccaforti. Ebbene? La riconquisteremo a tempo debito, e…" Francesco si ferma un istante, alla curiosa scena di Filangieri che con un pennino che cigola paurosamente per lo sforzo, sta prendendo furiosamente appunti, e nel momento in cui i loro sguardi si incrociano gli fa cenno di andare pure avanti, "… e con gli interessi. Ora bisogna concentrarsi su alcuni elementi strategici. Prima di tutto, bisogna lanciare un messaggio forte e chiaro ai nostri fratelli siciliani, bisogna che sappiano che non li abbandoneremo. Voglio proprio vedere che cosa faranno gli inglesi quando avranno il controllo dell'isola, come si comporteranno, che razza di dominatori e strozzini si riveleranno. E d'altra parte noi lo sapremo, perché ci sarà una simpatica sorpresa per loro. Florio è infatti in contatto stretto con una fratellanza, una specie di società segreta, che ha sì al-

cune frange nel malaffare, ma è anche molto orgogliosamente siciliana. Sono ben nascosti, agiscono in modo sotterraneo, con astuzia e senza pietà, e costituiranno una sorta di resistenza, molto dura e arcigna, in luoghi noti a pochi, rifugi montani e scantinati nel centro delle città. Tale fratellanza ha una sede principale, nota a pochi, a Corleone, e si chiama Mafia Siciliana."
Troya, che di recente ha visto crescere a dismisura il suo livello di attenzione in generale, dimostra per l'ennesima volta quanto sia il suo rinnovato acume: "Immagino che lo scotto da pagare per ricevere l'aiuto della 'fratellanza' sia non solo la legittimazione di quel 'malaffare', ma anche la loro partecipazione alla vita politica, giusto?"
"Giusto." Ferreo e schietto, Francesco. Un altro uomo, un altro Re. E con visione: "Ci aiuteranno a mantenere vivo il popolo agendo dal basso, come un fiume sotterraneo, e quando sarà il momento, ci ritroveremo con una regione pronta a scattare e a mordere le chiappe nemiche mentre cercano inutilmente di puntare i loro moschetti. Dovremo contraccambiare con ruoli politici e favori personali, ma vinceremo la guerra. E, a tal proposito, ci prenderemo le nostre rivincite anche su altri fronti. Su tutti i fronti. Adesso lascio la parola al Generale Comandante dell'Esercito e della Marina Carlo Filangieri, che ha delle sorprese per voi."
Filangieri fa un breve inchino, poi si scosta per lasciare spazio a Maria Sofia che sta abbracciando il Re con un impeto forse un po' eccessivo per un'occasione formale come quella, ma pienamente giustificabile. Mentre srotola sul tavolo una grande mappa della penisola italiana, a cui si avvicinano incuriositi i ministri, pensa che il nuovo titolo creato sul momento da Fran-

cesco gli calza a pennello, ma lui silenziosamente prega che l'assegnazione duri poco, perché vorrebbe dire che la guerra stessa è durata poco, e che lui è riuscito a liberarsi dell'incarico.
Non sa ancora che il destino lo accontenterà per entrambe le cose.

Capitolo 22

25 Maggio 1860 – 2, 'a piccerella

Il giorno dopo, Napoli è tutto un brulicare di crocchi di persone, attorno agli avvisi, con il solito secchione letterato che li legge per tutti i numerosi analfabeti. Ma nonostante il drammatico richiamo alla difesa della patria, la gente sembra più entusiasta che delusa o arrabbiata, o nemmeno solo indifferente. Su suggerimento di Filangieri, la leva straordinaria è libera e non obbligatoria, perciò, facendo leva sul ritrovato senso patriottico dei napoletani, crea già fin d'oggi lunghe file agli uffici di arruolamento.

Inoltre, sugli avvisi, è anche citato il discorso che il Re farà due giorni dopo, nel pomeriggio, dal solito balcone di Piazza Ferdinandea. Argomento, la guerra imminente, ma anche i primi risultati della costituzione monarchico-federalista, un cambiamento che nonostante la sua importanza e prospettiva per il futuro, è sfuggito alla maggior parte della gente (anche perché pochi sanno leggerla, e pochissimi sanno davvero che cosa significa nella vita di ogni giorno). E il popolo si prepara a una delle riunioni più importanti nella storia del regno.

La notizia si diffonde rapidamente nelle altre regioni della federazione, portata rapidamente grazie al telegrafo. Così, una nazione che per tanto tempo è stata frenata dalle divisioni regionali e dai relativi conflitti economici e culturali, trova un alito di speranza e di cambiamento.

* * *

Nel frattempo, a Capodichino, i generali dell'esercito, dopo aver programmato e ordinato una serie di esercitazioni più intense del solito, e dopo essere passati al poligono di tiro per vedere lo spettacolo sempre entusiasmante dei fucili semiautomatici Winchester, si riuniscono in una tenda dove attende loro la sorpresa più grande della giornata: una strategia di guerra talmente bizzarra da non crederci.
Eppure, è il modo in cui l'esercito dei Borbone potrebbe acquisire, all'atto pratico e non più nei salotti, importantissimi alleati. Per cui, alla fine dell'esposizione di Carlo Filangieri, nessuno obietta.
Ma ora la parola, l'ultima, spetta alle grandi potenze militari ed economiche del mondo.

* * *

"Fantini, che cosa dicono i nostri amici statunitensi?"
È tale la frenesia e il via vai di gente negli uffici ministeriali a Palazzo San Giacomo, che Filangieri non trova di meglio che fermare il ministro dell'interno sugli scaloni dell'atrio. Fantini, assorto fino a un istante prima in lugubri pensieri ancora associati alla corte marziale, respira come se fosse la prima volta nella giornata: "Hanno ancora delle situazioni in sospeso, e l'atmosfera non è delle migliori. Il presidente Abramo Lincoln è fermo sulle sue posizioni di abolizione della schiavitù, mentre c'è un forte dissenso, in merito, negli stati del sud. I nostri 'cari amici' inglesi si sono schierati con i latifondisti del sud, per motivi più che altro di convenienza, visto che le piantagioni di grano negli Stati Uniti sono grandi come il mar Tirreno, e che praticamente sfamano l'intero Regno Unito. Per non parlare del cotone, e di tutte le altre piantagioni. Secondo me, un giorno diranno che uno 'ha trovato

l'America' per dire che gli sono piovute addosso ricchezze inaspettate. Così la Regina Vittoria, *chella faccia 'e mastino*[33], non vuole rinunciare a quel ben di Dio, anche a costo di pestarsi i piedi da sola con la faccenda degli schiavi, loro che l'hanno risolta da più di trent'anni, ma accidenti a lei, le fa comodo la schiavitù degli altri. Inoltre c'è stato di recente un incidente diplomatico, su una nave, non mi ricordo come si chiama, hanno arrestato due militari canadesi che erano a bordo. Insomma i nostri amici sono una *sfugliatella* tra Canada e stati del sud, e non sono felici."
"Pensi che si possa fare un tentativo per ottenere qualche aiuto, piangendo sulle loro spalle come Pulcinella?"
"Adesso scrivo loro una lettera che farebbe piangere anche la statua di San Gennaro, vedrai!"

* * *

"Cos'è questa storia?" Vincent Benedetti agita davanti al naso di Filangieri una lettera spiegazzata. Carlo non ha bisogno di leggerla, per sapere di che cosa si tratta, e ha mantenuto l'aplomb, con un certo sforzo, di fronte all'arroganza del cugino d'oltralpe: "Sono passati tre anni, monsieur, ma non abbiamo dimenticato le responsabilità dello Stato Pontificio nell'attentato al nostro adorato Re Ferdinando. Le indagini su Carlo Bonesso e su Agesilao Milano sono proseguite, e abbiamo trovato prove inconfutabili dei legami con la corrente monarchica del regno Sabaudo, compreso un coinvolgimento di Cavour. Ma il tramite, l'organizzatore, il cervello sul campo, viene da Roma."
Lo sguardo di Benedetti, vecchio lupo dei salotti e della diplomazia, ha tutta l'aria di esplorare Filangieri

---

[33] Quella faccia da mastino (napoletano)

fuori e dentro, alla ricerca di una verità nascosta sotto strati e strati di bugie. Gli intrighi di corte non gli sono affatto nuovi, e in fondo anche la Francia, e probabilmente tutti gli altri regni grandi e piccoli d'Europa, avrebbero ricorso a un uomo di paglia come Bonesso, per sbloccare situazioni politiche, economiche, geografiche.
Lo stesso sta facendo il vecchio generale napoleonico, che riprende, con un tono meno secco: "Noi comunque non intendiamo aggredire lo Stato Pontificio, nonostante il vergognoso coinvolgimento del Papato , e siamo propensi a perdonare l'offesa...."
"Senta, Filangieri, perché non la pianta con le storielle per far spaventare i bambini cattivi, e non andiamo subito al punto? Tanto, sappiamo tutti e due che questa storia che avete tirato su, serve per stabilire dei punti di riferimento geografici. Come dicevano i vostri antenati? 'do ut des'. Voi avete bisogno di qualcosa, e siete pronti a garantirci qualcosa in cambio."
Un altro nostro illustre antenato disse 'alea iacta est', pensa Filangieri. E tira i dadi: "Vogliamo libero passaggio nelle Marche, e ci impegniamo a non sparare un solo colpo nel territorio dello Stato Pontificio. Poi, raggiungeremo Bologna con le nostre truppe."
"Quindi, una volta lì, che cosa farete?"
"Ci affiancheremo all'esercito Austro-Ungarico."
"A che scopo, se mi è lecito chiedere?"
Si percepisce la tensione nella voce di Benedetti. Ma Filangieri è molto più calmo di quanto avrebbe pensato: "La nostra, spero, sarà solo una dimostrazione. Il fine è quello di fermare l'esercito sabaudo nella sua avanzata. Se, in quell'esatto momento, i sabaudi scopriranno che voi vi ritirate dall'alleanza con il loro paese, contiamo che si bloccheranno per indecisione sul da farsi, mentre invece abbiamo il via libera fino al

Po. In cambio del vostro ritiro, le condizioni sono quelle stipulate qualche mese fa, ovvero, se vuol dettarle…"
"Nizza, la Savoia, la riviera di ponente, la Corsica. Però la ritirata e conseguente umiliazione dell'esercito imperiale francese vale un premio in più."
"Quale sarebbe?"
"La Sardegna."

* * *

Caserta, 30 Maggio 1860.
Cara Sissi,
Ti mando, insieme a tutto il mio affetto, una scatola di dolci napoletani. Sono meravigliosi, sia i dolci che i napoletani. Dovresti sentire come mi ascoltano rapiti, quando parlo loro dal balcone di Palazzo Reale. Parlo loro dei sogni, di una grande nazione libera, in cui tutte le brave persone che lavorano alacremente sono partecipi della prosperità e della felicità generale. Sento che così facendo sto creando serenità e togliendo pressione a Francesco e a tutto il governo. Francesco è un uomo meraviglioso, mi tiene al corrente di tutti i suoi progetti e di tutte le sue preoccupazioni, ed è dolce come una sacher torte nei momenti in cui riusciamo a stare da soli. Mi dice spesso che è molto felice di come mi sto comportando, che sono la sua spalla, e sono sulla strada per diventare un'ottima regina. Anche Carlo mi aiuta e mi supporta moltissimo, con la sua grande esperienza. Mi ha parlato dell'Impero, e di come voglia stipulare patti di alleanza e amicizia con il governo di Vienna e con Franz Joseph. Ah, come vorrei che ci fosse una grande fratellanza tra il nostro popolo e quello che qui mi ha accolta e abbracciata! Pensa, come sarebbe bello se la nostra gente potesse assaggiare la cucina deliziosa degli italiani, e se qui a Napoli si potessero fare delle feste da ballo in vista del mare! Non sa-

rebbe meraviglioso? Carlo mi ha confidato che le trattative sono a buon punto, che c'è un accordo di massima per il mantenimento di parte del Veneto, Friuli e SüdTirol, in cambio del passaggio di Lombardia, Emilia-Romagna, Albania, Dalmazia, Istria e Trieste ai Borbone. Oh, spero tanto che il tuo Franz accetti! Lo so che ogni tanto sembra burbero, ma ha un cuore gentile, e so che capisce il desiderio di tutta l'Italia di unirsi sotto la bandiera bianca dei Borbone. Tu stagli sempre accanto, sempre amorevole come sai essere, e aiutalo a non prendere decisioni affrettate e scontrose.
Sappi anche che qui il governo è cambiato, la costituzione ora parla di una 'monarchia federalista'. È molto moderno, ed efficiente, sai? Chissà che non possa andar bene anche per l'Impero. Forse aiuterebbe a rasserenare i rapporti con le comunità slave.
Ma non ho solo buone notizie, c'è anche la triste vicenda della perdita della bella Sicilia, a vantaggio degli inglesi, quei prepotenti. È importante che noi popoli che abbiamo un legame di amicizia, ricordiamo sempre di fare fronte comune verso chi ci vuol male, e di aiutarci l'un l'altro.
E mi sento che presto arriverà il momento giusto per dimostrarlo sul campo, come direbbe Franz.
Sento tanto la tua mancanza, e ti abbraccio con tutto il mio cuore.
Ich liebe dich,
Marie Sophie.
P.S. ero indecisa se dirtelo, sai, forse sono diventata scaramantica come i napoletani. Ma alla fine, ho troppa voglia di renderti partecipe della mia speranza. Sono in ritardo di due mesi!!

* * *

"Non stiamo cedendo troppo?" afferma Re Francesco esaminando il prospetto economico che Troya ha fatto preparare negli ultimi due giorni. Ed è Troya stesso, che con il passare del tempo è diventato sempre più efficiente e puntuale, a rispondere: "sì, in effetti è così, come vede dalla voce della produzione agricola, che soffrirebbe la mancanza del Veneto, e anche la voce relativa agli introiti fiscali. Dobbiamo agire per tempo, per non soffrire di squilibri economici gravi. Ma per la presentazione delle contromisure, mi avvalgo del 'principe della geopolitica'." e si rivolge a Filangieri che sorride e si alza: "Il Re ha ragione, dobbiamo cercare, in compensazione, la possibilità di estendere la nostra influenza politica su aree dove le risorse ci possano aiutare, per mezzo di presenza coloniale, o dove questa non fosse possibile, accordi commerciali. Ho individuato alcuni soggetti che possono fare al caso nostro. Innanzitutto, approfitterò delle fitte trattative con l'impero Austro-Ungarico, sui confini veneti, per chiedere il loro aiuto, diplomatico e, sperando che non sia necessario, eventualmente militare attraverso la Dalmazia, per l'annessione dell'Albania, dove sappiamo che stanno spirando venti di libertà dall'egemonia dell'Impero Ottomano, e sappiamo anche che c'è una spiccata simpatia per il popolo italiano. Analogamente, chiederò che la Francia ci ceda i diritti sulla Tunisia e sulla Libia. Specialmente la Tunisia ha una consistente presenza di nostri compatrioti, ha una tradizione secolare di commerci con noi, è molto vicina geograficamente, pertanto non dovrebbe essere difficile stabilire la nostra presenza. Per mantenerla, dovremo essere diplomatici e tolleranti con le differenze culturali e religiose. Idem per la Libia e la Cirenaica, attualmente sotto un governo teocratico musulmano. Si tratterà di vedere sul campo che cosa sarà possibile mantenere e dove dovremo agire di fino. Infine, dato che spezzeremo le corna agli inglesi," e Filangieri ve-

de con piacere il suo sorriso condiviso da tutto il consiglio dei ministri, "ci prenderemo anche Malta, e così il nostro controllo sul canale di Sicilia sarà completo. Ecco, questo è quanto."
Il ministro dei Lavori Pubblici, Salvatore Mandarini, obietta: "Sono territori vasti, ma in buona parte desertici, purtroppo non basterà per rimediare a colture e allevamenti persi con la cessione del Veneto, del Friuli, della Savoia, della riviera di Ponente, e della Sardegna."
"Non pensiate a quelle regioni nordafricane solo in termini agricoli. Ci sono altre risorse, importanti in prospettiva, come quelle minerarie. Ad esempio, circola voce che, specialmente in Libia, siano stati trovati notevoli giacimenti di quel nuovo materiale combustibile, che dovrebbe con il tempo andare a sostituire l'olio di capodoglio. Ho la sensazione che costituirà una risorsa importante, se non strategica, in futuro, per ogni tipo di industria."
"Come si chiama codesto materiale?"
"È un liquido nero dall'odore sgradevole, ma brucia come le fiamme dell'inferno, producendo calore e energia. Lo chiamano olio di pietra, o petrolio."

* * *

"Chiamami Costanzo, che lui l'inglese lo sa."
L'ingegner Savino ha avuto giornate migliori, a Mongiana. Due presse sono guaste e non ne vogliono sapere di ripartire, il carico di carbon coke è in ritardo, e lui è sporco di olio e fuliggine dalla testa ai piedi. Ma quando il postino ha portato quella grossa busta, proveniente dagli Stati Uniti nondimeno, ha ritrovato il suo miglior sorriso. L'ha aperta, e ha trovato dentro un mucchio di disegni e un messaggio da parte di un

certo ingegner Hunley, che lui non conosce, ma che diamine, pensa, è americano, chissà che cosa ha inventato, lui li conosce di persona, sono tutti brillanti e creativi, dall'altra parte dell'oceano.
Un altro ingegnere, non meno sporco, arriva trotterellando: "Che c'è, dottore?"
"Leggimi questo foglio, Costanzo" e gli porge il messaggio.
"Mmm... dice: un regalo per gli amici italiani. Poi: attenzione, sono stati costruiti alcuni esemplari, e testati con successo a tre yarde... che sono circa due canne, di profondità. Ma poi dice, attenzione, non sono stati testati in battaglia. Profondità? Battaglia? Ma che minchia vuol dire, dottore?"
Savino ora è concentrato sui disegni, che spiega uno a uno sul tavolaccio, e non risponde..
Passa il tempo, ogni tanto Savino chiede lumi su una scritta in inglese, poi passa al disegno successivo. Intanto si è formato un crocchio di ingegneri, tecnici,

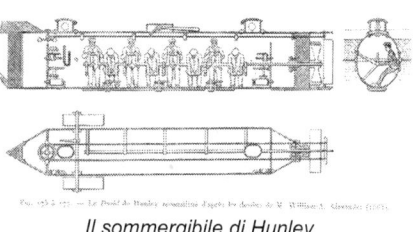

Il sommergibile di Hunley

operai, persino il rifornitore ha mollato lì i sacchi di coke, ed è venuto a curiosare.
Finché Savino non alza un foglio con uno schizzo disegnato a mano. Lo guarda con attenzione per un paio di minuti, poi indica: "che cosa c'è scritto qui?"
"Esplosivo. Da agganciare alla... chiglia??"
Una stupefacente rivelazione illumina il volto di Savino: "Per Dio, Gesù bello e la Vergine incoronata!! Questo è il progetto di... di una macchina da guerra che va sotto il mare!!!"

* * *

Il 10 Luglio, il contingente militare attraversa il fiume Tronto ed entra nelle Marche, come previsto senza colpo ferire, e si muove deciso verso Nord, verso l'Emilia Romagna.
Nel frattempo la flotta si prepara a partire alla ricerca delle navi inglesi. Ma fargliela pagare per i recenti bombardamenti, appare un'impresa disperata, vista la secolare superiorità della marina inglese in ambito mondiale.
Un evento, una personalità che si presenta a sorpresa alle autorità borboniche, cambia di colpo, da solo, con il suo carisma, quegli equilibri. Si tratta di una persona che ha gettato la camicia rossa, simbolo di un potere in cui non ha più fiducia, e che verrà ricordato per il coraggio delle imprese impossibili. Come questa.
Il suo nome ha una brutta fama nel regno borbonico, ma le cose cambieranno presto.

Capitolo 23

16 Luglio 1860 – 45, 'o vino bbuono

"*Pilusa*, allora, gli hai parlato? Com'è il nostro ospite? Rocco, l'oste della locanda del porto, sa distinguere bene quando uno dei suoi ospiti ha del vissuto da raccontare, e non è il solito noioso commerciante. Sa quando vale la pena chiedere e indagare, e quando fare finta di niente. Tanta gente strana passa per il porto di Reggio Calabria, molti entrano nella sua osteria, qualcuno cerca guai. Ma non è il caso dello strano tizio seduto da solo nel tavolo vicino alla finestra. Per questo ha mandato Tina a servirlo. Con i suoi occhi neri, i capelli corvini lunghi, il bel sorriso rassicurante, sarebbe capace di far sputare segreti anche a Satana. E stavolta è incuriosita anche lei, si vede: "È un tipo strano, si guarda in giro come un turista, ma ha nei modi la disciplina militare. Mi ha detto che viene dalla Sicilia, ma non mi ha detto da dove precisamente. Allora gli ho chiesto se mi poteva raccontare della guerra civile, e lui ha fatto una faccia sofferente, come... ecco, come se si sentisse colpevole."
"*Focu meu!* Non sarà mica un disertore?"
"Vuoi sapere la mia? Sì, proprio quello."
"Allora adesso vado a tranquillizzarlo, prima che scappi senza pagare la stanza e la cena."

* * *

Garibaldi alza gli occhi dal suo piatto vuoto da tempo, e vede Rocco che si avvicina con due bicchieri e una bottiglia di vino. Si accorge in quel momento che la taverna si è svuotata, e ha un moto di inquietudine, che dura un istante soltanto. In fondo, cosa c'è di male, non parla con nessuno da quando ha lasciato i compagni di spedizione nei pressi di Segesta, settimane fa, e questo tizio, robusto, con un bel faccione allegro, pizzetto e capelli grigi raccolti a coda di cavallo, grembiule sporco e braccia da uomo di mare più che da oste, non solo non gli fa nessuna paura, ma anzi gli ispira simpatia. E poi quante sono le probabilità che qualcuno lo riconosca? Si è accorciato la barba con il coltello, ha gettato via la divisa cambiandola con una semplice camicia beige e gilet di cotone, e infine certamente lui non è quel che si dice una celebrità, da queste parti. Perciò dà un calcio a una delle sedie di paglia intrecciata, e indica a Rocco di sedersi.

* * *

L'oste versa due generosi bicchieri e apre le danze: "*Chissi l'offre a casa*[34]. Sai, amico… posso chiamarti così? Bene… devi sapere che qui, per la mia taverna, passa gente di ogni tipo. Noi siamo abituati a rispettare il desiderio di riservatezza, ma anche a prestarci ad ascoltare, con l'impegno che tutto resti tra queste quattro mura ammuffite. Perciò sentiti libero, perché, se il mio naso sente giusto, tu devi avere delle storie interessanti da raccontare."
"Niente di particolare." Garibaldi beve un lungo sorso, e continua: "Vengo da Messina, con il traghetto, e vorrei qualche indicazione per raggiungere Napoli. Da che molo partono le navi là destinate?"
"Qui vicino, ma… se permetti, il treno è più veloce e costa meno."
"Il treno?? Da Reggio Calabria a… Napoli?" La sorpresa è genuina, e affiora il lontano ricordo di un repubblicano latitante invasato che, prima della parten-

---
[34] Questi li offre la casa.

za da Quarto, aveva illustrato alle camicie rosse quanto fosse teoricamente arretrato il Regno Borbonico, nello specifico per quanto riguarda i mezzi e la rete dei trasporti, ma anche in un sacco di altri ambiti. Arretrati un corno, a quanto pare, ringhia tra sé e sé. È davvero ora di scoprire la verità: "Scusa se cambio argomento, ma come va, che cosa ne pensi del nuovo governo?"
"Il federalismo? Una cosa magnifica. Pensa: a seguito dell'invasione della Sicilia, la nostra città ha subito dei danni economici per via della diminuzione dei passaggi sui traghetti da e per Messina. Il governo ha deciso lo stanziamento di aiuti per noi negozianti, e indovina in quanto tempo mi sono arrivati i soldi? In una settimana. Tutti quanti." Rocco riempie gioiosamente altri due bicchieri.
"Roba da matti. E senti, che cosa ne pensate del Re, là rinchiuso nella sua reggia a Caserta?"
"Ma scherzi? Il re sta a Napoli, la maggior parte del tempo, e dicono che ogni giorno parli alla gente, dal balcone. Anzi, sai che si dice? Che un giorno sia anche andato in un mercato, a parlare con i popolani, così, senza scorta! E poi lo hanno visto in giro, a Bari, a Chieti, a Catanzaro… insomma, sicuramente voi siciliani lo vedete ancora come il figlio del 're bomba', ma ti assicuro, è di un'altra pasta. A proposito, il tuo accento è tutt'altro che siciliano, di dove sei?"
"Sono di Nizza."
"Sei lontanuccio da casa. Che cosa ci fai qui, se posso chiedere?"
"Sono venuto a combattere la tirannia. Quella vera."

* * *

Il treno fa un po' di fatica nel relativo saliscendi delle coste calabre, dove si vede l'impegno di costruire quante meno gallerie possibile, sulla ferrovia monobinario che attraversa da sud a nord la tormentata terra, il cui antico nome è stato eletto per l'intera penisola italiana. Garibaldi ha, nel suo scompartimento, una famiglia di quattro persone, padre, madre e due bambine saltellanti, tutti dall'aria piuttosto vivace e vogliosi di chiacchierare; ma di parlare non ne ha voglia. Piuttosto, sta incollato al finestrino, e osserva con attenzione l'ambiente attraversato dalla ferrovia, consapevole del fatto che le sorprese sono dietro l'angolo, in questa monarchia federalista che scopre continuamente di non conoscere.
E dietro l'angolo, precisamente dietro una costa rocciosa su cui il treno ansante si arrampica, ecco un'altra sorpresa: "Colture terrazzate! Come nelle Cinqueterre! Come in Cina! E quante!!"
"Certo, signore, i contadini di queste zone hanno imparato il mestiere sulla costiera Amalfitana, poi sono tornati qui e si sono messi a lavorare come piccole api industriose, e adesso su quelle terrazze coltivano di tutto!"
Garibaldi si guarda attorno sorpreso, non si è reso conto di avere parlato ad alta voce. Il padre della famigliola, che gli ha risposto, guarda anche lui fuori, con negli occhi un commovente amore per la sua terra, mentre la bambina più piccola ridacchia allegramente e fa finta di volare, forse pensando alle api industriose.
Il panorama è meraviglioso, ogni terrazza ha solidi bordi di pietre, colori e forme diverse, e c'è un viavai di contadini lungo scalinate o scale a pioli; l'intera montagna ha lo spirito di una madre generosa. Poi arrivano i profumi, da fuori e anche da dentro lo

scompartimento, dove la madre delle due vivaci bambine sta srotolando uno straccetto pulito. Appare un panino sugoso e tremendamente appetitoso, che fa venire l'acquolina in bocca al nizzardo. La donna glielo offre: *"Teniti, duttù, mangiati cu nua.*[35] Questa è la nostra 'nduja, con i peperoni e il caciocavallo della Sila. Non accettiamo un rifiuto!"

* * *

Filangieri sta guardando la mappa, studiando, sulla base di poche frammentarie segnalazioni, la posizione reciproca degli eserciti. Quello austro-ungarico è ancora al sicuro nel Quadrilatero, mentre le truppe sabaude sono indicativamente tra il Serio e l'Oglio. Noi siamo esattamente qui, pensa, e sta per mettere lo spillo con la bandierina, quando un alabardiere entra, trafelato per la corsa su per le scale, e si avvicina:
"Buondì… signor … Generale,… signore, … c'è una persona … che dice di avere… appuntamento con voi … stabilito… a Segesta?"
Carlo diventa raggiante: "Fallo entrare, subito."
Un minuto dopo, l'ex arcinemico entra a passo deciso, da ufficiale veterano, nella stanza, sotto gli occhi stupefatti dei ministri e dei segretari presenti. Inoltre, prima di venire a Palazzo, Garibaldi ha avuto l'accortezza di regolarsi la barba da un barbiere, e acquistare una splendida camicia blu oltremare, che tiene fuori dai pantaloni, a mo' di avventuriero; perciò, conquista anche gli sguardi genuinamente interessati e affascinati delle signore presenti.
Filangieri gli si fa incontro, guardandolo dritto negli occhi, e gli dà una fiera stretta di mano: "Ti aspettavo."

---

[35] "Prenda, dottore, mangi con noi."

"Spero di non essere in ritardo."
"No, sei arrivato giusto in tempo per ricambiare il favore a certi nostri vecchi e cari 'amici', in particolare alla flotta inglese."
"Ottimo. Io posso aiutarvi, sono fondamentalmente un marinaio."
"Lo so, conosco le tue origini. Giuseppe Garibaldi, da questo momento, sei un ammiraglio honoris causa della Marina di Borbone Napoli."

Capitolo 24

5 Agosto 1860 – 90, 'a paura

La prima tappa è il campo delle esercitazioni, a Capodichino. I generali impegnano i soldati in esercitazioni strenue, marce veloci, esercizi di schieramento, meccanismi di sparo, attacco alla baionetta, cannoni da campo. Si sente la voglia, ad ogni livello, di fare bella figura con l'Eroe dei due Mondi. L'unico momento di tensione avviene quando un giovane cacciatore comincia a gridare "Hai ammazzato mio fratello!!" e deve essere bloccato e immobilizzato per impedirgli di saltare addosso a Garibaldi con la sua affilata baionetta. Viene fuori che il tapino è originario di Marsala e che suo fratello carabiniere è stato eliminato nelle epurazioni di qualche settimana prima. Garibaldi non si scompone: "Se un alto ufficiale non si fa dei nemici mortali, vuol dire che non sta facendo il suo mestiere per bene."
Naturalmente, il clou della giornata è quando gli vengono fatte provare le carabine Winchester. Già di per se Garibaldi ha una destrezza e un controllo dei movimenti eccezionale, poi, con il magnifico fucile progettato negli Stati Uniti e poi ulteriormente migliorato nelle officine di Mongiana e Torre del Greco, il suo è uno spettacolo di precisione ed efficienza che fa lanciare urla di entusiasmo dagli stessi surclassati fucilieri. Presi dall'entusiasmo, ragazzi giovani, uomini esperti, e il tiratore scelto nizzardo, fanno a gara e distruggono ogni maquette di legno, ogni sagoma, ogni bottiglia, insomma tutto ciò che c'è di inanimato a Capodichino che possa costituire un bersaglio. Alla fine, è il Capitano del battaglione che deve riportare tutti alla calma, e sospende con un urlaccio l'improvvisato

festival di tiro. Garibaldi è al settimo cielo: "che fucili, per Dio! Abbiamo la vittoria in tasca. Ma bisogna accelerare la produzione e dotare l'intero esercito di queste armi. Inoltre ho bisogno di un favore: quattro o cinque di questi tiratori per ogni nave della flotta. Posso contarci?"
Il Capitano gli stringe forte la mano e poi si mette sull'attenti.

* * *

In un'altra area del Campo di Marte, un gruppetto di uomini sta accendendo dei macchinari, collegati tramite una serie di tubi a una sacca oblunga in tessuto impregnato e foderato, distesa sul prato. Garibaldi si avvicina mormorando: "Sento che ho appena iniziato a meravigliarmi."

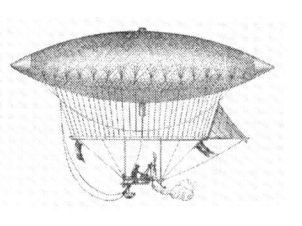

Il pallone aerostatico di Giffard

La piccola folla fa largo ossequiosa all'arrivo suo e di Filangieri, e un giovanotto dai capelli castani e gli occhi chiari, vestito in modo sorprendentemente pesante per la stagione, si presenta, con un forte accento francese: "Bonjour, il mio nome è Paul Moreau. Io sono il *piloto*." e indica la sacca che, come se avesse sentito un ordine, in quel momento comincia a scuotersi e ribollire, tra gli sguardi soddisfatti del gruppo di tecnici.
Filangieri fa un gesto verso l'apparecchio: "Quello è un gentile omaggio di Napoleone III, che generosamente ci ringrazia per le cessioni territoriali che abbiamo promesso."
Garibaldi appare dispiaciuto: "Spero che non abbiate ceduto territori di lingua e cultura italiana, tra cui la

mia Nizza, solo in cambio di un sacco di tela foderato."
"No, certamente, c'è in gioco un'operazione molto più ampia, che coinvolge vecchi nemici diventati nuovi amici e viceversa. La controparte è assolutamente adeguata. Ma ne parliamo dopo. Ora guarda che cosa succede al tuo sacco foderato." E indica la tela che, ora che si è gonfiata, ha una riconoscibile forma oblunga a due punte, una davanti e una dietro. La sacca lentamente si solleva, rivelando una struttura di tubi di acciaio, ad essa attaccata, che porta le apparecchiature. Moreau prende rapidamente posto su un sellino imbullonato alla struttura, e il tutto, pallone, tubi, apparecchiatura e pilota, cominciano a staccarsi da terra.
Garibaldi sembra aver intuito: "non ho mai visto nulla del genere. Come si chiama?"
"Pallone aerostatico, detto anche pallone di Montgolfier dal nome dell'ideatore originale. Il progettista di questo modello, Henry Giffard, lo chiama dirigibile," risponde Filangieri, "sfrutta un meccanismo simile a quello delle imbarcazioni. Le navi sono piene d'aria, che è più leggera dell'acqua, e dunque ricevono una spinta idrostatica. Quei fornelli, azionati dal pilota, generano vapore caldo e lo pompano all'interno del pallone, rendendolo più leggero dell'aria fredda circostante, dunque dando una spinta aerostatica. Va da sé che, essendo la differenza di densità molto inferiore, il controllo qui è molto più delicato, e avviene mediante valvole e zavorre. Inoltre c'è da dire che," Filangieri abbassa la voce per non farsi sentire dal 'pilota', "una nave che affonda, ci impiega ore a sparire sotto le on-

de del mare[36], mentre quell'arnese, se qualcosa va storto, viene giù come un sasso."
"Da che altezza?"
"L'abbiamo provato ieri a cento canne, ma Giffard ci assicura che può salire a mille delle loro strane sbarre al platino-iridio, quelle che loro chiamano 'metri', il che equivale a circa 400 canne.[37]"
"Toh, a parte uno che mi ha sparato in testa, questa è la prima cosa che mi dispiace del vostro Regno," il tono di Garibaldi è canzonatorio, "lo sai, che a parte qualche lunatico[38], presto tutto il mondo adotterà un sistema di misura basato su quella sbarretta? Andiamo, giù dal pero!"
"Quando ci avrai fatto vincere questa guerra, e ti sarai ripreso dalla sbronza dei festeggiamenti, ci aiuterai ad adottare quel sistema, come consigliere del ministro dell'interno. Ciò, naturalmente, se non sentirai l'irrefrenabile bisogno di andare in un altro continente ancora, a cercare un'altra guerra di cui ribaltare le sorti."
Garibaldi resta pensieroso qualche minuto, mentre lentamente, il dirigibile si alza nel cielo blu. Poi si illumina: "Ho avuto un'idea per utilizzarli! Voi dell'esercito, li potreste prestare per un giorno alla vostra Marina?"

* * *

I dirigibili stanno ancora facendo il loro voletto di prova, quando il Re, con una scorta così misera da far accigliare Garibaldi, viene a conoscerlo di persona.

---

[36] La marina inglese avrebbe presto scoperto quanto drammaticamente Filangieri si sbagliava.
[37] Circa mille metri.
[38] U.S.A. e Regno unito.

"Buon pomeriggio, vostra Maestà, lieto di conoscerla."
"Buon pomeriggio, Garibaldi, lieto anch'io di fare la sua conoscenza, e lieto di vedere che l'hanno già arruolato e messo all'opera. Meno male, in questo momentaccio abbiamo bisogno di tutte le braccia disponibili. A proposito, come la devo chiamare? Generale? È importante saperlo, perché la chiamerò assai spesso."
"Qui mi dicono che sono diventato Ammiraglio. Io mi preoccuperei, fossi in vostra maestà, dell'eccessiva rapidità con cui i vostri ufficiali fanno carriera."
"Quando c'è lo zampino del Ministro della Guerra ad interim e Primo Volpone di Corte Carlo Filangieri, io mi fido ciecamente. Ammiraglio Garibaldi, so che si sta divertendo, ma come dicono in Marina, occorre tutto l'equipaggio in coperta. Sono venuto a sequestrarla e a trasferirla al porto, in città, affinché lei possa dare un'occhiata alla nostra flotta, conoscere gli altri ammiragli, studiare strategie che contemplino il banale e semplice compito di liberare il Tirreno della Marina più potente al mondo, e affinché il qui presente Carlo Filangieri possa liberarsi di lei e partire per il suo personale appuntamento con la Storia".

* * *

"Sappiamo che la flotta inglese si è posizionata sotto l'orizzonte. In questo modo non sapremo come intendono schierarsi se non all'ultimo momento, quando loro hanno lo slancio e sono praticamente inarrestabili."
Garibaldi riserva un'occhiataccia all'Ammiraglio Devincenzi, sulla tolda del vascello Vesuvio: "Attenzione al tono e alle parole che usate. Ogni minimo accenno

di disfattismi, ad ogni livello, viene punito severamente"

Il messaggio arriva a segno, e lo si legge nello sguardo dell'interlocutore. Il fiero generale si volta verso quel mare che è sempre stato suo, e assume un tono sempre deciso, ma più paterno: "Nella battaglia di Trafalgar, gli inglesi hanno adottato una strategia contraria a tutti i canoni allora in voga, e anziché mettersi con le mura al nemico, per costituire un muro di fuoco, L'ammiraglio Nelson ha scelto un attacco diretto, in due ali, a tagliare in tre lo schieramento dei francesi e degli spagnoli. In questo modo si è sottoposto al rischio del tiro incrociato, ma nel contempo ha usato tutti i cannoni delle due murate. Perciò, dobbiamo tener presente che la loro dottrina sia l'imprevedibilità."

"In questo senso può esserci d'aiuto il piccolo regali degli amici francesi" prosegue Garibaldi, indicando il dirigibile che, come una cornamusa sgonfia, viene trasportato a braccia sulla nave. Poi, notando l'aria interdetta e dubbiosa dei due ammiragli, prosegue: "vi starete chiedendo a che cosa può servire un pallone pieno di vapore caldo in una battaglia navale? Senza nemmeno la soddisfazione di un pitale da svuotare in testa all'ammiraglio inglese? Su, ragionate, aprite la mente. Quando guardate il mare dalla passeggiata di Napoli, cosa vedete?"

I due ammiragli su guardano con sguardo perso, si sussurrano qualcosa, poi Pellion, il più pronto dei due, risponde: "il mare, fino all'orizzonte."

"E se salite in cima al Vesuvio, che cosa vedete?"

"… sempre il mare."

Garibaldi sbuffa, poi prosegue con pazienza: "e l'orizzonte, è lo stesso?"

"Sì, certo, lo stesso, solo…"

"Solo?"
"Un po' più... lontano." Con soddisfazione, Garibaldi vede un lampo di comprensione negli occhi dei due, e allora incalza: "Il Vesuvio ci farebbe molto comodo per vedere quando si muovono e come si dispongono gli inglesi, ma purtroppo non lo possiamo portare qua."
"Ma con il pallone aerostatico, possiamo salire..."
"... fino ad altezze del genere. E dovunque. Anche sul mare. Comodo, no?"
Devincenzi obietta: "ma come fa il pilota, da lassù, a comunicare con noi?"
L'eroe dei due mondi è raggiante: "con due vassoi tirati a lucido, il sole che qui c'è sempre, e il codice del pittore di Sorrento, Samuel Morse".
I due si sono persi di nuovo. Eccellenti uomini di mare, pensa Garibaldi, ma non hanno girato il mondo, e si sente: "Su, andiamo a parlare con il pilota del pallone, intanto vi spiego."
E si incammina sulla tolda, con passo deciso, inseguito dai due ammiragli come due cagnolini affamati.

* * *

Mentre vanno alla capitaneria, a incontrare Moreau, Garibaldi nota un oggetto oblungo, liscio, lungo circa 15 metri, attaccato alla murata del Monarca, e di una forma strana, come se un progettista in vena di follie avesse scoperchiato due piccole navi e le avesse imbullonate insieme a formare... che cosa?
Il suo sguardo sorpreso non sfugge a Re Francesco: "Anche questo è un omaggio di vecchi amici. Si tratta di un modello di imbarcazione speciale, sviluppato sulla base di un progetto Statunitense, decisamente sperimentale, visto che non è stato ancora testato in

battaglia, né dall'altra parte dell'oceano Atlantico, né da questa parte. Ecco, il motore è a manovella, spinto dagli otto uomini d'equipaggio mediante un tubo a camme; incontreremo l'equipaggio alla capitaneria tra poco. Quelle alette le abbiamo chiamate 'pinne', servono per dirigere lo scafo. Il Sommergibile, così lo abbiamo battezzato, può navigare a tre-quattro metri di profondità, completamente invisibile e silenzioso, e ci si può aiutare con quel tubo lì, chiamato periscopio, per controllare la posizione delle navi, e scegliere la 'preda'. In cima a quel palo, lì davanti, si attacca l'esplosivo, collegato a una dinamo a manovella mediante dei cavi in rame, che possono essere prolungati…"
"Vostra maestà ha detto… esplosivo?"
"Sì, metteremo dei rampini in modo che si attacchi al legno della chiglia…"
"A tre metri di profondità? A diretto contatto?"
L'espressione di Garibaldi è tanto inquietante da zittire Francesco. Il Re si rende conto che, non essendo, e non avendo consultato marinai esperti, non ha avuto, e tantomeno nessun altro attorno a lui ha avuto, una cognizione dell'inferno che questa semplice tattica, questa grezza e malsicura macchina, possono scatenare.
L'Eroe dei Due Mondi, sì: "Spero ardentemente che Dio starà guardando da un'altra parte, quando la useremo."

* * *

"Sono il capitano di fregata Vincenzo Sorrentino."
L'uomo è sulla trentina, con capelli ricci neri e un bel viso pieno di fierezza napoletana. Indossa la sua migliore uniforme, ma sul braccio sinistro ha piegato dei

vestiti molto più comodi, pronti per la missione, mentre con la destra fa il saluto militare. A Garibaldi piace molto, istintivamente: "Riposo, Capitano. So che lei è al corrente di tutti gli elementi tecnici della missione, mentre io li ho appresi dieci minuti fa, dunque non posso aggiungere niente. Ma ho il desiderio di aggiungere alcune condizioni, concordate anche con il Generale Carlo Filangieri e con il qui presente Vostro Re Francesco Secondo di Borbone".
Lo sguardo di affetto, di amore, che gli uomini riservano al monarca, è l'ultimo chiodo sulla bara delle ignobili menzogne che gli sono state raccontate dai mazziniani, dai lacchè dei Savoia, e dagli inglesi. Garibaldi riprende, con un sorriso pieno di sollievo: "La missione è pericolosa, pericolosissima. Ci tengo ad avere conferma che siete tutti volontari…"
"Trentacinque uomini mi hanno risposto, quando ho chiesto otto volontari per una missione pericolosa ma importante." lo interrompe Sorrentino. "Trentacinque. Con molti ho litigato, perché volevano essere del gruppo e io invece ho scelto altri."
E mi dicevano che i napoletani sono indolenti e fifoni, pensa Garibaldi con una commozione che scaccia via immediatamente: "Bene. Sappiate che voi siete già eroi della patria e…"
"Scusa, Garibaldi, vorrei essere io a dirlo." interrompe Re Francesco. "Non solo sarete eroi, ma le vostre famiglie, nel caso malaugurato di un vostro mancato ritorno, riceveranno una generosa rendita vitalizia fino ai nipoti, omaggio e impegno della casata dei Borbone. Inoltre qui mi impegno personalmente a che i vostri figli, anche quelli in arrivo," e fa il cenno del pancione, "vadano TUTTI all'università a studiare, fino alla laurea."

Ora tocca a voi trattenere le lacrime, pensa Garibaldi.
Siete dei dannati eroi.

* * *

Intanto una carrozza di legno scuro, con ampie ruote a quindici raggi, trainata da due Frisoni morelli e guidata da due Granatieri Reali, sta correndo verso Nord, per ricongiungere Filangieri con le truppe. All'interno della carrozza, senza badare alle vibrazioni che danno un tocco un po' bislacco alla sua calligrafia, scrive un documento. Inizialmente, è tentato di chiamarlo: "Condizioni reciproche di armistizio". Ma poi pensa: benedetta sia questa possibile prima volta nella sua vita, in cui potrebbe risolvere una situazione di scontro senza il fuoco dei moschetti e dei cannoni. Così sia. E cambia il nome in "Condizioni per una pace duratura e un'alleanza proficua."
Poi scuote il braccio sinistro, leggermente dolorante, senza badarci più di tanto.

Capitolo 25

6 Agosto 1860 – 90, 'o curaggio

Garibaldi ha sempre seguito, nella sua vita militare attiva, la filosofia dell'agire quando pronti. In pratica, ritiene che sia un crimine esitare quando i militari al proprio comando hanno ricevuto tutte le istruzioni, hanno curato ragionevolmente le ferite, si sono riposati e sono moralmente preparati. Si rischia solamente di perdere l'acume della forma.
Perciò, ordina all'intera flotta di uscire dal porto, e di andare a caccia degli inglesi.
Intanto, sull'ammiraglia Vesuvio, il pallone viene gonfiato, in parte con i fornelli a olio di balena, in parte con il sole del mattino. Con condizioni buone, senza vento forte nemmeno in quota, e buona visibilità, il dirigibile sale fino all'altezza decisa, saldamente legato a lunghe corde, e cominciano a osservare l'orizzonte.
La flotta procede verso Est-nord-est, in una splendida mattina di sole, e presto la costa scende sotto l'orizzonte.

* * *

Un paio d'ore dopo, quando l'impazienza, altra feroce nemica delle vittorie in guerra, sta cominciando a farsi largo tra marinai e ufficiali, finalmente arriva il sospirato segnale luminoso dal dirigibile, che comunica in codice Morse solo una breve frase: *'come Trafalgar'*.
"Bene," dice Garibaldi, "sappiamo che attaccheranno in due colonne, come in quella battaglia, anni fa. Riporranno molta fiducia in quella manovra, per cui, già rispondere in modo non canonico, li metterà in diffi-

coltà. Il pilota ha una bussola e un grosso orologio, per facilitare l'indicazione dei punti di riferimento; dobbiamo esser assolutamente certi di muoverci verso la direzione giusta in rapporto allo schieramento avversario. Mi aspetto di trovare per tempo le direzioni di attacco degli inglesi, in modo da rispondere adeguatamente. Qual è la soluzione ideale?" I due ammiragli, sorpresi, si guardano smarriti. Garibaldi alza gli occhi al cielo, e mormora "salvaci tu", prima di concludere con la risposta esatta: "ci infiliamo con tutta la flotta, in fila, tra i due punti di attacco degli inglesi, in modo che loro sparino con un solo lato di cannoni verso il centro, mentre noi spariamo con entrambi i lati. Ora, per carità, attenti a non perderci le segnalazioni."
"Che uomo di guerra e di mare!", mormora ammirato uno dei marinai più esperti, dopo aver ascoltato tutto.

* * *

In effetti poco dopo appaiono, come spettri, le navi inglesi, e il mortale balletto comincia. In fila indiana, le navi napoletane si infilano nel corridoio formato da quelle inglesi, e si abbandonano a un cannoneggiamento senza risparmio, a babordo e tribordo.
Nella prima mezz'ora di battaglia, la strategia, seguita alla perfezione dalla flotta napoletana, funziona, e si segnalano colpi magistrali che causano molti danni alle navi inglesi. Ma, non appena completata la prima grande manovra, i due schieramenti si mescolano e subentra il caos: le navi si cannoneggiano con selvaggia furia, ad alzo zero, senza la minima considerazione per la propria incolumità, né di quella di imbarcazioni e marinai. Le navi della flotta napoletana sfruttano anche i fucilieri, dotati di Winchester, i quali tira-

no con precisione uccidendo coloro che, sui ponti nemici, sono sopravvissuti ai colpi di cannone. Però, nonostante i fucili, il coraggio, le urla di incoraggiamento di Garibaldi e degli ammiragli napoletani, il caos favorisce coloro che, come navi individuali, come prestazioni delle stesse, come cannoni, sono più forti: gli inglesi.

* * *

La Battaglia del Tirreno sta entrando nella sua fase decisiva. Come una vibrazione che attraversa i loro corpi, marinai, cannonieri, fucilieri, comandanti, ammiragli, tutti lo sentono, e moltiplicano i loro sforzi, in quell'afflato ben noto a tutti coloro che sono stati in guerra, al fronte o sotto il fuoco nemico. In tali situazioni anche il cuore più pavido o più prudente subisce un separazione neurale, una sorta di attacco schizofrenico, che lo porta a ignorare, a dimenticare anche solo la possibilità che sia arrivata la sua ora, che ognuna delle palle di moschetto o di cannone, o proiettili di Winchester, che fischiano sinistri nell'aria, sia destinata a lui, a portare via la sua vita, tutto ciò che è e che ha, e che sarà e avrà, in un istante, senza nemmeno che se ne renda conto. L'importante, l'essenziale, diventa la semplice sequenza di operazioni che gli è assegnata: caricare il moschetto con polvere da sparo e proiettile, appoggiare al cavalletto, allineare, sparare; tirare su le vele, legare le cime all'albero, annodare; caricare la culatta del cannone, mettere polvere e palla, infilare la corda, mirare attraverso la finestra, appoggiare la torcia sulla miccia. Ogni cosa che gli viene ordinata, deve essere eseguita alla perfezione, senza pensare, con totale fiducia nei suoi superiori. Così, i soldati, i marinai, perdono la loro individualità, e si

preparano a diventare un nome sopra una targa memoriale.
Le informazioni fornite dal pilota del dirigibile hanno aiutato in modo eccezionale la flotta borbonica, a recuperare e annullare lo svantaggio strategico della manovra della controparte inglese. Ora la battaglia è un delirio, gli schieramenti si sono compenetrati in modo perverso, i comandanti di ogni nave si guardano in giro con potenti cannocchiali, cercano di anticipare le mosse delle navi nemiche, tentando di non farsi sorprendere, di tenere le murate sempre parallele faccia alla nave da cannoneggiare, e ordinano "Fuoco!! Fuoco!!!!", a più non posso, in entrambe le direzioni, con il tono di voce più imperativo che possono.
Lo svantaggio strategico è colmato, ma la inerente superiorità della flotta della Regina Vittoria non può rimanere nascosta a lungo: più bocche da fuoco, più uomini, navi più prestanti, veloci, manovrabili. Nonostante questa sia solo una parte della marina inglese, contro la quasi totalità della flotta delle Due Sicilie, il destino della battaglia sembra segnato.
Questo è ciò che pensa Garibaldi, sull'ammiraglia, guardandosi attorno, come suo solito indifferente alla furia del combattimento, al fischio dei proiettili attorno a lui, all'occasionale gemito di dolore per un colpo andato a segno. Lo pensa e non apre bocca, statuario, con lo sguardo che sfida il destino.
Ignaro del fatto che un gesto eroico, da parte di otto coraggiosi marinai napoletani, sta per cambiare la direzione alla Storia. Un gesto invisibile, nascosto, protetto dalle onde del Mar Tirreno.

* * *

Il sommergibile infatti, da tempo procede, lentamente, cautamente, sommerso, nel pieno della battaglia. Gli uomini sono accaldati e stanchi, ma si dannano l'anima sulle manovelle. Il Capitano Sorrentino guarda a tratti attraverso il rudimentale periscopio, e dà colpetti alle pinne per dirigere il silenzioso cacciatore verso una preda adatta.

Superata una coppia di navi che si stanno affiancando per cannoneggiarsi a vicenda come se non esistesse un domani, ecco che spunta l'ammiraglia inglese, la HMS Warrior, la ormai crudelmente celebre 'corazzata'. Vincenzo è colto da un malsano moto di ammirazione. La nave inglese scintilla di acciaio nel sole tirrenico, con le macchine a tutto vapore, potente, sfacciata e indistruttibile. Per ora è nel retro dello schieramento, ma quando arriverà nel fitto dello scontro, farà disastri. Affondarla, o anche solo danneggiarla, sarebbe un colpo micidiale, per la strategia e per il morale degli inglesi, ma quelle paratie di acciaio sono ben al di là delle possibilità della carica di esplosivo che il sommergibile ha agganciato al braccio anteriore. No, come promesso a Garibaldi, bisogna trovare una nave più limitata, un vascello di seconda o terza classe con le murate in legno, ovvero una su cui l'attacco abbia un effetto dirompente.

Eccola. Un vascello di Terza Classe, a due ponti, a non molta distanza dalla Warrior, in retroguardia.

Pensano di essere al sicuro.

Troveranno che la realtà è molto diversa.

Con un paio di abili colpi alle pinne, Sorrentino dirige il sommergibile verso la ignara HMS Blenheim.

* * *

Il Primo Lord dell'Ammragliato Richard Dundas sorride a ciò che vede nel cannocchiale. Nonostante la perdita del fattore sorpresa, la superiorità di prestazioni e di fuoco della Royal Navy, l'allenamento e la feroce determinazione dei loro marinai, cannonieri e comandanti, stanno avendo la meglio su questi patetici napoletani. E lui richiude il suo cannocchiale telescopico dorato, dono del suo caro amico, il primo ministro Visconte Palmerston.
Si gira verso il suo primo ufficiale: "prevedo la capitolazione della flotta nemica entro..." Guarda il suo orologio da panciotto, "... le ore diciassette. Scommessina?"
"Due sterline sulle ore sedici"
"Mi sa che le hai già in tasca, *damn you*" e torna a guardare nel cannocchiale.
"Non è mai detta l'ultima parola... ma che cosa diavolo... Ammiraglio, laggiù, la Blenheim. Ma che cosa stanno facendo, fiamme dell'inferno!!!"
E indica il vascello, a babordo, a poche centinaia di yarde di distanza.
L'ammiraglio gira di scatto il cannocchiale: *"Bloody hell!!* Stanno... stanno gettando le palle di cannone in mare!!"
"Segnalatore!! Fatti dire che cosa diavolo è saltato loro in testa!!"

Ammiraglio Richard Dundas

L'addetto alle segnalazioni comincia ad alzare ritmicamente le bandiere, in direzione del vascello.

* * *

Avvicinarsi alla nave è stato semplice, per il sottomarino. Chiunque non stesse guardando direttamente nella sua direzione, non poteva vedere questa massa scura che scivolava silenziosa a tre metri dal pelo dell'acqua. Ma l'aggancio del carico di esplosivo alla chiglia della nave, con gli appositi rampini, non è altrettanto discreto. Inoltre, l'equipaggio di una nave non direttamente impegnata in battaglia, non può fare a meno di notare un rumore cupo, sordo, sinistro, accompagnato da una vibrazione insolita della chiglia. Qualcuno dei marinai della HMS Blenheim ha sperimentato, in passato, l'urto contro scogli semiaffioranti, ma questa è una roba del tutto diversa, e poi sanno di essere in mare aperto, di scogli sicuramente non ce ne sono nel raggio di decine di miglia.
In conclusione, tutti i marinai in coperta si sporgono dalla murata di tribordo, da dove proviene il rumore.
E scoppia il finimondo.
Tutti lanciano urla sconnesse, presi dal terrore al vedere, poco al di sotto del pelo dell'acqua, una forma oblunga, enorme, sotto la nave. Il panico, la innata superstizione marinaresca e le mille leggende ascoltate in fumose osterie in ogni porto del mondo, fanno il loro mestiere:
"*Bloody hell!!* Che cos'è quello?"
"È un mostro marino!"
Un cornamusiere con capelli e barba rosso fuoco e un magnifico kilt, urla, con un fortissimo accento scozzese: "Vi dico, quello è il mille volte maledetto mostro di Loch Ness!!"
"Che cosa cazzo ci fa qui?"
"Sta mordendo la chiglia! *Damn it*, ci vuole affondare!"

"Così poi ci divora uno a uno. *No way*, cacciamolo via!"
"Come? Hai visto quant'è grosso quell'affare?"
"Aiutami a prendere le palle di cannone."
"Giusto, gliele tiriamo in testa, a quella bestiaccia infernale!"
E i marinai cominciano a tirare palle di colubrina e cannone in direzione del sottomarino.

* * *

Intanto, il capitano Sorrentino, nel sottomarino, sta srotolando il cavo in rame per costruire la prolunga, che permetterebbe loro di portarsi a una distanza di sicurezza dall'esplosione della carica agganciata alla chiglia della Blenheim, e intanto tranquillizza gli stanchissimi uomini dell'equipaggio del primo sommergibile d'attacco della storia:
"*Jammo uaglio'*, facciamo saltare questa nave e torniamo a casa. Sì, Ciro, così, dammi una mano a stendere il cavo..."
THUMP.
Il rumore sordo e forte, sulla lamiera del sottomarino, rimbomba nelle orecchie dei marinai che si immobilizzano. "Capitano, che cos'è..."
THUMP THUMP.
"Ci stanno tirando addosso qualcosa..."
THUMP THUMP.
Ogni colpo sullo scafo piega le lamiere sempre di più, e le deformazioni, fatalmente, aprono falle sempre più ampie nello scafo. L'acqua, prima gocciola, poi comincia a scrosciare dalle fessure.
THUMP THUMP THUMP.
"Capitano, ci fanno annegare!"

Vincenzo prende una rapida seppur difficile decisione. Non si fa in tempo a collegare la prolunga. Un rapido cenno di intesa con gli altri uomini dell'equipaggio, quindi comincia a collegare i cavi direttamente alla dinamo a manovella.
Naturalmente si trovano in un reame sconosciuto, nessuno sa che effetto avrà un'esplosione subacquea a distanza di pochi passi. Ma in quel cenno d'intesa tra gli otto eroi, c'è la consapevolezza della eventuale necessità di un sacrificio supremo per quel concetto che sta nascendo: la Patria.
Ed è un concetto che crescerà anche con i loro otto nomi, ammirati, su un memoriale, dalle generazioni future.
THUMP.

* * *

"È arrivata la risposta del segnalatore della Blenheim". Ma il primo ufficiale esita.
"Beh? Che cosa dicono?" Sbotta impaziente l'ammiraglio inglese, che intanto sta ancora guardando con il cannocchiale lo stranissimo spettacolo.
"Dicono che... sono sotto attacco da parte di un mostro marino."
"WHAT? BULLSHIT!!"
Il primo ufficiale si guarda in giro, costernato.
"Mandi subito un messaggio, che il capitano della Blenheim mi fornisca immediatamente una spiegazione seria e razionale del loro comportamento, sennò andranno tutti alla corte marziale e ..."
In quel momento una sorda, cupa, fortissima vibrazione scuote l'intero Mar Tirreno.
L'ammiraglio la sente attraverso lo scafo, nelle ossa, poi vede una sorta di bolla di schiuma, accanto alla

murata della Blenheim, gonfiarsi a dismisura, per poi esplodere in un alto e macabro fungo di schizzi e ondate.

* * *

La prossimità all'esplosione, insieme alla densità dell'acqua e alla sua capacità di trasmettere le vibrazioni, fa sì che l'onda d'urto investa il sottomarino con devastante forza, e attraversi le lamiere trasmettendosi a sua volta all'aria che c'è all'interno dello scafo.
Tutti gli uomini dell'equipaggio muoiono all'istante, per il fatale schiacciamento del torso con conseguente collasso polmonare.
Nell'ultimo momento della sua vita, il capitano Vincenzo Sorrentino vede i suoi due figli, adulti, davanti all'edificio della Reale Università degli Studi di Napoli, con la corona d'alloro in testa, la toga, e la laurea in mano.

* * *

L'ammiraglio Dundas è, letteralmente, navigato, ha visto la morte e la devastazione in ogni sua forma, ma lo spettacolo che gli si para davanti in quel momento gli toglie il fiato e lo lascia a bocca aperta.
Nella sua vita ha visto navi colpite anche da centinaia di colpi di cannone, ridotte a scheletri di legno coperti di sangue e viscere. Ma nella maggior parte dei casi si trattava di scheletri galleggianti, oppure in lento e progressivo affondamento.
Non avrebbe mai pensato di vedere una cosa del genere. Infatti, il cannoneggiamento delle navi nemiche avviene sempre sulla sovrastruttura. Invece, l'esplosione della carica agganciata dal sottomarino, apre,

per la prima volta nella storia, una enorme falla SOTTO la linea di galleggiamento, il che fa inondare in un istante l'intera chiglia, distruggendo l'equilibrio idrostatico della nave.
Con le mani appoggiate al parapetto, l'ammiraglio vede la Blenheim inclinarsi paurosamente a babordo; in pochi secondi l'inclinazione è tale da scaraventare in acqua una trentina di uomini. Poi, la nave rolla in avanti con la prua che si tuffa letteralmente tra le onde. Le urla di terrore e dolore dei marinai sono agghiaccianti. La nave morente si inclina a tribordo, butta a mare quei pochi che erano rimasti ancora agganciati a qualcosa, poi la poppa si alza come se stesse lanciando una inutile preghiera a Dio per una impossibile salvezza, quindi la nave si inabissa di prua, lanciando getti d'aria compressa da tutte le finestre dei cannoni in sequenza, tuffandosi tra le onde con una velocità impressionante, tra centinaia di raggelanti urla terrorizzate di marinai intrappolati come topi nei ponti inferiori, consci dell'annegamento incombente e inevitabile.
In meno di tre minuti, la HMS Blenheim scompare tra i flutti, lasciando un'ampia chiazza di schiuma, pezzi di legno, e marinai disperatamente aggrappati a rottami galleggianti.

* * *

L'ammiraglio Dundas passa un minuto buono, dopo che la HMS Blenheim è scomparsa tra i flutti, appoggiato al parapetto, paralizzato dallo shock.
Quindi esala un respiro che ha trattenuto per tutto il tempo, senza accorgersene, e cerca con gli occhi il suo primo ufficiale, che sta accanto a lui, con gli occhi fissi

sulla catastrofe, paralizzato anche lui, ma con in più un'espressione di incredulità al limite del comico: "James."
L'anziano e scafato ufficiale, seppur temprato da mille battaglie nei sette mari, riesce a scuotersi a malapena il necessario per mormorare: "Sì, cosa... sì, signore. Che cosa... voglio dire... che cos'era quella *cosa*, per mille diavoli purulenti e rognosi dell'inferno?"
"Dobbiamo pensare che questi maledetti napoletani, che Lucifero li morda e li maciulli tutti per l'eternità, hanno un'arma segreta in grado di fare *quello*." E indica la direzione in cui non più di cinque minuti prima si trovava una nave orgoglio della Marina Inglese.
Una sua nave.
Affondata senza il tempo di rivolgere una preghiera, o una maledizione al cielo.
"Organizzo delle scialuppe di salvataggio." Mormora in tono lugubre il primo ufficiale.
"Si, e..."
"Mi dica, Milord."
"Ordini anche la ritirata generale. Se non scopriamo cos'hanno in mano questi infernali demoni napoletani, siamo delle maledette *sitting ducks*[39]. Finché non sappiamo di più su cosa è successo, non voglio rischiare di vedere altre cose del genere."

* * *

A sera, la HMS Warrior conduce mestamente la flotta inglese verso Gibilterra. A bordo, l'Ammiraglio Dundas, dopo essersi tolto la divisa ed essere rimasto in camicia, pantaloni e stivali, ha interrogato personalmente i marinai sopravvissuti e salvati dalle scialuppe, fino a farsi un'idea di ciò che può essere accaduto.

---
[39] Modo di dire inglese che significa: 'bersagli facili'

Più tardi, dando boccate alla sua pipa e ascoltando lo sciabordio dello scafo nel calmo mare notturno, viene raggiunto dal primo ufficiale, che ha ancora uno sguardo incredulo:
"Dunque, Milord, si è trattato di un dispositivo meccanico subacqueo."
"Sì, James. I marinai della Blenheim, pur con tutta la confusione emotiva che hanno, sembrano aver dipinto questo scenario in modo uniforme. Un dispositivo meccanico che, in qualche modo, si è avvicinato senza farsi scorgere alla nave, e ha fatto saltare la chiglia, causandone l'affondamento a una velocità surreale."
"Milord, che cosa facciamo ora?"
"Non sappiamo quanti di quei dispositivi abbia a disposizione la Marina Borbonica. Non sappiamo quali sono le caratteristiche e le potenzialità di quegli affari. Per quanto ne sappiamo, potrebbero anche essere in grado di far saltare in aria la Warrior stessa. Dobbiamo scoprire di più, prima di organizzare altre azioni. Non possiamo rischiare di perdere una parte consistente della flotta."
"Diavoli dell'inferno."
"Sono d'accordo con te, James. Autentici diavoli napoletani. Ora vai a riposarti."
"Aye, Milord."

Capitolo 26

7 Agosto 1860 – 20, 'a festa

"Marina inglese in ritirata stop
buone notizie da fratellanza mafiosa Sicilia presto libera stop
proporre a Cavour unificazione nazionale secondo protocollo 243 stop
fornire risposta APPP stop
qui fiduciosi et pronti per festeggiamenti stop
Viva FSRDI stop
ti aspettiamo, cordialita Franceschiello et Garibaldi stop"

***

Camillo Benso ha lo sguardo intelligente, penetrante, occhi sempre alla ricerca di ciò che c'è al di là delle facili verità, delle semplici soluzioni. È la prima volta che lo incontra, Filangieri, ed è anche la prima volta, da tanto tempo, che si sente in soggezione di fronte a un uomo politico. Non tanto fisicamente, dato che il conte di Cavour è tutt'altro che imponente, anzi tarchiato e grassottello. Però il viso rotondo, dai tratti morbidi, trasmette un tremendo acume, in modo anche leggermente malevolo.

Camillo Benso, conte di Cavour

Di fatto dovrebbe toccare allo stesso Camillo Benso, di essere in soggezione: le truppe francesi si sono ritirate, quelle austriache sono pronte, a un cenno, che per fortuna non arriverà mai, per entrare in azione e mettere a ferro e fuoco la Pianura Padana. Tre reggimenti di Dragoni e due di Lancieri a cavallo, più un reggimento di artiglieria, del Real Esercito delle Due Sicilie, sono pronti in ogni caso sfortunato ad intervenire e aiutare gli austriaci. In particolare, le 8 compagnie di fucilieri dotati degli ormai famigerati Winchester, hanno ottenuto, senza sparare un colpo, il definitivo effetto pacificatore, e le truppe Sabaude si sono ritirate dietro l'Adda, lasciandosi alle spalle il solo Cavour che, con una piccola scorta, si è presentato all'appuntamento convenuto per le trattative.

Eppure, quando Carlo gli ha mostrato il messaggio telegrafico proveniente da Napoli, e indicante la ritirata inglese, così sofferta, così voluta, così apparentemente impossibile, tutto quello che ha detto il Conte di Cavour è stato: "ecco dov'è finito Garibaldi". Non un accenno ai termini della trattativa, alle alleanze spezzate e ricomposte, alla possibile nascita di una grande nazione europea.

No, decisamente questo tizio preferisce giocare ai suoi turpi meccanismi di influenza psicologica. E dire che nel protocollo 243, stilato dal consiglio dei ministri, c'è un posto speciale, fatto proprio per lui.

E sarà il lungo viaggio, sarà la tensione dell'ingresso nel palazzo Te a Mantova, dove si svolge l'incontro diplomatico, sarà la tensione generale degli ultimi eventi, sarà questo braccio che continua a fargli male, Filangieri sente uno strano blocco. Strano perché, come un treno in corsa, lui è passato sopra cose ben più spaventose, dall'intera Marina inglese appostata come un branco di mostri marini nel mar Tirreno, alla tragica

morte di re Ferdinando, all'invasione della Sicilia, alle difficili trattative con nazioni europee che hanno la secolare abitudine di schiacciare, in guerre interminabili, le altre nazioni con cui c'è la minima incomprensione in qualunque trattativa diplomatica. Ma... una strana sensazione davvero. Precisamente, Filangieri si sente come un atleta che, dopo aver dominato tutta una lunghissima gara podistica, sta per cadere sfinito a pochi passi dal traguardo.
Non sia mai. Un bel respiro profondo e... :
"Esimio Signor Benso, Conte di Cavour, sono qui a presentarle il protocollo della Monarchia Federalista delle Due Sicilie, contenente le condizioni per una pace duratura e per un'alleanza proficua con i regni uniti di Piemonte, Lombardia, Emilia Romagna, Genova e riviera di Levante, Toscana. Condizione imprescindibile per tale stato di pace è la cessazione di ogni ostilità da parte di gruppi armati in Sicilia, gruppi dei quali si è accertato con testimonianze dirette il collegamento politico e militare con i suddetti regni uniti, e la restituzione dei territori occupati alla Monarchia Federalista delle Due Sicilie.
Inoltre, tale documento contiene le condizioni per la creazione di una ancor più grande Monarchia Federalista, unificando l'attuale Regno delle Due Sicilie con i suddetti regni uniti del Piemonte. Tale Monarchia Federalista, come è insito nel nome, riconoscerà l'autorità di sua maestà Francesco secondo di Borbone Napoli, nel rispetto della costituzione federalista, che sancisce diritti, doveri e rapporti reciproci del Re e di ognuno degli stati federalisti che aderiranno, i quali avranno ampie libertà politiche, giuridiche ed economiche, avranno un proprio governo e un proprio capo di stato, al quale, nel caso del Piemonte, sarà permesso il mantenimento della carica di Viceré. Unico potere

centralizzato sarà quello delle forze armate, che resterà a disposizione di Re Francesco. Tale Monarchia Federalista prenderà il nome di Italia e avrà come capitale Napoli."
Bene, la 'sfinge di Cavour' sta sorridendo, pensa Filangieri. E prosegue:
"Come premio speciale per l'accettazione delle condizioni di cui sopra, ci sono tra le altre, la donazione, da parte del Tesoro del Regno delle Due Sicilie, di una cifra pari a metà del debito contratto dai regni uniti del Piemonte nelle decennali guerre con l'impero Austro Ungarico, al netto però della restituzione dei danni di guerra da essi causati nell'invasione della Sicilia. Segnalo anche la possibilità, per lei, signor Conte, salvo accettazione, di ricoprire il ruolo di ministro generale dell'economia della Federazione, nel nuovo governo che verrà creato a valle dell'unificazione."

* * *

Camillo Benso guarda Filangieri, sempre sorridendo. Quest'ultimo 'omaggio' lo alletta molto. Benso non è certo un idealista, come Mazzini, come Garibaldi. In fondo, ha fatto un compromesso con i socialisti, in passato, e si è sempre distinto per sopravvivere a ogni battaglia, lasciando che gli altri si scannassero. E oggi, con i francesi in ritirata, gli austriaci alle porte, e pessime notizie in arrivo dal Mar Tirreno, la possibilità di essere scannato lui, se dovesse fare una mossa falsa, è altamente probabile. Occorre accortezza, misura e astuzia.
Cavour considera attentamente le condizioni del protocollo proposto dal rivale: non c'è nulla che non sia 'vendibile' a Vittorio Emanuele II, in fondo l'Italia del Nord, anche senza il tesoro dei Borbone o le aziende

del sud, può ricavare consistenti aiuti economici dall'ex Regno delle Due Sicilie; grazie alla struttura federale dello stato non ci dovrebbero essere difficoltà ad ottenere adeguati finanziamenti. Con un po' di fortuna, la regione Piemonte potrebbe essere autorizzata a mantenere il rapporto tre a uno del denaro circolante con la controparte in oro all'Istituto Bancario San Paolo, con un notevole vantaggio sui finanziamenti. Infine, rovesciando la logica dell'unificazione, in fondo si finisce per appioppare il debito per le guerre d'indipendenza all'ignaro Re Francesco. Questo è l'argomento decisivo, pensa Cavour, così riuscirò a 'intortare' Vittorio Emanuele. In fondo, come Viceré non sarà responsabile degli affari esteri, ma solo del suo stato federale, e ne sarà ben felice. Ottimo, veramente ottimo. Questo Filangieri è un furbo di tre cotte, ha portato una proposta che, con la debacle militare in corso, non posso rifiutare, ma anche una che porta dei vantaggi per lo stato sabaudo, per la corona, e per me. Davvero notevole.

* * *

Tra questi pensieri, Benso si toglie gli occhiali, li pulisce con un fazzolettino e dice: "Non la conoscevo bene, Generale Filangieri, e mi dispiace di non averla conosciuta prima. Lei è un uomo rimarchevole. Complimenti. Leggerò con calma e attenzione il protocollo nel mio viaggio di ritorno a Torino, dove mi incontrerò con colui che per poco tempo ancora è il mio Re, e a quanto pare diventerà Viceré. Sono però sicuro che le generose condizioni economiche, che presumo," (ancora quello sguardo da dannata vecchia volpe) "contengano anche aiuti per le nostre attività agricole e industriali, nell'ottica di uno sviluppo armonioso degli

stati federali, piaceranno molto a sua, ancora per poco, maestà Vittorio Emanuele. Pertanto, può dire ai suoi amici giù a Napoli che possono aprire una bottiglia di Aglianico e festeggiare. Mi consenta però di darle un ultimo consiglio, prima che le nostre rispettive carrozze ci portino nelle nostre rispettive città."
"Mi dica."
"Dia retta a uno che, purtroppo, di queste cose se ne intende. Vada subito da un medico cardiologo, quando arriva a Napoli. Anzi, ne cerchi uno qui a Mantova e ci vada ora. Lei sta per avere un infarto."

* * *

'Che sciocchezze', pensa Filangieri, comodamente seduto sulla carrozza, che, con meno fretta rispetto all'andata, sta tornando a Napoli. 'Io sto benissimo, a parte questo insistente dolorino al braccio sinistro. Mah, sarà stata una strategia del Conte della malora per prendere il sopravvento emotivo. Tsè, figuriamoci se mi perdo i festeggiamenti in Piazza Ferdinandea. Ci saranno tutti in livrea di gala, Franceschiello e Garibaldi sorridenti, i fuochi d'artificio, e io ballerò con Agata, lei vestita tutta elegante, come quand'eravamo giovani, noi due, in riva al mare.
Che bello.
Dai, adesso mi faccio un riposino, così arrivo a Napoli pieno di energie...'

(...suoni attutiti, caos...)

(...Ma come, non vi siete accorti di nulla?? Ma io vi mando alla corte marziale...)

(... presto, portiamolo all'ospedale...)

(...una donna piange, sembra Agata...)

(...è molto grave. Si tratta di un infarto del miocardio, e non è stato soccorso...)

(...è inutile tenerlo qui, portatelo a casa...)

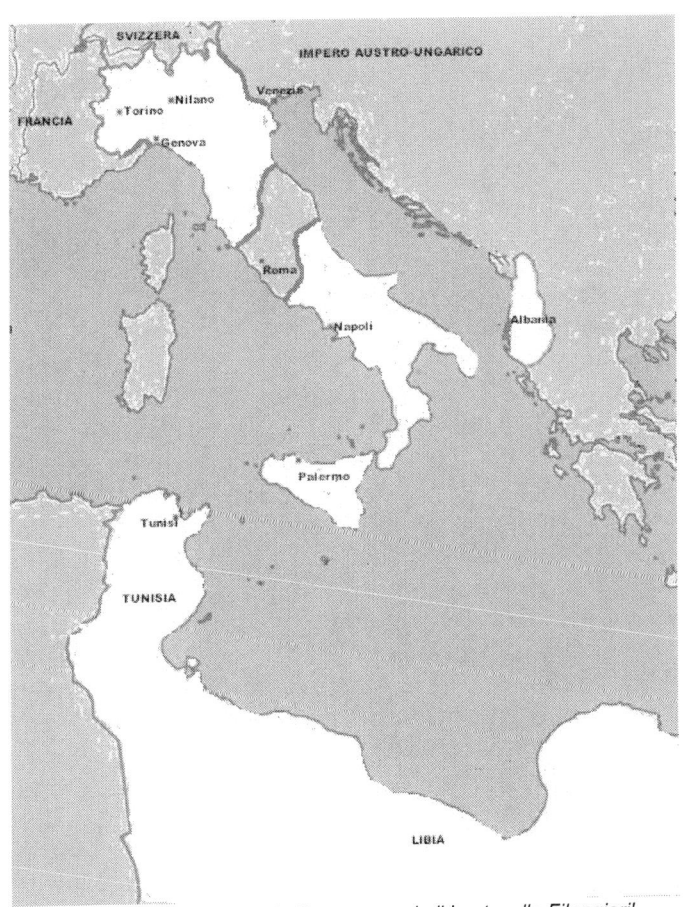

La Monarchia Federale Italiana, secondo il 'protocollo Filangieri'

Capitolo 27

10 Agosto 1860 – 24, 'o sole.

Filangieri apre gli occhi, sdraiato sul suo letto, a casa sua, a Napoli; ma ha il fiato corto, un dolore terribile al petto, e al braccio sinistro. È stordito, e si chiede che cosa sia accaduto, era nella carrozza e…
Poi ha un istante di debole lucidità, concentra faticosamente il suo sguardo, e alza l'altro braccio, usando tutte le poche energie rimaste, indicando la sponda del letto.

Napoli

Un medico vede il gesto di Filangieri a indicare una brocca sul mobile, e, pensando che il Generale abbia sete, fa un cenno ad una domestica, che corre a prendere un bicchier d'acqua.
Ma Filangieri non sta indicando la brocca.
Sta indicando suo padre, come se lo è sempre immaginato in base al ritratto, e dai racconti di sua madre.
Gaetano Filangieri è in piedi, davanti al letto, e guarda il figlio con soddisfazione e orgoglio. In mano ha i fogli con la nuova costituzione del regno, e i protocolli delle riforme agricole, industriali, commerciali e militari, e mormora: "bravo, ragazzo mio, sei riuscito dove un rio destino mi ha impedito, portandomi via troppo presto da questo mondo. Ma non era facile, bravo."
Poi Filangieri sposta l'indice verso Gioacchino Murat, che, con indosso la sua splendida uniforme bianca,

rossa e blu con le mostrine e i laccetti dorati, si è seduto sull'altra sponda del letto. I suoi capelli neri scendono in un milione di ricci sulle sue spalle, il suo bel viso abbronzato al sole di Napoli, è sorridente e felice. Che uomo. Che conquistatore. Filangieri muove le labbra in un debole sorriso, vorrebbe dirgli 'Benvenuto, mio Re, grazie per essere tornato, tutti in città vi aspettano, in questa città che tanto è cresciuta, il vostro popolo che tanto vi ama e vi adora…'. Ma i suoi polmoni stanchi non riescono a emettere un suono.
Allora è Murat che gli fa cenno di tacere, sollevandolo dal momento di impotenza e di tristezza. E la sua voce tuona, chiara, mascolina, melodiosa: "Grazie a te, Carlo Filangieri, per aver forgiato un destino di sicurezza, prosperità e felicità per il mio popolo. Vieni, andiamo a salutarlo dal balcone." Gaetano Filangieri e Gioacchino Murat gli tendono le braccia, lo aiutano a sollevarsi, e si sente, fuori, il popolo napoletano che grida, che vocifera, e li acclama, tutti e tre, con una gratitudine che scalda il cuore. Giù nella Piazza la gente prende forchettate di spaghetti dai catini e beve vino a canna dai fiaschi, tutti cantano e ballano, le giovani coppie si abbracciano e vanno a infrattarsi e a fare l'amore, mentre i vecchi li guardano, sorridono di nostalgia, e brindano alla gioia e alla gioventù.
E intanto Murat, Carlo e Gaetano Filangieri sono sul balcone, giovani, fieri, con le uniformi luccicanti, sorridono felici e salutano la gente in festa, con il golfo sullo sfondo, un sorriso blu che abbraccia la città, sotto il dolce, caldo, onnipresente Sole.

Il braccio cade sulle lenzuola. Carlo Filangieri espira rumorosamente, poi non si muove più.
La domestica, arrivata con il bicchiere, resta un attimo interdetta e immobile, poi comincia a singhiozzare.

Il medico le abbraccia le spalle: *"Se n'è juto cu 'o surriso."*[40]

---

[40] 'Se n'è andato con il sorriso.'

Epilogo

22 Agosto 1860 – 1, l'Italia

La prima riunione del consiglio dei ministri senza Filangieri, viene tenuta, con un forte significato simbolico, nell'anticamera dell'appartamento di Murat, alla Reggia di Caserta. La decisione è stata di Francesco, un po' per onorare il sogno murattiano lungamente coltivato, e raggiunto, dell'ex generale napoleonico, un po' per lasciarsi alle spalle la triste sedia vuota a Palazzo Reale. Inutilmente, perché gli splendidi drappi rossi carminio di seta di San Leucio alle pareti, sembrano messi lì apposta per rammentare il sacrificio di Carlo, oltre che di tanti soldati, ufficiali e marinai, necessario perché tale sogno fosse raggiunto.
L'esitazione tradisce perciò le emozioni di Re Francesco II. In effetti, nelle riunioni del consiglio dei ministri, questo sarebbe stato il momento in cui Filangieri avrebbe preso la parola, e avrebbe introdotto, con il suo acume, con la sua infinita esperienza, con la sua passione, l'argomento odierno.
Un alone di tristezza scende come un temporale sulla sala.
Tocca alla persona più sensibile, la Regina Maria Sofia, intervenire e scuotere un momento molto poco napoletano: "Francesco, coraggio. La vita continua, il sole ritorna sempre. E ci sono cose importanti che devi dire."
Il Re guarda la fantastica ragazza austriaca che ha cambiato la sua vita, ritrova il sorriso, e annuisce.
"Sì. Onorevoli ministri, vi presento il nuovo ministro della guerra, dell'esercito e della marina, l'ammiraglio Giuseppe Garibaldi."

L'Eroe dei due mondi, in una splendida uniforme blu oltremare, con un giacchino bianco dai bordi rossi, che ricorda molto le uniformi di Murat, si alza e fa un inchino: "Grazie, vostra maestà." E lo accoglie un applauso.
"E ho un'altra notizia per voi." riprende Francesco, che guarda teneramente l'addome di Maria Sofia. Poi, dopo una teatrale pausa: "Presto avrò un erede al trono."
E scatta un altro, sentito, finalmente gioioso applauso.

* * *

Il primo lord dell'ammiragliato Richard Dundas, dopo aver relazionato gli eventi della Battaglia del Tirreno davanti al consiglio dei ministri, si sta rimettendo l'impermeabile. Fuori piove insistentemente, il che non è affatto insolito a Londra, anche nella stagione estiva.
Il Visconte Palmerston lo raggiunge in anticamera: "Richard."
"Henry, dimenticavo. Ti devo restituire questo." E tira fuori, dalla tasca interna dell'indumento, il cannocchiale dorato, ripiegato accuratamente. "Ti ricordi? Avevo detto che te l'avrei restituito in occasione della mia prima sconfitta." E lo porge a Palmerston, che però fa cenno di rifiuto con la mano: "No, come ho respinto la tua lettera di dimissioni, poco fa in riunione, così lascio questo cannocchiale a te, perché tu lo alzi in direzione di un nemico in fuga nel corso della prossima vittoria."
"*Thank you so much.*" L'ammiraglio rimette il cannocchiale nella tasca: "Se poi tale vittoria arriverà nel Mar Tirreno, di fronte alle coste campane, meglio."

Anche Palmerston sorride: "Demostene diceva, colui che combatte e si ritira, sopravvive per combattere un altro giorno."
"Non aveva mai avuto a che fare con questi dannati napoletani."
"Avrai la tua rivincita. Avremo la nostra rivincita. Sappi che dal Canada mi stanno facendo arrivare copia di un progetto statunitense, su cui sono riusciti a mettere le mani le loro spie."
"Lasciami indovinare, si tratta di un mezzo da combattimento subacqueo."
Palmerston strizza l'occhio: "La prossima volta saremo pronti, e quella prossima volta non si farà aspettare molto, me lo sento."
I due sorridono in modo complice, si stringono la mano, quindi l'ammiraglio esce dalla famosa porta al 10 di Downing Street, per incamminarsi, con un misero ombrello, sotto la pioggia battente che inonda la città.

Postfazione storica
(gli eventi così come si sono realmente svolti)

- 8 Dicembre 1856: Ferdinando II viene ferito in modo non grave, durante l'attentato alla sua vita da parte di Agesilao Milano
- Luglio 1857: spedizione in Campania di Carlo Pisacane
- 22 Maggio 1859, morte di Ferdinando II
- Aprile 1860: rivolta della Gancia a Palermo, contro i Borbone, soffocata nel sangue.
- 6 Maggio: sbarco dei Mille a Marsala.
- 14 Maggio, istituzione, da parte di Garibaldi, della leva obbligatoria per i siciliani da 17 a 50 anni di età
- 30 Maggio, conquista di Palermo
- 2 Giugno, istituzione della Dittatura di Garibaldi
- Tra Maggio e Giugno sbarcano in Sicilia 22000 rinforzi per i Garibaldini
- Agosto, la rivolta di Bronte: i rivoltosi della città etnea vengono processati con 5 condanne a morte, secondo alcuni storici, liquidati con 150 fucilazioni senza processo, secondo altri storici.
- 6-7 Settembre, Fuga di Francesco II ed entrata di Garibaldi a Napoli.
- 1 Ottobre, battaglia decisiva sul Volturno
- 21 Ottobre, plebiscito per l'accorpamento della Sicilia nel regno Sabaudo
- 26 Ottobre, incontro di Teano tra Vittorio Emanuele II e Garibaldi
- 13 Febbraio 1861, fine dell'assedio di Gaeta, fuga e pratica abdicazione di Francesco II

Indice

Prefazione fisica...4
Prologo..8
Il Regno delle due Italie..12
61, 'o cacciatore..26
71, l'omme 'e mmerda..34
34, 'a capa...48
75, Pullecenella...60
53, 'o viecchio...72
87, 'e perucchie...82
37, 'o monaco..90
24, 'e gguardie..98
18, 'o sanghe...110
35, l'aucelluzzo..120
3, 'a jatta...130
19, 'a resata..142
38, 'e mmazzato..150
64 'a sciammeria...160
77, 'e riavulille...168
83 'o maletiempo..176
47, 'o muorto che parla..184
56, 'a caruta..190
72, 'a maraviglia..196
12, 'o surdato..210
2, 'a piccerella...220
45, 'o vino bbuono..230
90, 'a paura...236
90, 'o curaggio..246
20, 'a festa..260
24, 'o sole...268
Epilogo..272
Postfazione storica..276

Ringraziamenti

A Maria Belén e a mia Zia Piera, per il costante, adamantino sostegno, e per la luce e il vento dell'incoraggiamento.

A Marina e Papà, perché mi fate sentire un vero scrittore.

A Warioba, per il calore umano.

A Francesco, Ugo e Fabio, perché sem quater amis, quater malnat, vegnu sü insema cumpai dei gat.

A Patrizia, che mi onora sognando di essere uno dei miei personaggi preferiti.

A Marco, che con la sua saggezza ha molto più da insegnare di quanto lontanamente immagina.

A Maura, che si incipria con le parole che scrivo.

A Simone, cavaliere della letteratura moderna, che abbatte i mulini a vento dell'ignoranza.

A Francesco, nostalgico poeta metropolitano, cuore del Golfo.

A Claudia, per quel bacio sulla fronte, che ancora mi incoraggia a creare.

A Paolo, Serena, Valeria, per avermi fatto credere in me scrittore.

A Roberto e Stefania, per il travolgente entusiasmo.

A Rosario e Roberto, per il costante incoraggiamento.

A Marylin, la vera anima ospitale di Napoli

A Marianna, perché le piacciono tanto tanto le mie parole.

A Patrizia e Adriana, che pensano che io meriti ammirazione per quattro libri in croce. Ma una dedica per voi ci sarà sempre.

A tutti i Meridionali, questa è la vostra rivincita. Spero che leggiate tutti questo libro, e proviate orgoglio per la vostra stirpe e la vostra cultura. Vi voglio bene assaje.

A tutti quelli che hanno tradito la mia fiducia, perché mi avete fatto diventare più forte.

A tutti quelli che hanno avuto fiducia in me.

Biografia artistica

A detta di mia madre, quando avevo tre anni già leggevo e scrivevo. Non ho ricordi, nemmeno vaghi, di quell'età, ma una cosa è certa: non ho più smesso.

Nel frattempo sono cresciuto, ho fatto a cazzotti con la società, ho smesso ingegneria per iniziare a lavorare, mi sono sposato, ho divorziato (per fortuna senza avere figli), e, verso i quarant'anni, mi sono dedicato a passioni artistiche: corsi di scrittura narrativa e poetica, gruppi di lettura, tre diverse compagnie teatrali, tango.

Poi mi è venuto il Parkinson, che mi ha dato una bruciante visione della mia provvisorietà. Suppongo che sia per questo motivo che ho iniziato a raccogliere ciò che avevo scritto e che scrivo. Ho autopubblicato:
- "Domenica delle Palme" silloge, 2017
- "Nebbia" romanzo, 2018
- "Nascosto tra una pagina dispari e una pari" silloge, 2019
- "Un Angelo Digitale" romanzo, 2020
- "Collasso Verticale", romanzo, 2020
- "Catastrofe Logica", romanzo, 2021
- "Angeli Frammentati", romanzo, 2021
- "Ipocrisia Cibernetica", romanzo, 2022

Nel frattempo ho fatto parte di un gruppo di poeti da palcoscenico, e ho avviato un podcast in tema sociale e antropologico, "Karesansui".

Dello stesso autore, altri deliri, disponibili su www.amazon.it:

'Domenica delle Palme', silloge, 2017

"Questo libro, fisicamente, è nato una sera in cui Stefano mi fece leggere una sua poesia e io gli suggerii di pubblicare le poesie che aveva scritto e teneva nel cassetto, ma credo che, emotivamente, sia nato molti anni prima, insieme alla costante ricerca di sé dell'autore. Le poesie che troviamo nelle pagine seguenti sono il frutto di un profondo viaggio interiore, e sono un viaggio esse stesse. Ci portano nell'intimo animo di Stefano e ci mostrano le sue speranze, le sue gioie, i suoi sogni, ma anche i dolori e le delusioni. La musica dei simboli riempie queste pagine. Il vento, la pioggia, il mare, le stelle, il passato, il presente e il futuro. L'autore sente intensamente ogni situazione, da quelle personali e intime come l'innamoramento o la delusione, a quelle che coinvolgono tutta l'umanità, come la morte di una ragazza sedicenne in un attentato o le politiche aggressive dei grandi del pianeta. Il mondo è di tutti noi, l'universo è di tutti, la vita ci appartiene e queste poesie sono un canto a quella vita in tutte le sue sfaccettature e un omaggio a quel nostro mondo interiore, per esplorare il quale ci vuole molto coraggio. Così come ci vuole coraggio per vivere pienamente e Stefano ci dimostra con le sue poesie di avere il coraggio e la forza necessari per attraversare questo mondo, che ci rende sempre più duri e insensibili, senza perdere la sua tenerezza. Come avrebbe detto mio nonno, Stefano riesce ad essere come le gazze che attraversano il pantano senza sporcarsi di fango." (Maria Belén Garcìa)

'Nebbia', romanzo, 2018

Un romanzo surreale, heavy metal, ironico, prosaico e poetico, ispirato a fatti realmente avvenuti ma che tutti si sono persi perché era scesa la nebbia.

Stefano Garavaglia, 23 anni, lavora a Cusago nell'azienda paterna, e una sera di febbraio del 1990, uscendo dall'ufficio, trova una nebbia fittissima. Con l'incoscienza dei vent'anni, si mette in auto dandosi la carica con una cassetta di musica heavy metal, parte verso casa e… non arriverà mai. La nebbia avvolge una caricatura surreale della città, con luoghi e personaggi da paese delle meraviglie, inferno dantesco, macchietta napoletana. Dovunque e con chiunque, facendosi largo nel reame dell'opacità, Stefano troverà risposte, e ulteriori domande.

Concorso "La Finestra Eterea", 2019, terzo classificato nella sezione 'Libri in prosa'

'Nascosto tra una pagina dispari e una pari', silloge, 2019

Una raccolta di poesie, fotografie emozionali di anni prepotentemente intensi. Anni trascorsi a combattere il Parkinson, per poi trovarmelo alleato accanto sul carro trionfale. Anni passati a lavare via ricordi di donne che mi hanno deluso, per poi trovarmele come materiale essenziale di queste pagine. Anni maledettamente gloriosi, in cui mi sono ripreso una vita che non mi era mai sfuggita di mano. Terza edizione con le poesie scritte nel 2019. "… anni passati a lavare i vostri panni / sporchi di paure e bugie / non mie." (Solitudine). "Quanti semi di sale e inverno / ora lasciano il posto al riso / nella città che non doveva esistere più?" (Hiroshima). "ma l'attesa / non è una barriera / è una ascesa / verso i tuoi rami alti / la sfida della linfa / alla forza di gravità / sotto la tua corteccia così apparentemente immobile / così viva." (Quiete). "Quando il vuoto ha riempito / lo spazio infinito / tra sentimento e illusione / resta solo l'equazione" (Dirac). "Sei il profumo di quest'inverno / dalle rocce scivolose / dalle favole con il carburante in riserva / sei la pagina che mi è esplosa / tra le dita / coprendomi di scintille di vita." (Nero). "il ritmo che da delicato / sale le ottave / del peccato originale / finché accelerando / superiamo il muro del sogno / e… bang!" (Liquidi). "Più vasto il buio / più forte la tua luce." (Plutone). "E nel caos dissonante / degli ego smisurati / il silenzio è un'arma di ricostruzione di massa." (Silenzio). "Nel settimo giorno / abbiamo modellato Dio / a nostra immagine e incommensurabile distanza." (Tempo). "l'amore è un attimo / il dovere un lungo ponte." (Al di là delle parole). "… a seminare le nostre decisioni / finché crescano alberi rossi / di sangue e di vergogna" (Jadovno). "… i miei quaderni di follia / rigati di velluto lacrimale arido / e di folate di avverbi preziosi" (Sally 0911). "… solo un grande libro blu / alle cui onde dò del tu" (Solitudine).

Concorso "La Finestra Eterea", 2019, primo classificato nella sezione 'Raccolte di poesia'

"Un Angelo Digitale", primo episodio della saga "Omega Dogs", 2020

2031: Stefano Baroni, 52 anni, imprenditore del settore Information Technology, ha una splendida famiglia, è all'apice della carriera professionale, e mantiene intatti i suoi valori, nonostante l'immoralità e il degrado della società. Quale migliore occasione per essere preso per i fondelli dal destino, che prima gli manda un tumore che ferocemente si impossessa della sua vita, e poi gli dà la più incredibile delle opportunità. Quella di ricominciare in un'altra dimensione che tutti noi abbiamo vicina ma non conosciamo per nulla. Quella di proteggere la propria famiglia e i propri amici da coloro che vogliono approfittarsi della sua assenza. Quella di cambiare veramente il mondo. Quella di unire logica e sentimento, come armi per sconfiggere lo sgomento di un universo alieno la cui materia prima è la solitudine.

Un thriller tecnologico e futuristico ambientato sul confine indistinto tra il mondo reale e il cyberspazio; il primo capitolo dell'avventura di un gruppo di hackers e della loro guida virtuale, in un'epoca in cui i valori umani crollano e solo cuori eroici, hardware o software, possono resistere, con ingenua fede, alla depravazione sociale.

"Collasso Verticale", secondo episodio della saga "Omega Dogs", 2020

2032: Gli Omega Dogs sono sulla cresta dell'onda. Hanno dimostrato le loro capacità colpendo duramente, negli interessi economici e nell'immagine pubblica, nemici potenti e astuti. Nel caso del più potente, più astuto, più privo di scrupoli di tutti loro, sono passati senza esitazione alle vie di fatto, e, senza lasciare tracce, lo hanno eliminato. Nessuna pietà per chi minaccia gli amici e la famiglia.
Con i fondi gentilmente, e inconsapevolmente, messi a disposizione dal defunto, hanno quindi aperto un'attività pubblica di sviluppo software, che copre una consolidata ed elitaria attività segreta di controllo degli scenari mondiali. Tutto ciò che minaccia il futuro dell'umanità, in tema ambientale, economico, bellico, etico, diventa un loro obiettivo. Sfruttando le competenze tecniche in materia di sicurezza delle informazioni e violazione della privacy, e le poche ma fidate amicizie tra le autorità e il darkweb, rovinano la giornata a parecchi loschi personaggi che pensavano di poter andare avanti con i propri egomaniaci piani a scapito della gente. Perché a loro piace la gente, e non gli ego.
Il loro membro più atipico è Stefano Baroni, ex imprenditore, diventato parte integrante del loro affascinante mondo. Apparentemente condannato da un tumore maligno, si è sottoposto a un esperimento segreto da parte del CERN, a seguito del quale è diventato un programma per computer, con una personalità e una coscienza umana. Un'entità digitale autocosciente. Come tale, rappresenta un'arma devastante per gli Omega Dogs, perché alla potenza di calcolo e alla disponibilità di informazioni, unisce l'intuizione e la fantasia umana.
Sembra però che la sua fantasia gli procuri degli svarioni. Infatti, ha un sogno ricorrente. E per giunta, un sogno molto inquietante. Che cosa significa, quando un software sogna? Gli Omega Dogs non lo sanno, ma hanno poco, pochissimo tempo per scoprire quel significato, ed evitare una catastrofe di proporzioni immani.

Un thriller tecnologico e futuristico ambientato sul confine indistinto tra il mondo reale e il cyberspazio; il primo capitolo dell'avventura di un gruppo di hackers e della loro guida virtuale, in un'epoca in cui i valori umani crollano e solo cuori eroici, hardware o software, possono resistere, con ingenua fede, alla depravazione sociale.

Catastrofe Logica' ; Omega Dogs vol. 3

Settembre 2033. Una giovane donna trucida gli agenti di una organizzazione terroristica internazionale, uno dopo l'altro. Una madre chiede aiuto per riavere suo figlio, portatole via dall'ex marito per vendetta. Uno spietato mercenario con la passione per le automobili fuoriserie, si allea con un ricco imprenditore per riconquistare l'antico Impero Arabo. Fatti che sembrano del tutto scollegati, sono in realtà i fili di una ragnatela in cui l'umanità sta per cadere e rimanere intrappolata.

Se gli Omega Dogs, reduci da un esilarante successo contro un personaggio di spicco della politica internazionale, tanto comico e patetico quanto squilibrato e pericoloso, pensano di godersi la vittoria con un periodo di relativa pace, passato a bere birra e a preparare gli strumenti software necessari per mantenerla a lungo, sbagliano di grosso. Cinque hacker di altissimo livello, specializzati in cosette tipo: pirateria informatica; violazione di satelliti di sorveglianza; spionaggio e attrezzature belliche d'avanguardia; dispositivi elettronici che usano tecnologie dimenticate; software capaci di pensare come esseri umani, insieme alla loro guida che altri non è che la versione virtuale, codificata e parametrizzata, di una personalità umana, saranno obbligati a tornare in azione. In grande stile.

E presto, perché questi eventi portano con sé nemici imprevedibili: un piano diabolico per piegare le volontà di grandi nazioni; la genialità di un uomo che dedica la vita ad un perverso progetto; l'amore, di gran lunga il più caotico e pericoloso dei tre.

Mentre i cinque moschettieri, insieme al loro D'Artagnan in versione software, si impegnano a capire ramificazioni e conseguenze, per porvi rimedio a modo loro, con la usuale determinazione o freddezza, all'orizzonte spunta IL nemico: un'entità evolutissima, la cui intelligenza, assenza di valori ed emozioni, e atteggiamento filosofico, la rendono un pericolo esiziale, totale, terminale per l'umanità. Oltre ad avere un Progetto ben preciso, quest'entità mistica, confonde, inganna.

Si dice appunto che il più grande inganno del Demonio sia far credere all'uomo di non esistere.

Gli Omega Dogs e Phoenix devono rimediare a questo e ad altri propri errori e capire dove hanno preso la strada sbagliata, ma molto in fretta, perché il Progetto, per quanto tragicamente assurdo, esiste veramente, e se dovesse arrivare oltre un certo punto critico, non ci sarebbe più la possibilità di contrastarlo. Allora, per l'umanità, così come la conosciamo, sarebbe la fine.

Un thriller tecnologico e futuristico ambientato sul confine indistinto tra il mondo reale e il cyberspazio; il primo capitolo dell'avventura di un gruppo di hackers e della loro guida virtuale, in un'epoca in cui i valori umani crollano e solo cuori eroici, hardware o software, possono resistere, con ingenua fede, alla depravazione sociale.'Catastrofe Logica' ; Omega Dogs vol. 3

'Angeli Frammentati' – Omega Dogs vol. 4

2034: Quanto può essere negletta, deturpata, frammentata l'innocenza di un ragazzo di tredici anni? Quanto può essere acida la realtà per bruciare i suoi sogni per sempre? A questa domanda probabilmente non c'è risposta, troppo profondo l'abisso in cui è caduta.
Ed è possibile ritornare redenti dall'abisso? Sul suo bordo, gli Omega Dogs, guardano tristemente il buio, il vuoto in cui è sparito il loro mentore, la loro guida, la loro forza.
Phoenix non se ne rende nemmeno conto, ma anni luce lo separano dai valori morali, dalla purezza d'animo, dall'immenso cuore che, tradotti in un software autocosciente, hanno costituito il baluardo dell'umanità contro l'ingiustizia, la violenza, l'autodistruzione.
Ora quell'Angelo Digitale è caduto rovinosamente dal Paradiso, per finire in un oceano di presunzione, di narcisismo, di solitudine.
E quel che è peggio, è che con la scusa di combattere l'area illegale di Internet, il Darkweb, Phoenix è diventato anche un loro nemico.
Come se non bastasse, la capacità dell'umanità di generare mostri non è rallentata affatto. All'orizzonte si profila un nuovo incubo: un hacker di livello straordinario, che alla solita abilità nella violazione di sistemi informativi, unisce un talento epocale nella progettazione e costruzione di macchine automatiche, e un'assoluta mancanza di scrupoli.
Coscienti che i nuovi servi elettronici dell'uomo, se non guidati con attenzione da esseri umani di provata moralità, possono essere straordinariamente pericolosi, i sei ragazzi mettono in moto le loro eccezionali capacità per evitare che la nuova Età dei Robot inizi molto male, con una ecatombe senza precedenti per numeri e crudeltà.
Dovranno quindi combattere con acuta intelligenza e cuore forte, sul filo del rasoio, utilizzando l'inconsapevole aiuto che, dall'alto dei suoi nuovi incarichi politici, può dare Phoenix. Sperando naturalmente che quest'ultimo non si accorga di essere diventato uno strumento, potentissimo, velocissimo, dalle capacità immense, ma difficile da gestire.
Sì, da gestire, perché anche un'entità software autocosciente, un capolavoro digitale di tecnologia e ingegno umano, può soffrire di patologie psichiche.
Questa è la triste rivelazione che gli Omega Dogs devono accettare per poter superare ostacoli altissimi, lungo una strada che può condurre a un futuro radioso per l'Umanità.
Oppure allo spegnimento della sua luce. Per sempre.

Un thriller tecnologico e futuristico ambientato sul confine indistinto tra il mondo reale e il cyberspazio; il primo capitolo dell'avventura di un gruppo di hackers e della loro guida virtuale, in un'epoca in cui i valori umani crollano e solo cuori eroici, hardware o software, possono resistere, con ingenua fede, alla depravazione sociale.

Printed by Amazon Italia Logistica S.r.l.
Torrazza Piemonte (TO), Italy